INKA LOREEN MINDEN

Lustpunkte

Autorin

Inka Loreen Minden, die auch unter den Pseudonymen Lucy Palmer, Mona Hanke (Erotik), Loreen Ravenscroft (Romantasy) und Monica Davis (Jugendbuch) schreibt, ist eine bekannte deutsche Autorin erotischer Literatur. Neben einer spannenden Rahmenhandlung legt sie Wert auf eine niveauvolle Sprache und lebendige Figuren. Explizite Erotik, gepaart mit Liebe, Leidenschaft und Romantik, ist in all ihren Storys zu finden, die an den unterschiedlichsten Schauplätzen spielen.

Weitere Titel in Vorbereitung

Inka Loreen Minden

Lustpunkte

Heiße Storys

blanvalet

MIX
Papier aus verantwortungsvollen Quellen
FSC® C014496

Verlagsgruppe Random House FSC® N001967
Das FSC®-zertifizierte Papier *Holmen Book Cream*
für dieses Buch liefert Holmen Paper, Hallstavik, Schweden.

1. Auflage
Taschenbuchausgabe Juni 2014
bei Blanvalet Verlag, einem Unternehmen der
Verlagsgruppe Random House GmbH, München.

HK · Herstellung: sam
Satz: DTP Service Apel, Hannover
Druck und Einband: GGP Media GmbH, Pößneck
Printed in Germany
ISBN 978-3-442-38362-7

www.blanvalet.de

INHALT

DOKTORLUDER

Henning wanderte wie ein Tiger im Käfig in seiner Frauenarztpraxis umher und wartete, bis die Empfangsdame den Computer heruntergefahren hatte. Er wünschte ihr ein schönes Wochenende und sperrte hinter ihr ab.

Endlich war er mit Sonja allein. Leider steigerte das seine Nervosität. Schon seit Tagen plante er dieses »Attentat« auf sie.

Ob er sie fragen sollte? Sie arbeiteten bereits seit zwölf Jahren zusammen. Er und Sonja waren ein eingespieltes Team. Seine Patienten liebten sie; Sonja war eine fleißige Helferin, kompetent und immer zur Stelle, wenn Henning sie brauchte. Zumindest im Job. Würde sie ihm auch diesmal beistehen?

»Frau Wagner, ich ... weiß gar nicht, wie ich anfangen soll, aber ... würden Sie mir bei einer heiklen Sache behilflich sein?«

Mit gerunzelter Stirn schaute sie ihn an, wobei sie sich ihre Brille ins Haar schob. Es war braun und lockig, reichte ihr jedoch nur bis zum Kinn. Durch die Herzform sah ihr Gesicht sehr weiblich aus, was Henning gefiel, und der Rest ... war eine Wucht! Unter ihrem kurzen Kittel verbarg sich eine äußerst kurvige Figur.

Hastig wandte Henning den Blick von ihren langen Beinen ab, die in den zarten Nylons und den Pumps zu verlockend aussahen. »Frau Wagner?«

Wahrscheinlich hielt sie ihn für bescheuert, weil er sie weder duzte noch mit ihrem Vornamen ansprach, so wie immer, doch Henning befand, ein bisschen Distanz zu wahren wäre in dieser Situation nicht schlecht.

Sein Schwanz regte sich, und Henning unterdrückte das Bedürfnis, an seiner Hose zu zupfen.

Sonja erwiderte immer noch nichts.

»Ähm …« Henning kratzte sich an der Stirn. Was tat er da? Das ging niemals gut! Er kannte Sonja – die Idee würde ihr nicht gefallen. »Also, es geht um meine Frau.«

»Frau?«, stieß sie hervor. Ihr Mund klappte auf, aber sie sagte nichts weiter. Jetzt hatte er sie wohl neugierig gemacht.

Hoffentlich.

»Ja, also … ich hab da etwas für sie gekauft, weiß allerdings nicht, ob es ihr gefällt.« Er ging zu einem fahrbaren Schränkchen, in dem er die gynäkologischen Instrumente aufbewahrte, und zog die unterste Schublade auf. Dildos, Vibratoren, Analketten, Nippelklammern und allerlei anderes quietschbuntes Sexspielzeug lagen darin.

Henning hörte, wie sie hinter ihm die Luft einsog.

»Frau Wagner?«, krächzte er. Sein Herz pochte wild, als er sich zu ihr umdrehte. Würde sie ausflippen oder mitmachen? »Ich würde diese … Dinge gerne testen. An … Ihnen.«

Ihre Wangen verfärbten sich rot, und Henning sah, wie sie schluckte. »Hier?«, hauchte sie.

Gott, sie war unglaublich süß, weil sie auf einmal so schüchtern wie jenes Mädchen wirkte, als das er sie vor über einem Jahrzehnt eingestellt hatte. Sofort füllte sich sein Schwanz mit Blut. Henning hatte Sonja Wagner vom ersten Arbeitstag an anziehend gefunden.

Er räusperte sich. »Ja, hier.«

Nervös spielte sie an den Knöpfen ihres Kittels. Als sich ihr Blick von den Spielzeugen gelöst hatte, nickte sie.

Ja! Aufatmend fuhr sich Henning durchs Haar. Die größte Hürde hatte er gemeistert. »Okay, das ist wirklich nett von Ihnen, vielen Dank.« Er deutete auf den gynäkologischen Stuhl. »Wenn Sie bitte Platz nehmen würden.«

»Soll ich mich ganz ausziehen, Henn… Herr Doktor?« Es war der erste richtige Satz, den sie hervorbrachte. Ihre Augen glänzten plötzlich, und sie schien sich wirklich zu freuen, ihm behilflich sein zu können.

Ja, ja, ja! Das klappte besser, als er gedacht hatte.

Hennings Puls klopfte hart. Nun brachte er selbst kaum einen Laut hervor. »Nur untenrum.« Erneut räusperte er sich. »Die Strümpfe dürfen Sie anlassen.«

Sonja verschwand in der Kabine, in der normalerweise seine Patientinnen die Sachen ablegten. Henning war es gewohnt, jeden Tag Frauen nackt zu sehen. Er empfand keine Lust dabei. Es war Routine, gehörte zu seiner Arbeit. Dann war er ganz der gewissenhafte Doktor. Aber jetzt … Als Sonja hinter dem Vorhang hervortrat, schluckte er. Sie trug noch den Kittel, der ihr bis zu den Oberschenkeln reichte, jedoch keine Schuhe. Auch ihre Brille hatte sie abgelegt. Sonja sah kaum anders aus. Aber allein zu wissen, dass sie keinen Slip trug …

Sie nahm auf dem Stuhl Platz und rutschte ganz nach vorn. Sonja hob ihre Füße und legte ihre Fersen in die schalenförmigen Beinstützen. Der Kittel klappte nach oben, weshalb Henning ihr Geschlecht sah.

Sein Herz sprang beinahe aus seiner Brust. Er wischte sich die Hände an der Hose ab, setzte sich auf den Hocker und rollte damit zwischen ihre Beine. Sonja war blank rasiert. Viele Frauen entfernten sich die Haare, Henning kannte diesen Anblick. Warum geriet er jetzt aus der Fassung?

Er versuchte, das Zittern seiner Hände zu unterdrücken, und schob ihre Knie weiter auseinander. Dabei fuhr er mit den Fingerspitzen über ihre Nylons. Sonja trug halterlose Strümpfe, die durch ein Silikonband an ihren Oberschenkeln fixiert wurden. Der hauchfeine Stoff betonte auf unanständige Weise ihre hübschen Waden.

Henning stellte die Beinhalterungen des Stuhls fest, sodass Sonjas Scheide weit offen und gut zugänglich für ihn war. Auf Knopfdruck fuhr er die Liege zurück. »Bequem?«

»Alles bestens«, sagte sie leise, wobei sich ihre Finger in den Saum des Kittels krallten.

Okay … Henning schaute in die Schublade, die sich rechts von ihm befand. Er hatte große Lust, sich gleich den fettesten Dildo zu greifen, um zu sehen, ob Sonjas zierliche Vagina ihn aufnehmen konnte. Auch wenn ihr Körper wirklich großzügig ausgestattet war, so wirkte zwischen ihren Beinen alles so klein und eng. Die äußeren Schamlippen waren nicht besonders groß und die inneren winzig … Henning bekam große Lust, sie mit der Zunge zu erkunden.

Zu seiner Freude bemerkte er, dass es um ihren Eingang herum glitzerte. Sonja war feucht! Ihr gefiel das Spiel – Gott sei Dank!

Schlagartig war Henning weniger verkrampft. »Ich

werde Sie erst massieren, wenn Ihnen das recht ist, Frau Wagner.«

»Hm«, brummte sie. »Sie werden schon wissen, was zu tun ist, Herr Doktor.«

Henning unterdrückte ein Stöhnen. Er mochte es, wenn sie ihn »Herr Doktor« nannte. Das machte ihn richtig geil.

Er rieb seine Hände aneinander, bis sie schön warm waren, und legte sie an die Innenseiten ihrer Oberschenkel. Die Nylons fühlten sich aufregend an, das Fleisch darunter fest. An Sonja war alles jung und knackig, während man ihm das Alter langsam ansah. Die ersten grauen Haare machten sich bemerkbar, und sein Bauch war auch nicht mehr so straff wie früher. Er hoffte so sehr, noch ein klein wenig attraktiv zu sein.

Henning streichelte immer näher zu Sonjas Mitte und glitt über das Strumpfband, berührte nun direkt ihre Haut. Sonja wurde unruhiger, je näher er ihrem Geschlecht kam. Schließlich stieß er an ihre Schamlippen, massierte diese ebenfalls sanft sowie den Venushügel. Wie samtig sich ihre Haut dort anfühlte. Sonjas Vulva war in seinen Augen perfekt.

Henning zog die inneren Schamlippen auseinander und legte den Kitzler frei. Das Köpfchen lag noch versteckt unter der Vorhaut. Er würde es schon hervorlocken!

»Ich werde Sie erst vorbereiten, Frau Wagner. Es muss alles schön feucht sein.«

Sonjas Beine verkrampften sich, und ihr entwich ein kehliger Laut, als Henning ohne Vorwarnung begann, seine Zunge über ihre Schamlippen flattern zu lassen. Er zog sie auseinander, um besser an die inneren Labien zu gelangen. Sonjas Geschlecht war heiß und glatt – einfach köstlich. Henning tauchte die Zunge in ihre Vagina, schmeckte ihren Saft. Süßer als Honig. Danach widmete er sich wieder ihren kleinen Schamlippen. Diese reagierten besonders empfindlich auf Stimulation. Sie schwollen an und wurden dunkler. Sonja gefiel, was er tat!

Er sah noch einmal nach ihrer Klitoris. Auch sie hatte sich vergrößert.

Henning legte seinen Daumen auf den Schamhügel und zog ihn hoch. Das empfindliche Köpfchen lag nun frei. Henning stupste es mit der Zunge an und saugte daran.

Plötzlich spürte er Sonjas Finger, die sich in sein Haar krallten, um ihn näher zu ziehen.

»Sie wollen mehr, Frau Wagner?«, sagte er an ihrer Spalte und hauchte darüber.

Sonjas Schenkel zitterten. »Ich bin bereit für die Tests, Herr Doktor.«

Als er den Kopf wegzog, berührte sie sich am Kitzler. Pure Lust schoss direkt in Hennings Schwanz. Es erregte ihn, Sonja zuzusehen, wie sie sich anfasste. Dennoch schlug er leicht auf ihre Hand und zog sie weg. »Na, Frau Wagner, so geht das nicht. Wenn Sie sich selbst befriedigen, verfälscht das meine Testergebnisse.«

»Aber ...«

»Kein Aber! Sie müssen lernen, sich zu gedulden.«

Sie murmelte etwas, das sich wie ein Fluch anhörte, was Henning breit grinsen ließ. Sonja war geil und durfte nichts dagegen tun.

»Braves Mädchen«, sagte er und tätschelte die Innenseite ihres Schenkels. Dabei musste er noch einmal über ihre Strümpfe fahren. Das erinnerte Henning an den sonst sehr normalen Sex mit seiner Frau, schnell vor dem Schlafengehen, meist im Dunkeln. In Zukunft würde sie im Bett Nylons tragen, so viel stand fest. Das gab dem Ganzen etwas Verruchtes.

»Womit fangen wir denn an?« Henning wühlte in der Schublade herum. Er hatte im Internet zahlreiche Sextoys gekauft, da er keine Ahnung hatte, was einer Frau gefiel. Ach, natürlich wusste er, was einer Frau gefiel, und nicht nur, weil er Gynäkologe war, aber würde auch *seine* Frau Spaß an Toys haben?

Zuerst griff er nach einer Analkette. Sie bestand aus einem elastischen Stab, auf dem Kugeln in verschiedenen Größen aneinandergereiht waren. Nein, den nicht. Daneben lag ein silberner Analvibrator, den Henning ebenfalls zur Seite schob. Er wollte Sonja zuerst richtig feucht machen, damit sie den dicken Dildo verpacken konnte, der ihn sehr faszinierte. Er war geformt wie ein echter Penis, aber bestimmt doppelt so dick.

Henning griff sich an den Schritt. Sein Schwanz hielt die Enge nicht mehr aus. Kurzerhand öffnete er die Knöpfe seiner Hose, zog den Slip nach unten und holte seinen Penis hervor. Erleichtert stöhnte er auf. Schon besser.

Er wollte endlich loslegen, daher griff er sich das Toy, das ihm als Nächstes in die Hände kam: eine Schildkröte, etwa sieben Zentimeter groß, an der ein Kabel mit Bedienteil befestigt war. Sie war rosa und aus einem durchsichtigen, weichen Material, sodass Henning das silberne Vibro-Ei durchscheinen sah, das in die Schildkröte eingearbeitet war.

Gut, Sonja wollte mehr Stimulation an ihrem Kitzler – die konnte sie haben. Henning wärmte den Kopf des Tieres kurz in seiner Hand, dann schaltete er den Regler auf die erste Stufe. Leise begann das Ei im Inneren zu summen.

Neugierig hob Sonja den Kopf, und er zeigte ihr das Toy. »Der erste Test.«

Henning hockte sich wieder dicht vor Sonjas Geschlecht. Er roch ihren weiblichen Duft und hatte den Geschmack noch auf der Zunge. Das Wasser lief ihm erneut im Mund zusammen, wenn er daran dachte, gleich mehr Creme aus ihr herauszukitzeln. Henning setzte den vibrierenden Kopf der rosa Schildkröte an einer Schamlippe an und glitt daran auf und ab. Das Bedienteil hatte er auf einer Ablage unterhalb des Sitzes liegen, sodass er bei Bedarf sofort nachregeln konnte. Er umkreiste die Klitoris großzügig, reizte die inneren Schamlippen und den Scheideneingang, bis Sonja immer unruhiger wurde. Da beschloss er, aufs Ganze zu gehen. Er näherte sich langsam dem empfindlichen Köpfchen, und als er den Vibrator darauf drückte, zuckte Sonja zurück.

»Schön hiergeblieben.« Henning fasste an ihre Taille, um ihren Po wieder ganz nach vorn zu ziehen. Erneut setzte er die Schildkröte an den Kitzler. Beruhigend streichelte er dabei über Sonjas Bauch. Er war so weiblich wie der Rest von ihr, nicht mager, aber auch nicht dick. Einfach sanft gerundet; natürlich. Perfekt. Und sie war so hingebungsvoll!

Hennings Schwanz zuckte. Er fasste sich mit der freien Hand an, legte die Finger um seinen Schaft und war versucht, sich einen runterzuholen. Er wollte auf Sonjas geschwollene Vulva spritzen, seinen Samen auf den Schamlippen und ihrem Bauch verteilen – doch er musste sich gedulden. Er wollte sich in ihr entladen.

Der Reihe nach … Hastig ließ er sich los. Seine Eichel pulsierte, in seinen Hoden zog es. Henning war jenseits der vierzig, da konnte Mann nicht mehr so kurz hintereinander. Sonja hingegen war viel jünger. Er würde ihr mehrere Orgasmen entlocken können.

Henning drehte den Regler auf Stufe zwei und hielt weiterhin auf den Kitzler. Sonjas Schenkel zitterten, sie atmete hektisch und hielt es aus. Manche Frauen vertrugen es nicht, wenn die Klitoris direkt stimuliert wurde, andere konnten nur so einen Höhepunkt erleben. Es war interessant, Sonjas körperliche Reaktionen zu testen, auszuloten, wo ihre Grenzen lagen.

Henning krallte seine Finger regelrecht in ihren Venushügel, zog ihn nach oben, um ihren Lustpunkt mehr zu entblößen.

Sonja wimmerte und bebte. Sie schien es wirklich zu genießen.

»Ist das gut?«, fragte er. Schweiß stand auf seiner Stirn, und sein Puls raste. Kurz schaute er auf seinen Penis. Ein dicker Tropfen lief über seine Eichel. Sein Schwanz war steinhart und wollte endlich Erlösung, andererseits genoss Henning jede Sekunde, die es länger dauerte.

»Das ist sehr gut, Herr Doktor!« Sonja warf den Kopf hin und her, ihre Lider waren halb geschlossen und flatterten.

»Sagen Sie mir, wann Sie kommen. Ich möchte Ihnen dabei zusehen.« Er drehte den Regler weiter hoch.

Sonja schrie auf. Henning widerstand ihrem Duft nicht länger; er musste sie kosten. Während er auf den Kitzler hielt, tauchte er die Zunge in sie und leckte ihren Saft heraus. Zwischendurch benetzte er ihre Klitoris und saugte sie ein. Wie hart der Knubbel war!

»Ich halte das nicht länger aus!«

»Das ist gut«, krächzte er heiser vor Lust. »Lassen Sie sich gehen.«

»Henning!«

Er nahm den Vibrator weg. »Wie bitte?«

»Herr Doktor!«, presste sie hervor und wurde prompt belohnt. Henning leckte einmal durch ihre Spalte und lehnte sich zurück. Sonja verlor sehr viel Feuchtigkeit. Ihr Unterleib zuckte. Sie nahm einen Fuß herunter und presste ihn gegen Hennings Brust. Er streichelte kurz über das Nylon und widmete sich dann wieder ganz ihrer Klitoris, bearbeitete sie mit der Schildkröte.

Henning drückte ihren linken Schenkel zur Seite. »Lassen Sie die Füße in den Halterungen!«, ermahnte er Sonja und schaltete das Vibro-Ei auf die höchste Stufe.

Den Rücken leicht durchgebogen, wand sie sich auf der Liege und stöhnte so heftig, dass Henning Angst hatte, ihre Laute würden durch das ganze Haus hallen. Es befanden sich auch Büros in dem Komplex, in denen sicher noch gearbeitet wurde.

Er stellte sich hin und verhinderte so, dass sie die Beine schließen konnte.

»Es ist zu extrem!« Sonja klammerte ihre Schenkel um Hennings Oberkörper. Er hielt jedoch mit dem Ei direkt auf ihren Kitzler, der mittlerweile richtig dick geschwollen war. Mit der anderen Hand zog er ihre Schamlippen auseinander.

»Wie fühlt sich das an, Frau Wagner?«

»Wie tausend Nadelstiche o-oder Elektroschocks!« Sie schrie mehr, als dass sie stöhnte. Henning hätte ihren Mund am liebsten mit seinem Schwanz gestopft, aber zu solchen Verrenkungen fühlte er sich nicht in der Lage.

Plötzlich zuckte sie. Die Schreilaute klangen gedämpfter, wie ein tiefer Brunftruf eines Tieres. Es erstaunte Henning, was für Geräusche Sonja produzieren konnte.

»I-ich ... jetzt!« Ein Schwall ihrer Creme ergoss sich aus ihrer Scheide, als sie zum Höhepunkt kam. Henning hatte niemals zuvor eine Frau derart losgelöst gesehen. Ihre Finger hatte sie seitlich in die Liegefläche geklammert, ihr Haar war zerzaust, die Wangen gerötet. Auch ihre Lippen wirkten dunkler. Sonja erschien ihm so begehrenswert wie noch nie. Er wollte sie endlich ficken.

»Sind wir fertig?«, fragte sie atemlos, nachdem sie sich beruhigt und die Fersen wieder in die Halterungen gestellt hatte.

»Nein.« Henning legte die Schildkröte weg. Sonjas Geschlecht war dunkelrot, die Schamlippen angeschwollen. »Das war erst die Vorbereitung für das eigentliche Spielzeug.«

Er nahm ein Papiertuch und wischte die Feuchtigkeit von ihrem Po. Es war zwecklos, der Stuhl war bereits feucht, und immer mehr Creme lief aus ihr heraus. *Dieses verruchte Loch gehört abgedichtet*, dachte er grinsend. Sonja brauchte etwas, das sie ausfüllte. Henning konnte sich nicht beherrschen, also holte er den riesigen Dildo aus der Schublade. Ob er es schaffte, Sonja ein zweites Mal zu befriedigen?

»Was haben Sie da, Doktor?«, fragte sie.

Er zeigte ihr den großen Latexschwanz.

Sonja riss die Augen auf und schüttelte den Kopf. »Der wird nie passen!«

»Wir werden sehen. Sie sind klitschnass, und Ihre Vagina lechzt danach, endlich ausgefüllt zu werden.« Er schob einen Finger in sie, worauf sich das Gewebe sofort zusammenzog. »Sie sind immer noch geil, Frau Wagner. So kenne ich Sie gar nicht.«

Sonja sagte nichts, also nahm Henning das als Aufforderung und setzte die dicke Silikoneichel an ihren Eingang. Sanft stupste er sie dagegen und drehte das Toy, bis dessen Spitze glitschig von ihrem Saft war. Dann übte er mehr Druck aus und versuchte, den kräftigen Kopf in ihre zierliche Öffnung zu pressen.

Sonja wimmerte, während er sie dehnte. Der Dildo flutschte nur schwer hinein, Henning musste stärker drücken, sodass es schmatzte. Dabei beobachtete er genau ihre Reaktionen. Sie atmete flacher, Schweißperlen standen auf ihrer Stirn. Ständig leckte sie sich über die Lippen. Ihre Hände lagen auf ihren Brüsten, die sie durch den Kittel hindurch massierte. Nein, so sah keine Frau aus, der sein Tun nicht gefiel.

Henning drückte die Eichel fester hinein, bis der dicke Kopf von ihrer Vagina umschlossen wurde. Das Gewebe darum war leicht gespannt, doch Sonja schien den zarten Schmerz zu genießen.

»Vertragen Sie noch mehr?«, fragte er, selbst atemlos, und presste mit Daumen und Zeigefinger seinen Schaft oberhalb der Wurzel zusammen, um einen vorzeitigen Erguss zu verhindern. Es sah gigantisch aus, wie der dicke Dildo aus Sonjas Scheide ragte.

»Mehr«, hauchte sie.

Kurz machte Henning die Augen zu und versuchte an etwas zu denken, das seine Erregung minderte. Leider sah er auch im Geiste nur diesen dicken Dildo, der aus Sonja herausragte. Verdammt, er hatte noch so viel mehr Spielzeuge mit ihr testen wollen, aber das würde er nicht durchhalten! Er würde sich ein wenig beeilen. Daher schloss er seine Finger erneut um das mächtige Glied und drückte es tiefer in sie.

Sonja stöhnte lauter, je weiter der Dildo in ihr verschwand. Henning legte seine Wange an die Innenseite ihres Oberschenkels und genoss das Nylon an seiner Haut. Er rutschte näher zu ihrer Mitte, inhalierte ihren Duft und plötzlich lag sein Kopf an ihrer Leiste. Seine Zunge leckte um den massiven Schwanz und flatterte über ihre Klitoris, dann wieder hinab, glitt über ihren Anus und zurück.

Eine Hand stahl sich wieder an ihren Kitzler. Henning verpasste ihr erneut einen Klaps, und sie zog sie zurück. »Immer noch so gierig?« Die Schildkröte lag noch bereit. Henning schaltete das Vibro-Ei auf kleinste Stufe und hielt es an Sonjas empfindlichen Knubbel, während er mit der anderen Hand den Riesenschwanz bewegte und sie damit fickte. Dabei musste er aufstehen, so fest saß er in ihrer Scheide.

Der Stuhl wackelte, und ihre Brüste unter dem Kittel wogten auf und ab. Als er bemerkte, dass sie kurz vor einem zweiten Höhepunkt stand, legte er das Vibro-Ei weg und zog den Riesendildo aus ihr heraus.

»Nein!«, empörte sie sich. »Ich war noch nicht fertig!«

Henning grinste. »Aber ich.« Es machte ihm großen Spaß, Sonja zu »ärgern«.

»Es wird Zeit, ein anderes Toy zu testen.« Er beugte sich über Sonja. Sie atmete hektisch und schaute ihn unter halb gesenkten Lidern an. Henning öffnete die oberen Knöpfe ihres Kittels, um ihre Brüste freizulegen. »Damit Sie besser Luft bekommen, Frau Wagner«, sagte er mit heiserer Stimme, »wenn wir gleich zum Finale übergehen.«

Sie trug einen einfachen weißen BH, der ihre großen Hügel an Ort und Stelle hielt und sich zum Glück vorn aufmachen ließ. Kaum hatte er das Häkchen geöffnet, konnte Henning nicht anders: Er musste ihre großen Brüste berühren.

Er spielte an ihren Nippeln, bis sie ganz hart waren. Dabei stellte er sich so dicht an den Stuhl, dass seine Erektion an Sonjas Venushügel tippte. Leise stöhnend drückte sie sich ihm entgegen, aber er wich zurück. Er war viel zu erregt.

»Darf ich die Nippelklemmen an Ihnen testen, Frau Wagner?«

Ihre Augen wurden groß. »Bitte nicht!«

Henning griff nach unten, zwischen ihre Beine, und schob einen Finger in sie. »Der Lustschmerz hat Sie ganz nass werden lassen. Sie vertragen doch sicher mehr.« Er führte die Hand nach oben und verteilte ihre Nässe auf einer Brustwarze. Er massierte sie mit dem Daumen ein, bis Sonja wie ein Kätzchen schnurrte, und beugte sich darüber, um den Nippel fest zwischen die Lippen zu saugen und an ihm zu knabbern.

Sonja stöhnte auf. »Bitte keine Klemmen!«

Sein Schwanz presste sich in ihre nasse Spalte. Henning wollte nur noch in sie hineinrammen. »Gut, ich gebe nach.«

Als sie aufatmete, setzte er hinzu: »Aber ... ich werde Sie ficken.«

Ihre Augen bekamen erneut jenen Glanz, der Henning sagte, dass Sonja diese Idee gefiel. Sie nickte ergeben.

»Doch so einfach werde ich es Ihnen nicht machen.«

Henning zog sich zurück und griff in die Schublade. Der silberne Analvibrator lächelte ihn bereits die ganze Zeit an. Henning wärmte das Metall kurz in seiner Hand und gab Gleitgel darauf, das er normalerweise für die Ultraschalluntersuchungen benutzte. Der Vibrator war richtig schwer.

»Was haben Sie vor, Doktor?« Da Sonja in ihrer liegenden Position nicht sehen konnte, was er zwischen ihren Beinen anstellte, klang ihre Stimme ein wenig nervös.

»Schaffen Sie zwei Schwänze?« Als Henning ihre Feuchtigkeit, die unaufhaltsam zwischen ihren Pobacken hindurchlief, und das Gleitgel auf ihrem Anus verteilte, zuckten ihre Beine. »Nicht dort«, wisperte sie.

Henning zögerte. Sonja sollte ihr Spiel genießen. Er würde nur so weit gehen, wie sie es zuließ. »Atmen Sie tief durch. Sie kennen das doch von den Untersuchungen. Das ist nicht viel anders.« Er unterdrückte ein Stöhnen. Und wie anders das alles war. Hammergeil. Henning hätte nie gedacht, sein Inventar einmal zweckzuentfremden. »Ich werde Ihnen etwas einführen, das Ihnen große Lust bereiten wird.«

»Was?«, fragte sie wimmernd.

Henning drückte den konisch geformten Vibrator gegen ihren Schließmuskel. »Etwas Kleines, Schlankes. Keine Angst.« An der Spitze war das Gerät wirklich schmal, verbreiterte sich jedoch nach hinten. Mit sanftem Druck überwand Henning die erste Enge; der Muskel öffnete sich, und das Metall rutschte weiter hinein. Stück um Stück. Henning konnte nicht wegschauen. Er schob dieses Ding tatsächlich in Sonja!

»Klein?« Sie wimmerte erneut, sagte ihm aber nicht,

dass er damit aufhören sollte. Als sich der Vibrator nach der dicksten Stelle verengte, schloss sich der Muskel darum und hielt ihn fest. Es schaute nur noch das verbreiterte Ende heraus, das ein Hineinrutschen verhinderte. Dort befand sich ein kleiner Regler. Henning drehte ihn auf Stufe eins.

Sonja stieß einen Schrei aus. Ihre Beine zitterten, mehr Saft lief aus ihrer Scheide.

»Wie gefällt Ihnen das?«, fragte Henning.

»Es … ist … ungewohnt«, erwiderte sie abgehackt.

»Dann gebe ich Ihnen jetzt etwas Gewohntes.« Henning stellte sich dicht an Sonja und drückte seine Eichel an ihren Eingang. Schon jetzt übertrugen sich die Vibrationen auf seinen Schwanz. Verdammt, er würde das nicht lange aushalten!

»Doktor … bitte!«, flehte Sonja. Ihre Hände lagen auf ihren Brüsten und zwirbelten die harten Nippel. Der Anblick war zu scharf. Sonja derart losgelöst zu sehen hätte sich Henning nicht in seinen schmutzigsten Träumen ausgemalt. Sie wirkte immer so brav, beinahe schüchtern.

Wie von selbst glitt er in ihre Hitze. Wow, wie nass sie war! Ihre Scheidenwände schmiegten sich an seinen Schwanz. Durch den Vibrator war es in ihr enger als gewöhnlich, und Henning glaubte, das harte Metall tatsächlich zu spüren. Es trennte ihn auch nur ein wenig Gewebe von dem Sextoy. Die Vibrationen hingegen spürte Henning extrem. Sein Schwanz war im Paradies.

Hennings Knie wollten nachgeben, also legte er den Oberkörper auf Sonja ab, stützte sich auf ihre Brüste und genoss das schwere Gewicht in seinen Händen, die Fülle, die Weichheit, die Wärme. Er saugte an ihren Nippeln, während er Sonja fickte, so hart und tief, dass der Stuhl wackelte. Es war einfach nur geil!

»Henning!«, stöhnte sie und zog seinen Kopf zu sich. Ihre Lippen trafen sich. Ihre Küsse schmeckten nach Lust und Gier. Wann hatten sie sich das letzte Mal so intensiv geküsst? Oder geliebt? Nicht einmal vor vielen Jahren. Ihre Beziehung war dem Alltagstrott verfallen, sie schliefen nur aus Gewohnheit miteinander, weil es zu einer Partnerschaft gehörte. Henning vermisste die Abwechslung, die Aufregung, das Kribbeln. Das musste sich ändern! Henning war zwar um einige Jahre älter als seine Frau, aber lange nicht tot. Er wollte sein Leben noch genießen!

Er stieß fester zu und spürte den Orgasmus herannahen.

»Henning, ich …« Sonja warf den Kopf zurück und stöhnte hemmungslos. Ihre Scheide zog sich um seinen Schwanz zusammen, molk ihn. Sein Sperma schoss hervor. Keuchend entlud sich Henning, füllte sie mit seinem Samen. Der Höhepunkt war lang und intensiv. Seine Eichel pochte, und sein Herz raste wie verrückt, worauf sich Henning für einen Moment den morbiden Gedanken erlaubte: *Und jetzt sterben …* Doch er war schon im Himmel.

Henning wollte sich nicht aus ihr lösen, auch als es längst vorbei war. Sie schauten sich an und lächelten wie verknallte Teenager. Er griff nur einmal nach unten, um den Vibrator abzustellen, bevor seine Lippen wieder von ihrem Mund kosten mussten.

Als Sonja zu Atem kam, hauchte sie unter Küssen: »Ich liebe dich«, und wisperte an seiner Wange: »Das müssen wir unbedingt wiederholen.«

Henning grinste. Zum Glück war Wochenende. Sie hatten die Praxis ganz für sich allein und außerdem genug Toys übrig, die er an seinem Doktorluder testen konnte …

GELIEBTER FEIND

Aylesbury, April 1873

Justin Iddlesleigh, jüngster Spross einer schwerreichen Familie, war auf dem Weg zum Landsitz seines Vaters. Mehrere Jahre hatte Jus am Pembroke College in Oxford Medizin studiert und endlich seinen Abschluss in der Tasche – sehr zum Unwillen seines alten Herrn. Der sähe es lieber, wenn sein Sohn zur Armee gegangen wäre und längst eine Dame der guten Gesellschaft geheiratet hätte.

Gemütlich trabte Jus auf seinem Hengst die staubige Straße entlang, als ihn erste Regentropfen benetzten. Justin taxierte misstrauisch den wolkenverhangenen Himmel, bevor er das Tier in eine schnellere Gangart brachte. Sein Zuhause, das er in den letzten Jahren kaum zu Gesicht bekommen hatte, lag noch eine Stunde entfernt. Niemand wusste, dass er heute heimkam, und Jus verspürte auch nicht den Wunsch, seiner Familie so schnell entgegenzutreten. Die Stimmung dort war immer zum Zerreißen gespannt.

Dennoch zog er an den Zügeln, um zu wenden, und galoppierte durch ein brachliegendes Feld auf den angrenzenden Wald zu. Wie gut er sich an die Abkürzung erinnerte, die er als Junge benutzt hatte! Doch er musste auf der Hut sein; die Grenze des Reece-Territoriums verlief durch den Wald. Aber da Jus keine Lust hatte, bald bis auf die Knochen durchgeweicht zu sein, nahm er das Risiko, womöglich erschossen zu werden, in Kauf. Vielleicht würde sich keiner der Reece-Brüder mehr an ihn erinnern. Justin war ihnen das letzte Mal vor zehn Jahren begegnet, als er Claire an den Busen gelangt hatte. Hätte ihm nicht einer ihrer Brüder einen Stock über den Schädel gezogen, wäre es sicher zu mehr gekommen.

Justin erinnerte sich daran, als wäre es gestern gewesen.

»So halt endlich still!«, hatte er gesagt, als er Claire ins Gras zurückgedrückt hatte.

»Du kitzelst mich, Jus!« Kichernd griff sie nach dem Buch, das aufgeschlagen neben ihr auf der Wiese lag, und spielte mit einer rotbraunen Locke ihres Haars. Mit großen Augen blickte sie auf die Abbildung. »Sehe ich unter meiner Haut wirklich so gruselig aus?«

Justin nahm ihr den Anatomie-Atlas aus der Hand und legte ihn wieder neben sie. »Du hast versprochen, mir zu helfen. Du weißt doch, dass es mein größter Wunsch ist, einmal Arzt zu werden.« Hoch konzentriert befühlte er durch den Stoff des Hemdes ihre Rippen.

Claire Reece war vierzehn, zwei Jahre jünger als er, und Justins beste Freundin. Ein echter Kumpel, auf den immer Verlass war. Da ihre Mutter bei der Geburt von Claire gestorben war, lebte sie zusammen mit zwei Brüdern und dem Vater in einem Cottage auf dem angrenzenden Grundstück. Es war unschwer zu erkennen, dass in dem Haushalt eine weibliche Hand fehlte, denn Claire sah beinahe selbst wie ein Junge aus: Sie steckte in den Kleidungsstücken ihrer Brüder und hatte ihr Haar unter einem Schlapphut verborgen, unter dem einzelne Strähnen hervorlugten. Wie gerne wollte Jus auch nach einer Locke greifen, um zu fühlen, ob sie so weich war, wie sie aussah.

Justins Vater, der niemand anders als der Duke von Dangerfield war, hatte sie einmal zusammen beim Spielen erwischt, Claire jedoch zum Glück nicht erkannt. Seitdem trafen sie sich heimlich, denn der Duke und Claires Vater Grayson Reece – ein verarmter Viscount – waren erbitterte Feinde. Jus wusste nicht, worum der Streit ging. Aber beide Erzeuger sahen es nicht gerne, wenn ihre Kinder miteinander verkehrten.

Justin hatte auch zwei große Brüder, die sich mit den Reece-Jungs am liebsten jedes Mal geprügelt hätten, würden sie nicht dem Adel angehören. Aber Justin störte es nicht, dass Claire ein armes, obwohl adliges Mädchen war, denn mit ihr konnte er sprichwörtlich Pferde stehlen. Und sie hatte sich freiwillig als Übungsobjekt zur Verfügung gestellt, was er von seinen Brüdern nicht verlangen konnte. Die hätten ihn auf der Stelle erschlagen.

»Musculus rectus abdominis«, murmelte er, während er versuchte, durch Claires Kleidung den Bauchmuskel zu ertasten. Aufstöhnend fuhr er sich durch sein schwarzes Haar. »Ich kann überhaupt nichts fühlen. Ich denke nicht, dass Patienten etwas anhaben, wenn ein Arzt sie untersucht.«

»Ach, nun sieh mich nicht so vorwurfsvoll an, Jus!« Claire gab einen gespielten Seufzer von sich und öffnete die unteren Knöpfe des Hemdes. Ein bemerkenswert flacher Bauch kam zum Vorschein. »Aber wenn du mich wieder kitzelst, kannst du dir jemand anders suchen.«

Justin wusste, dass sie es ernst meinte. Mit Claire war nicht zu spaßen. Letztens hatte sie ihm einen Kinnhaken verpasst, nur weil er sie in den Fluss geschmissen hatte. »Ich werde mein Bestes geben.« Grinsend legte er die Finger auf ihren Bauch. Himmel, wie zart ihre Haut war!

Seine Hoden zogen sich zusammen. *Verdammt, Jus*, fluchte er in Gedanken, *das hier ist Claire und nicht das hübsche Zimmermädchen, von dem du nachts träumst!*

Seine Freundin lag in der Wiese, die Arme hinter dem Kopf verschränkt, und schaute in den Himmel. Zum ersten Mal fiel ihm auf, welch wunderschöne Augen sie besaß. Sie funkelten wie Smaragde. Grün und geheimnisvoll.

Justin schluckte und versuchte sich wieder auf die Abbildungen in dem Buch zu konzentrieren. »Ich probiere mal, ob ich deine Leber ertasten kann.«

»Mm-hm«, machte Claire bloß, während sie an einem Grashalm kaute und sichtlich verträumt den vorbeiziehenden Wolken hinterherblickte.

Seine Hände glitten weiter nach oben, bis sie an ihrem Brustkorb ankamen. »Die Leber müsste genau …« Als seine Fingerspitzen gegen etwas Weiches stießen, versteifte sich *jeder* Teil seines Körpers. Nein, das konnte nicht sein, Claire hatte unmöglich schon einen Busen!

Während er so tat, als würde er nach der Leber suchen, starrte er angestrengt auf das weite Hemd. Jetzt, wo sie so ausgestreckt im Gras lag, konnte er ganz deutlich die kleinen Hügel erkennen, die sich darunter abzeichneten. Sein Penis zuckte, und seine Atmung beschleunigte sich. Er war sechzehn, verdammt, also kein Junge mehr. Andere Männer in seinem Alter hatten bereits bei einer Frau gelegen. Nur *er* war wie immer hinterher. Ja, er hatte noch nie ein Mädchen nackt gesehen, außer in diesem Buch, das er tagsüber unter seinem Bett versteckte, um nachts …

Als er bemerkte, dass Claire ihn anstarrte, zog er die Hände zurück. »Was ist?« Seine Stimme klang rau. »War ich zu grob?«

Sie schüttelte den Kopf. »Nein, Jus, das hat sich sogar sehr gut angefühlt.«

Mittlerweile drückte sein Penis unangenehm gegen die Hose. »Dann mach ich mal weiter.«

»Tu dir keinen Zwang an.« Sie kicherte. »Ich möchte mir später von dir keine Vorwürfe anhören müssen, dass ich dir irgendwelche Steine in den Weg gelegt hätte.«

»Dafür sorgt schon mein Vater«, murmelte er und glitt mit seinen Händen wieder auf ihren Bauch …

Grinsend zog Justin den Kopf ein, um nicht von den herabhängenden Ästen skalpiert zu werden, doch sofort wurde seine Miene ernst. Claire und er waren keine Kinder mehr. Nach dem Zwischenfall hatte Jus von seinem Vater erfahren, warum die Iddlesleighs und die Reeces so erbitterte Feinde waren, weshalb er Claire nie wieder treffen würde und auch nie wieder sehen wollte. Schlagartig verschwand sein Lächeln, und er hoffte, keinem der Reeces über den Weg zu laufen.

Claire Reece lag fluchend auf dem moosbedeckten Waldboden und rieb sich den Knöchel. »Belle, du widerspenstiges Ding, komm sofort zurück!« Doch ihr Pferd war längst verschwunden. »Hat vor einem kleinen Hasen Angst und wirft mich ab. So ein Mist!«

Stöhnend zog sie sich den Reitstiefel vom Fuß. Das Gelenk schwoll bereits an. Wie sollte sie jetzt nach Hause kommen? Zu allem Überfluss begann es zu regnen. Sie blickte auf das Blätterdach über ihr und wischte sich eine Strähne aus dem Gesicht. Ihre Frisur hatte sich durch den Sturz vollkommen aufgelöst. *Wenn er mich so sieht, bringt er mich um!*

Plötzlich hörte sie Hufgetrappel. »Belle!« Sie wollte aufstehen, um ihrem Pferd entgegenzugehen, aber ein schmerzhafter Stich ließ sie wieder zusammensinken. Als sie erkannte, dass ihre Stute gemeinsam mit einem schwarzen Hengst antrabte, blieb ihr vor Schreck die Luft weg. Wenn das einer der Iddlesleigh-Brüder war, wäre sie verloren. Claire befand sich auf ihrem Grund und Boden. Diese Fehde, die seit ihrer Geburt zwischen den Familien herrschte, könnte böse für sie ausgehen!

Der Reiter *musste* ein Iddlesleigh sein. Obwohl der große Mann einen Zylinder sowie einen langen Mantel trug, erkannte Claire das typische schwarze Haar und die breiten Schultern, die alle Männer der Familie besaßen. Auf allen vieren versuchte sie hinter einem Gebüsch Schutz zu suchen – zu spät. Der Reiter war schon bei ihr angekommen.

Sie hörte, wie er absprang. »Miss! Ist Ihnen etwas passiert? Sind Sie vom Pferd gestürzt?«

Claire wagte nicht, sich umzublicken. Welcher der Brüder mochte das sein? Jonas, der Älteste, der einmal das Vermögen und den Titel seines Vaters erben würde und für seine Brutalität und Trinkgelage bekannt war? Oder Jacob, der Mittlere, der den Ruf hatte, sich Frauen aufzudrängen?

Ihre Kehle schnürte sich ob der aufsteigenden Panik

beständig zu. Was immer er ihr antun würde – sie würde es nicht kampflos über sich ergehen lassen. Nie mehr!

Die warme Stimme riss sie aus ihren Gedanken: »Hallo, Miss? Ist alles in Ordnung mit Ihnen? Sind Sie verletzt?«

Claire zuckte zusammen, als eine Hand ihre Schulter berührte. Der Regen hatte zugenommen. Wie kleine Sturzbäche fiel das Wasser vom Himmel, und die Feuchtigkeit drang bereits durch ihr Reitkostüm.

»Ich kann Ihnen helfen, ich bin Arzt.«

Arzt? Verwundert drehte sie sich um und blickte in ein Paar eisblauer Augen, die sie als kleines Mädchen schon fasziniert hatten. »Justin?«

»Claire?« Gerade hatte er an sie gedacht, und in seinen Erinnerungen war sie immer noch jenes vierzehnjährige burschikose Mädchen. Doch nun lag vor ihm eine erwachsene Frau, die nicht im Geringsten einem Jungen ähnelte. Nur ihre unergründlichen tiefgrünen Augen gaben ihm die Sicherheit, dass sie es wirklich war. »Claire ...«

Wut ballte sich in seinem Magen zusammen. Jahrelang hatte er ihr die Schuld für sein liebloses Leben gegeben. Jetzt, wo er Arzt war, wusste er natürlich, wie lächerlich das war, allerdings hatte sich dieser Zorn fest in ihn eingebrannt.

»Was ist passiert?« Seine Stimme klang kälter, als er wollte. Als Arzt war er verpflichtet ihr zu helfen, auch wenn er am liebsten so schnell wie möglich vor ihr geflohen wäre. Ihre Schönheit verwirrte ihn.

Claires süßer Mund öffnete und schloss sich ein paar Mal, ohne dass ein Laut erklang. Sie blickte ihn an, als würde sie einen Geist sehen.

»Belle«, brachte sie schließlich hervor. »Sie hat mich abgeworfen. Dabei habe ich mir den Knöchel verstaucht.«

Sie trug nur einen Stiefel. »Darf ich?«, fragte er barsch, und als sie zögerlich nickte, kniete er sich zu ihr und nahm ihren Fuß in die Hände. Am Außenknöchel ertastete er eine leichte Schwellung. *Welch zierlichen Fuß sie hat*, dachte er und musste Claire daraufhin wieder ansehen.

Der Regen nahm stetig zu. Dicke Tropfen verfingen sich in ihrem kastanienfarbenen Haar, dessen Locken ihr bis über die Schultern fielen. Ihr Körper steckte in einem braunen Reitkostüm und betonte jede ihrer weiblichen Kurven. Seine Claire, sein einstmals »bester Freund«, war zu einer wunderschönen Frau herangereift, mit der er hier nicht allein im Regen stehen sollte. Er musste von ihr weg.

Stattdessen streckte er ihr den Arm hin. »Nimm meine Hand.« Als er ihr aufhalf, bemerkte er den kostbaren Ring an ihrem Finger. Wie konnte sie sich so ein Schmuckstück leisten? Jetzt fielen ihm auch die teure Kleidung und das edle Pferd auf, was ihm Gewissheit brachte: Sie hatte einen reichen Mann geheiratet. Dieser konnte sich glücklich schätzen, eine so hübsche Frau an seiner Seite zu haben. Justins Herz verkrampfte sich. Claire ging ihn nichts an.

Er versuchte, sich seine Verwirrung nicht anmerken zu lassen. »Was machst du hier draußen?« Fester als üblich presste er sie an sich, damit sie das verletzte Bein nicht belastete, wobei ihm ein blumiger Geruch in die Nase stieg. Claire ging ihm nur bis zur Brust, was bei ihm beinahe den Wunsch auslöste, sie nie wieder loszulassen und vor allen Gefahren zu beschützen. Aber sie gehörte zu den Reeces – zu seinen Feinden –, ob er wollte oder nicht.

Krampfhaft hielt sie sich an seinen Schultern fest und starrte ihn an. Sie zitterte – ob der Kälte oder wegen seiner Nähe, das wusste er nicht –, doch ihr bebender Körper fühlte sich in seinen Armen einfach richtig an.

Claire räusperte sich. »I-ich war eine Freundin besuchen und gerade auf dem Heimweg. Als ich die schwarzen Wolken bemerkte, habe ich die-diese Abkürzung genommen.«

Offensichtlich entsprach das nicht der Wahrheit. Claire hatte bereits früher gestottert, wenn sie flunkerte. Dass sie ihm nicht mehr vertraute und ihn belog, tat weh. Aber was erwartete er? Es lagen zu viele Jahre der Trennung zwischen ihnen, und die Freundschaft aus Jugendtagen existierte nicht mehr. Justin spürte, wie sie innerlich vor ihm auf Abstand ging. So war es ohnehin besser für sie beide.

Ein Blitz durchzuckte den Himmel, und Augenblicke später folgte ein ohrenbetäubender Donnerschlag. Jus lockerte den Griff. »Du musst sofort aus den nassen Sachen raus. Ich bringe dich nach Hause.«

»NEIN!« Die Lider weit aufgerissen, blickte sie ihn an, wobei sich ihre Finger fester in seine Schultern krallten. »Er wird dich umbringen!«

Er? Ihr Mann? Oder ihr Vater? Jus erinnerte sich an Mr. Reece' Worte, nachdem seine Söhne Claire und ihn in der Wiese entdeckt hatten. Der mittellose Viscount war wutentbrannt zu ihrem Landsitz geritten und hatte dem Duke angedroht, Justin zu töten, sollte er sich noch einmal in die Nähe seiner Tochter wagen.

Claire hatte recht. Es wäre sehr unklug, sie zu begleiten.

Schmerzlich wurde ihm bewusst, dass sie eine Frau war, die er niemals haben konnte. Erstens, weil sie an einen anderen Mann vergeben war, zweitens, weil ihre Familien verfeindet waren, und drittens, weil er vom Adel abstammte und sie nur eine verarmte Lady war.

Verdammt, was hatte er für Gedanken? Er hasste sie doch!

Vor Claires Geburt war ihr Vater ein Mitglied der adligen Gesellschaft gewesen. Sein ausschweifender Lebensstil hatte allerdings dafür gesorgt, dass er sein Vermögen ausgegeben hatte und bloß noch sein Cottage und ein kleines Stück Land besaß.

Der Duke hatte Justin mehrfach gedroht, es niemals zu wagen unter Stand zu heiraten, sonst würde er die monatlichen Zahlungen an seinen Sohn einstellen. Claire war zwar nicht »ganz unter Stand«, aber für den Duke machte das keinen Unterschied. Für ihn zählten nur Geld und die gesellschaftliche Anerkennung.

Zudem war da noch die Sache mit seiner Mutter.

»Du musst trotzdem aus den nassen Sachen raus.« Die Luft kühlte weiter ab, und es regnete wie aus Eimern. Außerdem machte das Gewitter die Pferde unruhig.

Claire hing immer noch in seinen Armen. Ihre Nähe brachte ihn durcheinander. »Kannst du dich an die Jagdhütte erinnern?«, fragte er.

Er spürte ihren warmen Atem an seinem Kinn. »Ja, sie ist nicht weit von hier.«

»Lass uns dort Schutz suchen, bis das Unwetter vorbei ist.« Jus drückte sie schnell von sich, damit sie nicht merkte, welch widersprüchliche Gefühle in ihm tobten, und legte ihr seinen Mantel um. Anschließend umfasste er ihre Hüften und hob sie auf sein Pferd. Dann schwang er sich hinter ihr in den Sattel, und gemeinsam trabten sie durch den dichten Wald, Belle im Schlepptau.

Claire spürte den Druck seines Armes, den er gebieterisch um sie geschlungen hatte. Weil eine Tasche am Sattelknauf hing, saß sie beinahe auf Justins Schoß, weshalb sie die Hitze fühlen konnte, die von seinem Körper ausging. Wie sehr sie Jus vermisst hatte! Beinahe jeden Tag in den letzten zehn Jahren hatte sie an ihn gedacht. Jede Nacht, wenn sie im Bett lag, glaubte sie, seine warmen Hände auf ihrem Bauch zu spüren. Sie war noch ein Mädchen gewesen, als er sie so zärtlich berührt hatte, doch ihre Gefühle hatten sich seit dem Tag geändert. Aus Freundschaft war tiefe Zuneigung geworden. Aus Jus, ihrem besten Freund und Kumpel, war der Mann geworden, nach dem sie sich sehnte.

Kaum, da sie volljährig gewesen war, hatte ihr Vater sie gezwungen, Mr. Edward Tompson zu heiraten – einen alten Kaufmann aus der Stadt. Edward belohnte Pa reich dafür. Und immer, wenn ihr Ehemann sie berührte – lieblos und besitzergreifend –, hatte sie sich vorgestellt, es wäre Jus, um die ganze Sache zu ertragen.

Nun, wo sie Justin nach all der Zeit wieder gegenüberstand, hatte sich zwischen ihnen alles verändert. Sein kalter Blick und seine barsche Art zeigten ihr, dass sie nicht mehr seine Freundin war. Allem Anschein nach gehörte sie jetzt ebenfalls zu seinen Feinden. Was war nur zwischen ihren Familien passiert, dass sich sogar ihr bester Freund gegen sie gestellt hatte?

Seufzend schloss sie die Augen und lehnte sich an seine Schulter, worauf ihr der Regen direkt ins Gesicht fiel. *Wie gut Jus aussieht*, dachte Claire. Groß und schlank, doch das war er schon immer gewesen. Die Schultern waren breiter geworden und seine Oberschenkel muskulöser, wie sie durch die Hose erkennen konnte. Um seine Augen hatten sich einige Fältchen gebildet. War er ein ebenso verbitterter Mann geworden wie sein Vater? Claire war aufgefallen, dass er seine Lider ständig zusammenkniff. Das machte ihn ein wenig unheimlich.

Sie blinzelte, um auf seine Hände zu sehen, die auf ihren Oberschenkeln ruhten und die Zügel hielten. Seine langen Finger waren von feinen Härchen überzogen. Er besaß schöne Männerhände. Arzthände. Kein Vergleich zu Edwards Gichtfingern. »Du hast es also geschafft?«

»Was meinst du?« Sein Atem streifte ihr Ohr, was ihr einen angenehmen Schauer über den Körper jagte. Das wollte sie nicht! Sie musste sich Justin aus dem Kopf schlagen, oder sie würde noch daran zerbrechen, dass kein Mann sie wirklich wollte. Zumindest nicht ihr Herz.

Ein gewaltiger Donnerschlag ließ sie zusammenzucken, und sofort lehnte sie sich nach vorn. »Na, dass du Arzt geworden bist«, antwortete sie ihm so gleichgültig wie möglich. Er durfte nicht merken, wie schwach sie seine Nähe machte. Nie wieder wollte sie vor einem Mann Schwäche zeigen!

»Mm-hm.« Der Klang seiner Stimme vibrierte an ihrem Hals. Sie sprachen nicht viel, doch das mussten sie nicht. Es war beinahe so wie früher, nur Jus und sie. Wie oft waren sie gemeinsam auf seinem Pferd geritten, auf der Suche nach Abenteuern. Ach, könnte sie die Zeit zurückdrehen, sie würde jede Sekunde mit Justin viel intensiver genießen.

Für andere musste es den Anschein erwecken, als trabten sie ziellos durch den Wald. Nach kurzer Zeit sah Claire die Hütte, deren Holz vom strömenden Regen bereits dunkel verfärbt war. Es war ein ganz kleines Haus mit zwei Fenstern und daneben einem Unterstand für die Pferde. Vor vielen Jahrzehnten hatte es den Iddlesleighs als Jagdsitz gedient, doch Claire bezweifelte, dass irgendjemand außer Jus und sie noch von der Existenz dieser Baracke wussten.

Als die Tiere davor zu stehen kamen und Justin Claire vom Pferd hob, hielt er sie länger in den Armen, als es der Anstand gebührte. Claire sah das dunkle Feuer, das in seinen Augen loderte. Dies machte ihr Angst und Hoffnung zugleich. Ein Beben ging durch ihren Körper. Himmel, was war das zwischen ihnen? Noch nie hatte ein Mann solche Gefühle in ihr ausgelöst!

Endlich ließ er sie los, und der intime Augenblick war vorüber. »Geh schon mal rein, ich kümmere mich um die Tiere.« Die Kälte in seiner Stimme ließ sie frösteln.

Claire nickte und ging ins Haus. Was würde Jus sagen, wenn er sah, was sie aus ihrem »Räubernest«, wie sie es früher genannt hatten, gemacht hatte? Beinahe jede Woche kam sie in die Hütte, die ihr auch als Zufluchtsort gedient hatte, wenn sie vor ihrem tyrannischen Ehemann geflohen war.

Sie begab sich zu dem aus Steinen errichteten Kamin, der sich im hinteren Teil des kleinen Raumes befand, und entzündete das Feuer, das sie gerade erst gelöscht hatte. Dann hängte sie Justins feuchten Mantel an einen Haken daneben und stellte ihre Stiefel zum Trocknen hin.

Barfuß tapste sie zu dem einzigen Regal, holte einen Kessel und zwei Tassen herunter und stellte alles auf den wackeligen, aber sauberen Tisch. Aus einem Krug goss sie Wasser in den Kessel. Wenigstens Tee und trockene Kekse konnte sie ihrem Freund anbieten.

Falsch – er war nicht mehr ihr Freund. Wieder fragte sie sich, was damals bloß geschehen war.

Sie sah zur Tür, durch die sie den prasselnden Regen vernahm, doch Justin war noch nicht eingetreten. Erneut drehte sie sich um, wobei ihr Blick auf das schmale Bett fiel, das sie sich gebaut hatte. Viele Nächte hatte sie darin gelegen, einsam und den Tränen nahe, und hatte sich selbst bemitleidet – und sich nach ihrem Freund und den Abenteuern aus Kindertagen gesehnt.

Plötzlich wurde die Tür aufgestoßen, und Justin polterte herein. Er musste sich ducken, um sich den Kopf nicht am Türrahmen zu stoßen. Dicke Tropfen fielen vom Rand des Hutes, den er in der Hand hielt. Das helle Hemd klebte ihm am Körper wie eine zweite Haut. Claire erkannte den dunklen Schatten des Brusthaars, und ihr Atem stockte. Schon standen ihre Wangen in Flammen, doch Jus bemerkte das anscheinend nicht. Mit großen Augen starrte er in den Raum, während er die Arzttasche und den Zylinder auf den Tisch stellte. »Claire, ich glaube, hier wohnt jetzt jemand. Wir sollten lieber gehen!«

Sofort humpelte sie an ihm vorbei, um die Tür zu schließen. »Willkommen daheim, Jus!«

Als er sich zu ihr umdrehte, wurde sein Blick eisig. »*Du* hast das gemacht? Bist du wahnsinnig? Weißt du, wie gefährlich es für dich ist, hier, auf dem Grund und Boden meines Vaters?« Durch das Grollen des Donners hörte es sich an, als würde er sie anknurren.

Sie wich vor ihm zurück. Ihr Herz klopfte wild. Es machte ihr Angst, wenn ein Mann sie so finster anstarrte.

»Du hast selbst einmal gesagt, dass niemand von deiner Familie die Hütte kennt. Es war doch purer Zufall, dass wir sie damals entdeckt haben!« Schützend verschränkte sie die Arme vor der Brust.

Justins Gesicht wurde weicher. »Was hast du dir dabei nur gedacht?«

Ohne auf seine Frage einzugehen, holte Claire mit zitternden Fingern den Kessel vom Feuer. Dabei strich sie sich eine feuchte Strähne aus dem Gesicht. »Möchtest du Tee?« Sie musste einen furchtbaren Eindruck machen! Bei ihm hingegen sah es wunderbar aus, dass ihm die dunklen Haare wirr in die Stirn fielen. Sie gaben ihm etwas Verwegenes, Piratenhaftes.

»Wir sollten erst mal aus den nassen Sachen raus. Danach nehme ich gerne eine Tasse.« Ohne Vorwarnung zog er sich das Hemd über den Kopf. Claire hätte beinahe den Kessel fallen lassen. Sie hatte nicht gewusst, dass ein Mann so gut gebaut sein konnte. Auf dem schlanken Körper sah sie das Spiel seiner Muskeln, und auf dem flachen Bauch befand sich eine Spur schwarzer Härchen, die in der Hose verschwand. Im Gegensatz zu Edward wirkte Jus auf sie wie ein junger Gott!

Verlegen wandte sie sich ab und öffnete ihren Rock. Sie musste sich wirklich ausziehen. Ihr war bitterkalt, obwohl ein seltsam warmes Gefühl von ihrer Leibesmitte aufstieg.

Justin hatte alles ausgezogen, bis auf die Hose. Claire sollte nicht sehen, wie es um seine Beherrschung stand. Der gemeinsame Ritt, als sich ihre festen Pobacken gegen seinen Schritt gedrückt hatten, war für ihn eine lüsterne Folter gewesen. Da kam es ihm sehr gelegen, sich um die Tiere zu kümmern. So hatte er sein erhitztes Blut abkühlen können.

Während er die feuchte Kleidung um den Kamin drapierte, sah er Claire aus den Augenwinkeln beim Ausziehen zu. Mittlerweile trug sie nur noch ihre Unterwäsche – ein einfaches Leinenhemdchen, das ihr knapp über die Rundungen des Gesäßes reichte. Sie stand vor dem Fenster, als ein Blitz den Raum erhellte und sich ihre Silhouette für den Bruchteil einer Sekunde durch den Stoff abzeichnete.

Jus presste die Lider aufeinander. Es war falsch, für diese Frau Lust zu empfinden. *Sie ist an allem schuld!*, versuchte er sich erneut den Grund ins Gewissen zu rufen, warum er sie eigentlich hassen musste.

Er öffnete die Augen erst wieder, als er Claire neben sich spürte. Mit einer um den Körper gewickelten Decke stand sie bibbernd vor dem Feuer und rieb sich die Hände.

»Tritt bitte ein Stück zur Seite.« Justin hob die dünne Matratze vom Bettgestell und legte sie vor den Kamin. »Setz dich, dann wird dir gleich wärmer.«

Er holte sich eine andere Decke, schlüpfte schnell aus der Hose – jetzt, da sie ihm den Rücken zudrehte – und wickelte sich den Stoff um die Hüften. Anschließend setzte er sich neben sie, darauf bedacht, Claire nicht zu berühren.

Claire hatte sich das Laken unter die Achseln geklemmt und die Arme um die angezogenen Knie geschlungen. Genau so hatte sie als Mädchen ausgesehen, wenn sie ein Lagerfeuer gemacht und Stockbrot geröstet hatten. Waren wirklich schon zehn Jahre vergangen?

Plötzlich sprang sie auf. »Unser Tee!« Sie humpelte

zum Tisch und kam mit zwei dampfenden Tassen zurück. Wie eine römische Göttin in einer Toga wirkte sie auf ihn. Die schlanken Fesseln blitzten unter dem Tuch auf und brachten Justins Lenden ein Ziehen ein, das durch seinen ganzen Körper ging. Auf ihren nackten Schultern kringelten sich die feuchten Haarsträhnen, die sich aus ihrer Frisur gelöst hatten, und erweckten in ihm den Wunsch, Claire auf den Hals zu küssen. Er hätte ihr am liebsten sofort den Stoff vom Körper gerissen und sie vor dem Kamin genommen, so schmerzhaft pochte seine Männlichkeit.

Dankend nahm er die Tasse entgegen und wärmte sich die Hände an dem heißen Porzellan. Doch in seinem Inneren verbrannte er. Was hatte Claire mit ihm angestellt? Noch nie hatte er sich so sehr zu einer Frau hingezogen gefühlt. Er begehrte sie nicht nur körperlich – nein, da stand mehr zwischen ihnen, und das durfte nicht sein. Sie war schuld am Tod seiner Mutter. Nein, Claires *Schönheit* war schuld daran, dass er keine liebenswerte Familie mehr besaß. Sie durfte nicht auch noch ihn ins Unglück stürzen.

Um sich wieder auf andere Gedanken zu bringen, ging er zum Tisch und holte einen Tiegel aus seiner Tasche. »Darf ich mir noch einmal deinen Fuß ansehen?«

»J-ja, natürlich.« Er bemerkte wieder ihre zitternden Hände, als sie die Tasse neben sich auf den Boden stellte und das Laken ein wenig anhob. Dabei überzog ein sanfter Rotschimmer ihre Wangen.

Justin schluckte mühsam. Claires Mann musste der glücklichste Mensch auf Erden sein. *Gut, dass sie schon vergeben ist.*

Vorsichtig betastete er den Knöchel. »Das hier ist eine

Creme aus Arnika. Sie lässt deine Schwellung schnell zurückgehen. Es scheint nichts Ernsthaftes zu sein; in ein paar Tagen ist dein Fuß wie neu.«

Mit kreisenden Bewegungen massierte er eine Portion der Salbe auf ihrem Fuß ein. Ein leises Stöhnen ihrerseits ließ ihn innehalten. »Wenn es dich zu sehr schmerzt – ich habe Laudanum in meiner Tasche.« Er sprang auf und stellte ein kleines Fläschchen auf den Tisch. »Nur für den Fall ...«

»Oh nein, das ist es nicht.« Ihr Gesicht war nun knallrot. Gefielen ihr seine sanften Berührungen etwa? Jus kniete sich wieder zwischen ihre Beine und fuhr mit der Behandlung fort. Konzentriert auf das Prasseln des Regens lauschend, versuchte er sich abzulenken. Das Wasser tropfte durch das Dach auf einen Stuhl. Angestrengt taxierte Justin die Pfütze, doch sein Blick glitt immer wieder zu Claires Fuß zurück.

Plötzlich rutschte ihr Betttuch ein Stück zur Seite und gab den Blick auf einen Oberschenkel frei. Sofort stieg ihm der Duft ihres Schoßes in die Nase. *Himmel, Claire!*, fluchte er in Gedanken. *Warum machst du es mir so schwer, dich zu verachten?*

Claire blickte in Justins verklärte Augen. Ihr war seine Erregung nicht entgangen. Groß und bedrohlich zeichnete sie sich durch die Decke ab. Ununterbrochen starrte sie auf den flachen Bauch und seine Brust, die sich deutlich hob und senkte. Justins Nasenflügel blähten sich, sein Atem ging schnell.

»Claire ...«, flüsterte er rau. »Ich ... bitte schick mich fort. Jetzt, auf der Stelle!« Langsam schob er ihr Betttuch zur Seite, doch sie rührte sich nicht.

Niemals zuvor hatte ein Mann direkt auf ihre Scham geblickt. Auch nicht ihr Mann Edward. Gänsehaut überzog ihren Rücken, als sie kurz daran dachte, wie Edward ihr sich bloß im Dunkeln genähert hatte. Brutal hatte er sich zwischen ihre Schenkel gedrängt, sich genommen, was er wollte, und hatte sie jedes Mal unbefriedigt und mit Schmerzen zurückgelassen, bevor er sich wieder in sein Schlafzimmer verzog.

Würde Justin sich auch so rücksichtslos verhalten? Wenn er nur ein bisschen wie sein Vater oder seine Brüder war, musste sie mit dem Schlimmsten rechnen. Ein wenig Furcht überkam sie, als sie abermals auf die große Ausbuchtung des Lakens blickte, aber auch Neugier. Kein einziges Mal hatte sie Edwards Geschlecht gesehen oder es mit den Händen berührt. Sie wusste immer noch nicht richtig, wie dieser männliche Körperteil überhaupt aussah!

Neugierig beugte sie sich nach vorn, um Jus die Decke von den Hüften zu ziehen. *Ach, du liebe Güte!*, war ihr erster Gedanke, als sie den aufgerichteten Schaft erblickte. Er war so lang und dick. Kein Wunder, dass Edward ihr damit wehgetan hatte.

Auf der runden Spitze glitzerte ein Tropfen. Interessiert beugte Claire sich weiter zu ihm und fuhr leicht mit den Fingern über das glatte Fleisch.

Sofort wich Justin zurück; sein Geschlecht zuckte. »Claire, tu das nicht!«

Enttäuscht lehnte sie sich zurück. Anscheinend mochte es ein Mann nicht gern, dort berührt zu werden.

Fasziniert verfolgte sie jedoch das Spiel von Justins langen Fingern, die die Innenseite ihrer Schenkel hinaufglitten und Gefühle in ihr auslösten, die sie niemals verspürt hatte. Alles pochte und kribbelte zwischen ihren Schenkeln. Dabei nahm Jus die Augen nicht von ihrer Weiblichkeit.

»Claire«, flehte er, »gebiete mir Einhalt!« Aber sie konnte es nicht.

Als Jus begann, ihre Haut zu küssen – erst an ihrem Knie, und dann weiter aufwärts –, griff sie in sein Haar und zog seinen Kopf genau auf die Stelle, wo sie seine Zunge spüren wollte. *Sie* wollte dort berührt werden, und zwar auf alle erdenklichen Arten!

Justins auferlegte Selbstbeherrschung schmolz endgültig. Als er das Glitzern an Claires Eingang sah, von wo dieser betörende Geruch herrührte, presste er die Lippen auf die dunklen Locken. Tief inhalierte er ihren weiblichen Duft, während sich Claire ihm entgegendrückte und ihr ein lang gezogenes Stöhnen entkam. Gierig leckte er durch die feuchte Spalte. So gut hatte noch keine Frau geschmeckt. Nicht dass er schon viele dort gekostet hätte, aber Claires Geschmack betörte all seine Sinne. Mit den Daumen öffnete er sie weiter, um sich tiefer in ihr zu verlieren. Immer wieder tauchte er mit der Zunge und den Fingern in sie. Er konnte nicht genug von ihrem Saft bekommen, der förmlich aus ihr heraussprudelte.

Wagemutig presste er den Mund auf ihren Kitzler und saugte und knabberte daran, bis Jus die Kontraktionen um seine eingeführten Finger fühlte.

Welch leidenschaftliche Frau sie war! Wie sehr Justin ihren Mann beneidete!

Plötzlich wurde ihm schmerzlich bewusst, dass ein anderer sie haben konnte, wann immer und sooft er wollte. Nein, das durfte nicht sein, er wollte das nicht!

Er glitt auf ihren Körper, der von einem feinen Schweißfilm überzogen war. Ihre Lippen fanden sich wie von selbst, und Claire schlang die Arme um seinen Nacken, um ihn noch mehr auf sich zu ziehen.

Ihr Kuss war atemberaubend. Alles drehte sich in seinem Kopf, er wusste nicht mehr, wo oben und unten war. In einer geschmeidigen Bewegung versenkte er sich in ihr, ohne groß über mögliche Konsequenzen nachzudenken. Claire versteifte sich kurz unter ihm, doch gleich begann sie mit den Hüften zu kreisen und ihn wieder zu küssen.

Wie süß sie schmeckte! Nach Honig und Mandeln und ... ihr Geschmack erinnerte ihn an Weihnachten.

Weihnachten – wie glücklich waren sie alle gewesen, als seine Mutter noch lebte.

Ihre Zunge fuhr über seine Lippen, drang tief in seinen Mund ein und umschlang ihn wie die Nymphe einen Satyr beim Liebesspiel. Justin verteilte seinen Speichel reichlich in ihr. Er wollte alle Spuren ihres Ehemannes beseitigen. Doch nicht nur dort, auch zwischen ihren Beinen wollte er sich verewigen. Eine plötzliche Eifersucht stieg in ihm auf, die seinen Stößen Energie verlieh. Aber da gab es noch mehr: Lust, Trauer und Wut, die all die Jahre in ihm gebrodelt hatten, vermischten sich zu einem einzigen Gedanken: Rache! Jetzt bot sich die Gelegenheit, Mr. Reece für seine Sünden zu bestrafen, indem Jus seine Tochter nahm. Und an Claire konnte er sich dafür rächen, dass sie ihm die Mutter entrissen hatte, die er so sehr liebte.

Seine Hand wanderte hinab zwischen ihre Schenkel, wobei er sich mit der anderen neben ihrem Kopf abstützte. Während er ihre Klitoris rieb und spürte, wie sich ihr

Innerstes um seine Erektion schmiegte, ja, sie beinahe melkte, blickte er ihr unablässig in die Augen. Er wollte genau sehen, was er ihr antat. Und als eine immense Woge der Lust sie beide umspülte und mit sich riss, pumpte er alles in sie, um auch die restlichen Spuren ihres Mannes zu vernichten und seinen Samen tief in sie zu pflanzen. Ein Kind von ihm würde dem Ganzen die Krone aufsetzen! Sie wäre für immer gebrandmarkt.

Er lachte teuflisch auf, als er sich von ihr löste und in seine feuchten Kleider stieg. Die Lider zusammengekniffen, blickte er auf sie hinab. Dabei raste sein Herz schmerzhaft. Himmel, wieso war sie nur so hübsch?

»Zehn Jahre lang habe ich darauf gewartet, es dir und deinem Vater heimzuzahlen. Aber ich hätte nie gedacht, dass Rache so lustvoll sein kann!«

Kopfschüttelnd sah sie ihn an. »Justin ... was habe ich dir denn getan?« Sie hielt sich krampfhaft die Decke vor den Körper, während sich ihre Augen mit Tränen füllten. Ihr verstörter Blick verriet ihm, dass sie es tatsächlich nicht wusste.

Unter ihren Schluchzern kaum hörbar, vernahm er dennoch die Worte: »Du bist genauso schlecht wie der Rest deiner Familie.«

Sein Magen verkrampfte sich, und er musste den Blick abwenden. Er durfte für diese Reece kein Mitleid empfinden. Sie hatte ihre Strafe bekommen.

»Du hättest mich wegschicken sollen, als ich dich darum gebeten habe«, sprach er leise. Plötzlich fühlte er sich erbärmlich. *Oh Gott, was habe ich getan?*

Überstürzt zog er sich an und verließ die Hütte. Er ritt davon, als wäre der Teufel persönlich hinter ihm her, doch er hörte, wie Claire ihm wütend nachrief: »Der Blitz soll dich treffen, Justin Iddlesleigh!«, womit sie vollkommen recht hatte. Er hätte es mehr als verdient.

Drei Tage später hatten Selbstzweifel und Reuegefühle Justin beinahe aufgefressen. Er war kein bisschen besser als Mr. Reece! Wie konnte er Claire gegenüber so grausam sein? Sie waren einst die besten Freunde gewesen, und Claire konnte schließlich nichts für die Sünden, die ihr Vater begangen hatte. Außerdem war Claire ein Baby gewesen und Justins Mutter eine erwachsene Frau. Wenn er jemandem die Schuld zuschieben musste, dann höchstens ihr!

Er ließ seinen Hengst satteln und verließ in wildem Galopp das Anwesen seines Vaters. Er musste zu Claire; er musste sich für sein Verhalten entschuldigen. *Wie kann ich nur jemals gutmachen, was ich ihr angetan habe, verdammt!*

Wo wohnte sie jetzt überhaupt? Ihr Ehemann würde ihn zum Duell auffordern, so viel stand fest. Ein Wunder, dass er noch nicht beim Duke vor der Tür gestanden hatte. Sollte Justin ihn erschießen, käme er natürlich für Claires Lebensunterhalt auf. Irgendwie. Sollte er selbst dabei umkommen, hätte er es wohl nicht anders verdient. Sollte Gott über ihn richten. Aber so konnte er nicht weiterleben.

Jus beschloss, die Abkürzung durch den Wald zu nehmen. Dabei drückte der schwere Revolver, den er unter dem Mantel trug, gegen seine Rippen. Erst als er Claires Stute im Unterstand sah, bemerkte er, dass er unbewusst den Weg zur Hütte eingeschlagen hatte.

Der Puls dröhnte in seinen Ohren. *Gott sei Dank, Claire ist hier!*

Mit zitternden Händen band er sein Pferd an und begab sich in die Hütte. Er brauchte einen Augenblick, bis sich seine Augen an die Dunkelheit gewöhnt hatten. Das Feuer war heruntergebrannt und die Vorhänge geschlossen.

»Claire?« Wo war sie? Er tastete nach der Lehne eines Stuhls und warf seinen Mantel darüber. Dann zog er den Stoff vor dem Fenster zur Seite, worauf Tageslicht in den kleinen Raum strömte. Dabei fiel ihm das Fläschchen Laudanum auf, das auf dem Tisch stand. Natürlich, er hatte es aus der Tasche genommen, als er ihren Fuß massiert hatte.

Als er es an sich nahm, registrierte Jus, dass es leer war. Rasch blickte er auf das Bett. »Claire!« Reglos lag sie in die Laken gehüllt.

Er eilte zu ihr, um sie sanft an der Schulter zu rütteln, doch sie wachte nicht auf.

Ein ungutes Gefühl befiel ihn. Abwechselnd blickte er von der leeren Flasche auf das niedergebrannte Feuer und zurück zu Claire. *Bitte nicht …*, dachte er atemlos und fühlte den Puls an ihrem Hals. Wie viel von dem Mittel hatte sie genommen? *Verdammt, Justin, versuch dich zu erinnern! Wie voll war die Flasche?*

Plötzlich bekam er kaum noch Luft, worauf er sich das Krawattentuch vom Hals riss. Schmerzhaft schnürte sich sein Herz zusammen. *Claire …* Er allein war daran schuld, dass sie sich umbringen wollte!

Erneut blickte er auf das Fläschchen und in den Kamin, wo ein letzter Rest Holz glimmte. Es war zu spät, ihr etwas einzuflößen, damit sie sich übergeben konnte. Das Opium befand sich mittlerweile in ihrem Blutkreislauf. Eine Überdosis bedeutete den sicheren Tod.

Immer wieder rüttelte er an ihren Schultern und schlug ihr leicht ins Gesicht, doch ihre Lider flatterten nicht einmal. Vorsichtig legte er sie zurück auf das Kissen. Mit den geröteten Wangen sah sie wie ein Porzellanengel aus. Wunderschön und unschuldig. *Was habe ich nur getan?*

Verzweifelt sank er auf die Knie und lehnte sich gegen das Bett. Ihm war speiübel, alles drehte sich vor seinen Augen, sein Puls raste, eisiger Schweiß stand auf seiner Stirn. »Es tut mir so leid, Claire! Das wollte ich nicht.«

Seine Hand glitt an den Griff des Revolvers. Er war Arzt, verdammt! Seine Bestimmung war es, Menschen zu retten, und nicht, sie in den Tod zu treiben.

Er hatte versagt.

Claire hielt ihre Augen weiterhin geschlossen, versuchte ein entspanntes Gesicht zu machen und so flach wie möglich zu atmen.

Selbstverständlich hatte sie nur eine kleine Dosis des Opiats genommen. Sie hatte lediglich schlafen wollen. Niemals würde sie sich wegen eines Mannes das Leben nehmen. Nein – kein Mann würde jemals solch eine Macht über sie haben!

Sie spürte einen Druck an ihrem Oberschenkel. War das Justins Kopf, der da auf ihr lag? Angestrengt lauschte sie seinen Worten, was ihr schwerfiel, da das Laudanum noch wirkte. Wie angenehm war es, einzuschlafen und für eine Weile all die Sorgen zu vergessen, aber jetzt musste sie genau überlegen, wie sie weiter vorging. Wenn er schon hier war, wollte sie ihm sein unverzeihliches Verhalten heimzahlen!

Es hatte sich also herausgestellt, dass er auch ein besitzergreifender Mann war, der sie ebenso benutzt hatte wie Edward. Justin war genau wie der Rest seiner Familie – kalt und berechenbar. Es gab nur einen Unterschied: Er hatte ihr wirklich Lust bereitet. Für einen kurzen Moment hatte sie sich in seinen starken Armen begehrt gefühlt, doch nun verspürte sie einen unbändigen Zorn in sich aufsteigen. »Lustvolle Rache« hatte er es genannt? *Ja, Justin, dieses Spiel beherrsche ich auch!*

»Natürlich kannst du nichts dafür. Du warst ein Baby«, hörte sie ihn sagen. »Aber als Kind habe ich das anders gesehen. Ich war plötzlich so eifersüchtig auf dich, weil meine Mutter dich mir vorgezogen hat, und diese Wut fraß ich all die Jahre in mich hinein. Erst als ich Medizin studierte, verstand ich es.«

Seine Mutter hat mich ihm vorgezogen?, dachte Claire verwundert. *Wovon spricht er?*

Je mehr die Wirkung des Laudanums nachließ, desto wütender wurde sie. Sie öffnete die Augen und erblickte Justin, der vor dem Bett saß und ihr den Rücken zukehrte. Sie sah nur sein rabenschwarzes Haar und die breiten Schultern. Ununterbrochen redete er weiter.

»Vor deiner Geburt, lange bevor dein Vater sein Vermögen verspielte, waren unsere Familien eng befreundet. Als deine Mutter starb, flüchtete sich dein Vater in die Arme meiner Mutter. Erst tröstete sie ihn und kümmerte sich um dich. Du warst so süß, hübsch und hilflos, dass sich meine Mutter in dich verliebte, dann erwiderte sie die Gefühle deines Vaters. Sie verliebten sich ineinander, was mich heute nicht mehr wundert. Mein Vater, der Duke, war schon immer ein kalter Mann.« Sie hörte Justin tief seufzen. »Die heimliche Affäre flog auf, als ihr Bauch größer wurde. Sie hatte sich immer eine Tochter gewünscht, und du warst so süß und hilflos. Sie hat sich um dich gekümmert, bis sie selbst ein Mädchen bekam.«

»Ich kann mich nicht an sie erinnern.«

»Claire!« Sie lebte, lieber Gott, sie lebte!

Während er aufsprang und sich zu ihr umdrehte, blinzelte er die Feuchtigkeit aus den Augen. Die Waffe ließ er unauffällig hinter seinem Rücken im Hosenbund verschwinden.

Himmel, war sie wütend! Der Blick, den sie ihm aus den funkelnden Augen zuwarf, hätte einen Felsen sprengen können!

»D-du warst erst zwei, als sie starb.« Seine Erleichterung kannte keine Grenzen. Wie gerne hätte er sie jetzt in die Arme genommen, um mit ihr durch die Hütte zu wirbeln.

Als sie sich aufrichtete und aus dem Bett stieg, wich er jedoch vor ihr zurück, was genau die richtige Entscheidung war. Wie eine Furie ging sie auf ihn los, trommelte mit den Fäusten gegen seine Brust. »Du bist erbärmlicher als Abschaum, Justin Iddlesleigh! Geh mir aus den Augen!«

Er verstand, dass sie wütend war, aber er musste ihr erklären, was über ihn gekommen war. Vielleicht würde sie sein Handeln dann nachvollziehen können. Sie wusste doch, wie es war, keine Mutter mehr zu haben. »Meine Mutter verblutete, weil sie eine Fehlgeburt hatte. Sie trug unsere Halbschwester unter dem Herzen. Ich wusste nicht, dass sie meinen Vater betrogen hatte, dachte, sie wäre bei der Geburt meiner richtigen Schwester gestorben. Deswegen wollte ich Arzt werden. Bis zu dem Tag, als uns deine Brüder im Gras überraschten, kannte ich die Wahrheit nicht.« Er schluckte schwer. Mittlerweile kostete es ihn immer mehr Kraft, Claires Schläge abzuwehren. Ihre grünen Augen blickten so voller Hass, dass er ein schmerzhaftes Ziehen in der Brust spürte.

»Ich habe meine Mutter so sehr vermisst, Claire. Sie war so oft bei dir und deinem Vater, und plötzlich war sie tot!« Er hatte sich damals von der ganzen Welt verlassen gefühlt, und als er die Wahrheit kannte, verraten. Auch jetzt fühlte er sich wieder wie der einsame Junge von damals. Fest schloss er Claire in die Arme, damit sie ihm endlich zuhörte. »Bitte vergib mir.«

Schwer atmend versteifte sie sich. In ihren wunderschönen Augen glitzerten Tränen. »Du bist ein Schuft und kein bisschen besser als der Rest deiner Familie!«

Ja, er verdiente diese harten Worte. Er *war* schlecht, er *war* Abschaum … Er musste es wiedergutmachen.

Immer noch hielt Justin sie fest an sich gepresst. Wie angenehm sich das anfühlte und wie gut er roch. Claires Unterleib reagierte sofort darauf.

Sie ertastete die ausgeprägten Muskelstränge seines Rückens durch das Hemd. Welch große Lust er ihr verschafft hatte! Diese Gefühle wollte sie unbedingt noch einmal erleben.

Schwer atmend blickte Justin auf sie herab. Er sah so gut aus. Mit den reuevollen Gesichtszügen sogar besser als zuvor.

Claire spürte, wie sich seine Männlichkeit gegen ihren Bauch drückte. Ihr Körper schien ihn tatsächlich zu erregen. Nie zuvor wurde sie so sehr begehrt, auch wenn das zwischen ihnen keine Liebe, sondern nur Leidenschaft war.

Plötzlich fühlte sie noch etwas Hartes, das er allerdings hinten in der Hose stecken hatte. Claire wusste sofort, was es war, und zog in einer geschmeidigen Bewegung den Revolver hervor.

»Claire, Vorsicht! Der ist geladen!« Er wollte die Waffe an sich nehmen, doch sie drückte den Lauf fest gegen seine Brust.

Justins Augen weiteten sich. »Claire …«

»Sei still, du erbärmlicher Verräter!«, spie sie ihm entgegen, wobei ihre Stimme zitterte. Niemals zuvor hatte sie eine Waffe auf einen Menschen gerichtet.

Justin wich ein paar Schritte vor ihr zurück und hielt beschwichtigend die Hände in die Höhe. »Lass mich dir alles erklären, damit du mich verstehst.«

»Ich soll *dich* verstehen?«, schrie sie. »Und wer versteht mich? Nie hat es jemanden interessiert, wie ich mich fühle! Und dann kommt eines Tages der Freund zurück, den ich so sehr vermisst habe und der mir so viel bedeutete, und ich werde von ihm ebenso schäbig behandelt wie von meinem Mann!«

»Wenn ich so ein schlechter Mensch bin, erschieße mich, Claire.« Er sah sie provozierend an. »Aber bitte, tu mir einen Gefallen und triff mein Herz.«

Er begann sein Hemd aufzuknöpfen, und Claires Hals wurde bei dem Anblick der entblößten Brust ganz trocken. Es wäre tatsächlich eine Verschwendung, solch ein herrliches, wenn auch kaltherziges Exemplar männlicher Schönheit zu töten. Nicht dass sie es getan hätte. Sie wollte ihm lediglich Angst einjagen.

»Ziel genau auf diesen Punkt, Claire.« Justin zeigte ihr die Stelle auf seinem Oberkörper. »Dann musst du nicht zusehen, wie ich langsam und jämmerlich verblute.«

Er wollte sie verunsichern, mit ihr spielen, doch da kam ihr eine bessere Idee.

»Ich werde dich nicht erschießen, Justin Iddlesleigh. Du wirst jetzt genau das tun, was ich dir sage. Und wenn ich dich genug erniedrigt habe, darfst du gehen. Wenn du mir nicht gehorchst, werde ich auf eine Stelle schießen, um die es mir wirklich sehr leidtun würde.« Sie ließ den Lauf der Waffe ein klein wenig sinken.

Schützend hielt er sich die Hände vor die Lenden. »Gut, was willst du?«, stieß er gepresst hervor. Claire sah feine Schweißtröpfchen auf seiner Stirn glitzern. Er hatte Angst. Sehr gut.

»Zieh dich aus.«

»Was?« Justin tat so, als hätte er sich verhört.

»Du hast schon verstanden. Also los, zuerst das Hemd!«

Claires Hand, die den Revolver hielt, zitterte immer mehr, aber das war kaum verwunderlich. Der Colt besaß ein beachtliches Gewicht. Also nahm sie die andere Hand zu Hilfe.

»Willst du sehen, ob ich weitere Waffen am Körper trage?« Er streifte sich den Stoff von den Schultern. Lautlos landete das Hemd hinter ihm auf dem Boden. »Ich bin unbewaffnet!«

Um ihr das zu demonstrieren, legte er die Hände hinter den Kopf und drehte sich einmal langsam im Kreis.

Himmel!, dachte Claire, deren Knie nachgeben wollten. *Warum muss dieser Kerl so verdammt gut aussehen?* Der Anblick der breiten Schultern und der sehnigen Muskeln, die geschmeidig unter der Haut spielten, ließ ihr Herz schneller schlagen.

Das letzte Mal war alles so schnell gegangen, doch

jetzt, als er wieder mit dem Gesicht zu ihr stand, versuchte sie sich jedes Detail einzuprägen: das leicht behaarte Dreieck auf seiner Brust, die flachen Brustwarzen und die Spur dunkler Härchen, die von seinem Bauchnabel in den Breeches verschwand. Als er vom College kam, hatte er lange Hosen getragen, aber die eng anliegende Beinkleidung, die ab den Knien in Stiefeln verschwand, betonte die kräftigen Oberschenkel und die Stelle dazwischen auf geradezu unanständige Weise. Zu gerne wollte sie noch einmal dieses interessante Teil sehen, das ihr so ungeheure Lust verschafft hatte.

»Jetzt die Stiefel und dann die Hose!«, befahl sie ihm mit einer Stimme, die nicht wie ihre eigene klang. Sie fühlte sich verrückt und verrucht zugleich. So etwas von einem Mann zu verlangen gehörte sich nicht für eine Frau.

»Claire, das kann jetzt aber nicht dein Erns…«

»Ausziehen!« Um ihm zu zeigen, *wie* ernst es ihr war, richtete sie den Lauf an die Decke und drückte ab.

Der ohrenbetäubende Knall ließ sie beide zusammenzucken. Holzsplitter und Staub rieselten auf sie herab, und durch den Rückschlag wäre ihr beinahe der Revolver aus der Hand gefallen, doch tapfer zielte sie wieder auf ihr halbnacktes Opfer.

Justin reagierte für einen Moment überhaupt nicht und starrte sie einfach nur an. Er hatte wohl nicht damit gerechnet, dass sie wirklich abdrückte. Nachdem er sie mit seinen eisblauen Augen ausgiebig gemustert hatte, sodass sie schließlich unsicher ihren Blick abwandte, setzte er sich in Bewegung. Er ließ sich auf einen Stuhl sinken und mühte sich ab, die Stiefel von den Füßen zu bekommen.

Ja, hier hilft dir kein Diener, du reicher Schnösel! Sie grinste in sich hinein, weil er sich so ungeschickt anstellte. »Na los, nicht einschlafen!«

»Es würde schneller gehen, wenn du mir hilfst.« Unverschämt lächelte er sie an.

»Auf den Trick falle ich nicht rein, Jus!«

Er seufzte auf und hatte den ersten Stiefel plötzlich sehr schnell ausgezogen. Während er sich bückte, fiel ihm das Haar vor die Augen.

Im Vertrauen darauf, dass er sie nicht sah, musterte Claire schamlos seinen Rücken, auf dem sich die Muskeln anspannten. Wie gerne würde sie über die samtweiche Haut streicheln. Wie viele Frauen hatten seinen atemberaubenden Körper schon berühren dürfen? Diese Überlegung brachte ihr eine leichte Übelkeit ein. *Das kann mir doch völlig egal sein!* So einen Mistkerl wollte sie niemals zum Mann. Edward war gemein genug zu ihr gewesen! *Diesen Iddlesleigh möchte ich höchstens zu meinem Vergnügen*, setzte sie gedanklich hinzu und richtete den Blick schnell auf ihre Füße, als ihr bewusst wurde, dass Justin ihr tief in die Augen sah. Hoffentlich bemerkte er nicht, wie ihre Wangen glühten.

»Lass uns dieses dumme Spiel endlich beenden und vernünftig über die Sache reden«, unternahm er einen weiteren Rettungsversuch. Dabei stand er wieder auf und stemmte die Hände in die Hüften. Wollte er sie mit seiner Größe einschüchtern? Oder mit seinem guten Aussehen um den Finger wickeln? »Wenn du mich unbedingt nackt sehen möchtest, bräuchtest du mich nur nett zu bitten. Ich weiß, dass du ganz heiß darauf bist.«

Was war dieser Schurke arrogant! »Die Hose, na los!« Wild fuchtelte sie mit dem Revolver in der Luft herum.

Jus zuckte jedes Mal, wenn der Lauf in seine Richtung schwenkte. So kühl, wie er sich gab, war er anscheinend doch nicht. Endlich legte er die Hände an den Bund. Sie zitterten nur ein kleines bisschen, wofür Claire ihn ernsthaft bewunderte.

Sie merkte, wie Justin sie immer mehr für sich gewann. Das durfte nicht geschehen! Sie wollte ihm schließlich einen Denkzettel verpassen, doch dieser Schuft machte sie beständig schwächer.

Ganz langsam begann er, die Knöpfe zu öffnen. Stück für Stück förderte er seine männlichste Stelle zutage und grinste dabei spitzbübisch. Sein Penis, der nun schlapp aus dem gekräuselten Haar hing, wirkte kein bisschen mehr bedrohlich auf sie.

Nachdem Justin die Breeches ganz abgestreift hatte, baute er sich wieder vor ihr auf. Ihm schien die Situation überhaupt nicht peinlich zu sein. Claire hatte doch so sehr gehofft, ihn zu verletzen, indem sie ihm die Würde nahm!

»Na, zufrieden mit dem, was du siehst?«, spottete er.

»Nein.«

Die plötzliche Empörung in seinem Gesicht war anscheinend nicht gespielt.

Sie versuchte, schnippisch zu klingen, als sie ihm erklärte: »Du hast mir schon mal besser gefallen.«

Justin blickte unverhohlen an sich herab. »Meinst du *mich* oder meinen *Penis*?«

Dass er das Wort, das sie nicht über die Lippen brachte, so offen aussprach, sollte sie nicht weiter wundern, schließlich war er Arzt. Trotzdem blieb ihr die Antwort im Hals stecken, weil ein plötzlicher Hustenanfall über sie hereinbrach.

Auf einmal wirkte Justin sehr besorgt. »Claire? Ist alles in Ordnung?«

Immer noch verkrampfte sich ihre Lunge, als sie »Halt, komm mir nicht zu nah!« rief. In ihrer Panik löste sich ein Schuss.

Im ersten Augenblick standen sie beide wie versteinert da. Justin hatte gehört, wie die Kugel dicht an seinem Ohr vorbeigezischt war, dennoch überprüfte er erst die Unversehrtheit seines Körpers, bevor er zu Claire hinübersah. Sie starrte ihn aus weit geöffneten Augen an, die sich langsam mit Tränen füllten.

»Justin?« Mit erstickter Stimme sprach sie seinen Namen aus. Der Colt entglitt ihrer Hand und landete polternd auf dem Boden, bevor sie zu ihm lief.

Ihre Hände fuhren so sanft über seinen Körper, dass es in seinen Lenden zuckte und sein Herz warm wurde.

»Justin, geht es dir gut?« Blinzelnd blickte sie ihn an, während sie ihn überall berührte, doch er konnte ihr nicht antworten. Was war sie nur für eine sonderbare Frau? Er hatte sie so sehr gedemütigt, dass sie ihn eigentlich abgrundtief hassen müsste, stattdessen schien sie ernsthaft um ihn besorgt zu sein.

Zärtlich umfasste sie seine Wangen. »Bist du verletzt?«

Natürlich hatte er gemerkt, dass sie niemals auf ihn schießen würde. Dazu war seine Claire nicht im Stande.

»Seine« Claire …

Wie hatte er so gemein zu ihr sein können?

Immer noch hielt sie sein Gesicht. Ihre Augen schwammen in Tränen. »So sprich endlich, Justin, bist du verletzt?«

»Nur mein Stolz«, hauchte er, als er sie fest in die Arme schloss und küsste.

Und wie er sie küsste. Als wäre sie die Luft, die er atmete und ohne die er nicht leben konnte. Immer wieder presste er den Mund auf ihre Lippen, und sein Körper reagierte sofort. Alles Blut strömte schlagartig in seine unteren Regionen. Ein Mann konnte eben nicht lange verheimlichen, wie es um ihn bestellt war.

Was machst du nur mit mir, hübsches Mädchen?, dachte Jus. Er konnte nichts dagegen unternehmen – er war Claire mit Leib und Seele verfallen.

Justin, tu mir nicht wieder weh, wollte sie ihm sagen, doch seine Leidenschaft raubte ihr den Atem. Im Nu hatte er sie von dem Kleid befreit, und Claire fand sich auf dem Bett wieder, das unter ihrem Gewicht knarrte. Erst wollte sie sich gegen seine Zudringlichkeit wehren, aber egal an welcher Stelle Jus sie berührte – dort prickelte ihre Haut, als wäre sie in eine Badewanne voller Champagner gefallen.

Er war ein Schuft, ein sündhaft teuflischer Verführer und ein Iddlesleigh dazu, dennoch ließ sie es geschehen, als er ihre Beine auseinanderschob und in sie eindrang.

Justins Härte füllte sie voll aus, während sein krauses Schamhaar an ihrem Kitzler rieb. Wie konnte etwas, wovor sie sich jahrelang gefürchtet hatte, plötzlich so wundervoll sein? *Weil es Justin ist und nicht Edward.*

Justin … Wie sehr sich Claire wünschte, von ihm geliebt zu werden, nur ein kleines bisschen.

Seine große Gestalt bedeckte sie beinahe völlig. Immer, wenn er in sie stieß, sein Gesicht in Ekstase verzerrt, rieben sich ihre Brüste an seinem heißen Fleisch. Von den harten Nippeln breitete sich ein köstliches Ziehen aus, das ihren Körper durchströmte und sich in ihrer Mitte sammelte, dort, wo Justin tief in ihr war.

Seine hellen Augen wirkten verschleiert, und sein Haar kitzelte ihre Wangen. In heißen Schüben keuchte er den Atem in ihren Mund, wobei sie sich ununterbrochen küssten.

Justin schmeckte so gut wie ein lieblicher Wein, der sie leicht trunken machte und von dem sie nicht genug bekommen konnte. Seine große Hand spielte an ihrer Brust, während er die andere unter ihren Rücken geschoben hatte, um sie fest an sich zu drücken. Seine Stöße gewannen an Energie, und sein schneller Atem steigerte sich in ein Keuchen.

Claire fuhr mit den Händen an seinem Rücken hinab bis zu dem festen Po, der sich rhythmisch anspannte, immer, wenn Jus in sie stieß. Mit jeweils einer dieser herrlichen Backen in ihren Händen presste sie seinen Unterleib gegen ihren.

»Claire …« Ihm entkam ein hilflos klingendes Stöhnen, als er versuchte, sich aus ihr zu lösen. Doch sie ließ ihn nicht. Mit den Schenkeln hielt sie Justin fest umschlungen. Sie vermutete, dass er seinen Samen in die Laken spritzen wollte, weil Männer das so machten, die eine Frau nicht schwängern wollten. Aber das würde sie nicht zulassen. Claire wollte alles von diesem Mann, auch fühlen, wie er in ihr zuckte und sie mit seiner Wärme füllte.

»Du Hexe, lass mich los«, protestierte er schwach, worauf er verharrte.

»Ich will dich in mir spüren, wenn es so weit ist.« Was hatte er? Bei ihrem ersten Mal hatten ihn mögliche Konsequenzen auch nicht interessiert.

»Du durchtriebenes Ding!« Plötzlich lächelte er verschmitzt, was ihr beinahe den Atem raubte. Himmel, sah dieser Mann gut aus, wenn er nicht so finster dreinblickte! »Es gibt eine andere Lösung, doch ich weiß nicht, ob sie dir gefallen wird.«

»Es wird mir gefallen, Jus, aber bewege dich endlich wieder!« Alles in ihr pochte. Es würde nicht mehr lange dauern, bis sie Erfüllung fand.

Da entzog er sich ihr. Noch bevor Claire protestieren konnte, hatte er zwei seiner Finger eingeführt, die er mehrmals tief in ihr versenkte, um die Feuchtigkeit an ihrem Anus zu verteilen.

Was tat er da? Er hatte doch nicht wirklich vor … Schon spürte sie seine Eichel an ihrem anderen Eingang.

»Wie verdorben bist du, Claire?«, fragte Jus und rieb seinen Schaft an ihrem After.

Ihr Herz klopfte bis zum Hals. Sie hatte davon gehört, jedoch nicht im Traum daran gedacht, es selbst einmal auszuprobieren. Aber ihre Neugier war größer als ihre Furcht. Sie flüsterte: »Sehr verdorben, Jus.«

Er sah aus, als litt er furchtbare Schmerzen, so sehr musste er sich anscheinend beherrschen, sich bei ihren Worten nicht sofort zu entladen.

Schwer atmend betrachtete Claire ihn, wie er zwischen ihren weit geöffneten Schenkeln kniete. Sein Penis stand in einem schrägen Winkel ab und glitzerte ob der Feuchtigkeit darauf. Justins Brustmuskeln zuckten, als er sein Geschlecht an die richtige Stelle führte und die glitschige Spitze sie Stück für Stück dehnte. Erst brannte es und fühlte sich unangenehm an, doch als er den engen Ring geöffnet hatte und immer tiefer in sie fuhr, glaubte Claire, jeden Augenblick würde jede Zelle ihres Körpers explodieren. Und als Justin sich behutsam in ihr bewegte, ihren Kitzler rieb und laut stöhnend kam, kam auch sie.

»Vergiss mich nicht, Justin«, hatte sie ihm ins Ohr geflüstert, als sie sich beide gleich nach dem Liebesspiel verabschiedet hatten und nach Hause geritten waren.

Natürlich konnte Justin seine Claire nicht vergessen und auch nicht ihr trauriges Gesicht, als er ihr sagte: »Wir dürfen uns nie wieder sehen.«

Zwei Tage später hatte er es vor Sehnsucht nicht mehr ausgehalten und den weiten Weg zur Hütte abermals auf sich genommen. Dort hatte er Claire tatsächlich wieder angetroffen. Ohne weitere Worte zu verschwenden, waren sie sich in die Arme gefallen und hatten sich ausgiebig geliebt.

Seitdem trafen sie sich dort beinahe täglich. Der Duke war der festen Überzeugung, sein Sohn würde Hausbesuche machen. Er durfte niemals die Wahrheit erfahren. Aber Jus dachte dabei weniger an sein Erbe als an die Tatsache, dass Claire für immer gebrandmarkt wäre, wenn sich ihre heimliche Beziehung in Aylesbury herumsprechen würde. Das Schicksal, das er ihr erst hatte angedeihen lassen wollen, versuchte er jetzt intensiv zu verhindern.

Mit hinter dem Kopf verschränkten Armen lag Justin auf der Matratze, lauschte dem Knistern des Feuers und wartete auf Claires Ankunft. Die Stelle vor dem Kamin war ihr Lieblings-Liebes-Plätzchen geworden, denn das mickrige Bett würde ihren wilden Liebesspielen nicht lange standhalten. Claire und Justin redeten über Gott und die Welt, aber niemals über ihre Motive oder die

Gefühle, die sie dazu veranlassten, sich einander hinzugeben. Beide wussten, dass es nur eine vorübergehende Sache war.

Kurz bevor Jus einschlief, hörte er Belles vertrautes Wiehern, als die Stute seinen Hengst begrüßte. Justins Herz tat einen Sprung. Heute würden sie sich das letzte Mal sehen, bevor er für sehr lange Zeit nach London ging, wo er Dr. Mullohans Praxis übernahm.

Stolz erfüllte ihn, endlich als Arzt praktizieren zu können, aber auch ein tief sitzender Schmerz. Konnte er sein Leben ohne diese Frau weiterführen, nachdem er sich hoffnungslos in sie verliebt hatte? Aber er konnte Claire schlecht bitten, mit ihm zu kommen. Schließlich war sie verheiratet, auch wenn er sich wunderte, warum sie so oft vor ihrem Ehemann davonlief. Als er sie einmal darauf ansprechen wollte, wechselte sie sofort das Thema.

Das hatte Jus neugierig gemacht. Gleich am nächsten Tag hatte er die Stadtbibliothek besucht und in den Archiven die Zeitung gefunden, in der der Tag von Claire Reece' und Edward Tompsons Hochzeit vermerkt war. Ihr Ehemann war über sechzig! Das konnte auch eine Erklärung dafür sein, warum sie immer noch kein Kind unter dem Herzen trug.

Von da an war Justin vorsichtiger geworden. Er dankte Charles Goodyear für seine grandiose Erfindung, auch wenn er diese Gummisäckchen nicht sehr mochte. Aber Claire und er hatten Möglichkeiten entdeckt, sich ohne diese Dinger zu lieben. Es gab so zahlreiche Varianten der Liebe, ohne dass dabei die Gefahr einer Schwangerschaft bestand.

Liebe ... Ob Claire nur ein klein wenig so empfand wie er?

Während sie zur Tür hereinkam, nahm er sich vor, weiterhin so zu tun, als ob er schliefe. Mal sehen, was sein Mädchen machen würde. *Sie ist ja sehr experimentierfreudig*, dachte er süffisant. Ihr würde schon etwas Besonderes einfallen.

Der Geruch von Seife und Lilien umschmeichelte seine Nase, als er bereits ihre warmen Finger auf seiner Brust fühlte.

»Justin?«, wisperte Claire ihm ins Gesicht. Sie wusste genau, dass er nicht wirklich schlief. Sein Herz trommelte aufgeregt gegen ihre Hand.

Zärtlich fuhr sie mit den Lippen über seinen Mund. Als er nicht reagierte, setzte sie ihre Zungenspitze ein. Amüsiert registrierte sie das verräterische Zucken seiner Mundwinkel. Wie viel Beherrschung es ihn wohl kostete, ruhig zu bleiben?

Sie wollte einen Schritt weitergehen. Bedächtig öffnete sie einen Knopf nach dem anderen. Bald rutschte ihm das Hemd an den Seiten herab und entblößte seinen flachen Bauch. Mit der Zunge begann sie, kleine Kreise um die Brustwarzen zu ziehen. Als sie einen Nippel in den Mund nahm und daran knabberte, entkam ihm ein leises Stöhnen.

Dieser Schuft, dachte sie schelmisch, *lässt mich hier die ganze Arbeit machen! Na warte, jetzt kann ich endlich einmal das tun, was ich mir schon so lange wünsche.*

Sie fuhr mit den Lippen hinunter bis zum Bauchnabel, während sie geschickt die Hose öffnete. Was ihr dort mit einem leichten Federn entgegenkam, zeigte ihr, wie sehr ihm dieses Spiel gefiel. *Wollen wir mal sehen, wie lange du den Schlafenden markierst!*

Schon verschwand seine Länge in ihrem Mund, und Justin hätte beinahe aufgeschrien, so unvorbereitet traf ihn diese ungewohnte Liebkosung. Das hatte Claire nie zuvor bei ihm gemacht! Ach, wenn er sie bloß nach London mitnehmen könnte!

Vorsichtig blinzelte er an sich hinunter. Die Faszination und der unschuldige Blick, mit der sie seine männlichste Stelle immer wieder betrachtete, um anschließend daran zu lecken, ließen ihn fast kommen. An seinem Penis war doch wirklich nichts Besonderes, aber Claire tat immer so, als hätte sie nie einen aus der Nähe gesehen. Ob ihr Ehemann überhaupt noch potent war? Vielleicht stürzte sie sich deshalb stets auf ihn wie eine Verhungernde? Das könnte eine Erklärung für ihre ungezügelte Leidenschaft sein.

Mit einem Mal keimte neue Hoffnung in ihm auf. Auch wenn Mr. Tompson noch viele Jahre lebte – wenn er starb, würde Claire vielleicht noch in einem Alter sein, in dem sie ein Kind empfangen könnte.

Er würde auf sie warten. Und wenn sie ihn dann haben wollte, würde er sie heiraten. Bis dahin hätte er genug verdient, um ihr ein angemessenes Leben bieten zu können, ohne auf das Vermögen seiner Familie angewiesen zu sein. Im Moment aber war das nicht möglich.

Justin konnte sich nicht mehr auf seine Gedanken konzentrieren. Claire ließ die Zunge immer wieder um die Spitze kreisen, nahm den Schaft tief in den Mund und kitzelte mit der Zunge die kleine Öffnung.

»Du Biest!«, hörte Claire Justin wispern. Ihr Spiel schien ihm sehr zu gefallen, und ihr machte es große Lust, ihn so in ihrer Gewalt zu haben. Es war ein sonderbares Gefühl, dieses samtweiche, aber dennoch harte Teil männlicher Anatomie zu kosten. Es erregte sie ungemein. Sie konnte nicht mehr warten, ihn in sich zu spüren, also hob sie einfach den Rock an und setzte sich auf seine Härte. Wie gut es sich anfühlte, ganz von ihm ausgefüllt zu werden!

Jus wand sich hilflos unter ihr, was ihre Leidenschaft umso mehr anstachelte. Sie beugte sich nach vorn und leckte über die dunklen Nippel, während sie seine Erektion rein und raus gleiten ließ.

»Hör auf damit, du Wildkatze!« Er keuchte an ihr Ohr. Sofort drückte Jus sie an den Schultern zurück, bis sie wieder richtig auf ihm saß.

Hilflos fummelte er an der Verschnürung ihres Oberteils herum, und Claire half ihm, eine Brust zu befreien. Dabei ritt sie ihn weiter und zog seinen Kopf zu der Brustspitze, die aus dem Stoff lugte. Während Justin daran saugte und sein heißer Atem ihre feuchte Haut streifte, zuckte er in ihr und füllte sie mit seiner Wärme. Hocherregt beobachtete sie, wie er den Kopf zurückwarf und losgelöst stöhnte. Auch Claire konnte sich nicht länger beherrschen, worauf sie ihm nur Sekunden später nachfolgte.

Zufrieden ließ sie sich auf seine Brust sinken, um den Schlägen seines Herzens zu lauschen. Er hatte es wieder getan – sich in ihr ergossen –, und es war fantastisch gewesen! Noch nie hatte sie sich mit einem Menschen so verbunden gefühlt.

Unter dem sanften Druck seiner Arme, die er um ihren Rücken gelegt hatte, fühlte sie sich wohl und geborgen. Langsam glitt sie in den Schlaf.

Justins Räuspern ließ sie jedoch aufhorchen. »Claire ... ich ... ich muss dir etwas sagen.«

Er klang plötzlich so ernst. Claire fühlte, wie sich sein Körper unter ihr versteifte. Sofort stieg sie von ihm herunter und richtete ihr Kleid. Auch Justin stand auf, um sich anzuziehen. Währenddessen sprachen sie kein Wort miteinander.

Was war los mit ihm?

Ohne sie anzusehen, sagte er leise: »Ich reite morgen nach London, um die Praxis eines Kollegen zu übernehmen. Ich werde die nächsten Monate nicht mehr nach Aylesbury kommen.«

Ach so, daher wehte der Wind. Er wollte sich verabschieden. Ein plötzlicher Schmerz ergriff ihr Herz, und sie musste sich von ihm abwenden, damit er nicht den Glanz in ihren Augen sah. Was würde er ihr sagen? Dass sie ein netter Zeitvertreib für ihn gewesen war? Oder alles nur ein Spiel, um seine lächerliche Rache zu vollenden?

Langsam drehte sie sich zu ihm um, wobei sie versuchte, ein möglichst gleichgültiges Gesicht aufzusetzen. Doch in ihrem Inneren tobte ein Wirbelwind. Sie brauchte sich nichts vormachen. Kein Mann hatte jemals romantische Gefühle für sie entwickelt. Wieso sollte es bei Jus anders sein?

Immer noch sah er sie nicht an. »Claire, ich ...«

»Sag nichts weiter dazu, Justin«, unterbrach sie ihn. »Ich weiß, dass unsere Beziehung, falls ich es überhaupt so nennen darf, hiermit beendet ist.« Sie atmete einmal tief durch und blickte ihm in die Augen, doch er schielte leicht an ihr vorbei. Was war er für ein erbärmlicher Feigling! Wenn *er* es nicht sagte, würde *sie* es tun: »Die letzten Wochen waren sehr schön mit dir, aber mehr war da nicht zwischen uns.«

Jedes ihrer Worte ließ einen Teil in ihr absterben. Claire

hatte sich unsterblich in Jus verliebt, doch sie würde ihm ihre wahren Gefühle nicht offenbaren. Diese Genugtuung würde sie ihm nicht geben. Es war zu offensichtlich, wohin das führen würde. Sie würde es nicht überstehen, wenn er ihr noch einmal das Herz aus der Brust riss. Die schönen Erinnerungen an ihre gemeinsame Zeit würde sie allerdings fest darin einschließen.

Justins Züge verhärteten sich. Plötzlich wirkte er so kalt und unnahbar wie bei ihrer Begegnung vor drei Monaten. Sie hatte geahnt, dass sie ihm nichts bedeutete, doch es tat so weh, die Bestätigung zu bekommen.

Sie hingegen liebte Justin über alles. Nicht nur, weil er gut aussah – nein, sie liebte ihn, weil er auf ihre Bedürfnisse einging und ihren Körper behandelt hatte wie ein wertvolles Instrument. Er hatte sie glauben gemacht, sie wäre begehrenswert und etwas Besonderes. Sie hatten zusammen gelacht, gegessen und sich über alles Mögliche unterhalten. Ihre gemeinsame Zeit war wundervoll gewesen.

Justin distanzierte sich immer mehr von ihr. Wortlos drehte er sich um und zog sich seinen Mantel über. Es war wohl besser, wenn sie sich nichts vormachten, doch Claire war es, als müsse sie auf der Stelle sterben.

Ob er sie wenigstens noch einmal im Arm halten würde?

»Justin …« So schnell würden sie sich schließlich nicht mehr sehen, und sie vermisste ihn schon jetzt.

Er wandte sich von ihr ab und verließ die Hütte. Sie hörte nur noch, wie er auf sein Pferd stieg und davonritt. Kein Wort des Abschieds, keine letzte Umarmung – er war einfach so gegangen.

Claire war furchtbar aufgeregt. Sie saß hier als letzte Patientin in einer Londoner Praxis und wartete darauf, dass der Arzt sie endlich holen kam. Vor sechs Wochen hatte sie bemerkt, dass ihre Monatsblutung nicht einsetzte, obwohl ihr Körper sonst funktionierte wie ein präzises Uhrwerk. Die morgendliche Übelkeit, mit der sie plötzlich zu kämpfen hatte, brachte ihr Gewissheit: Sie bekam ein Kind!

Heimlich hatte sie sich Abigail, der Tochter des Schmieds, anvertraut. Abby war ihre beste Freundin, seitdem sie zusammen vor Bauer Hodges geflüchtet waren. Aber damals waren sie Kinder gewesen und das Leben ein Spiel.

Jetzt war alles so ernst.

Claire hatte ihnen beiden eine Passage nach London gekauft, und gemeinsam waren sie mit der überfüllten Kutsche in die große Stadt gerumpelt. Abby, die ihre Anstandsdame mimte, kannte die Adresse eines Arztes, der Claire untersuchen sollte. »Ist der beste Doc weit und breit«, hatte sie gesagt, denn der Arzt in Aylesbury war wenig vertrauenerweckend, und sollte dort jemand von Claires Zustand erfahren …

Ich bekomme ein Baby! Wie sehr hatte sie sich immer ein Kind gewünscht. Und dass es von Justin war, machte ihr nichts aus. Sie bereute keine Sekunde, die sie mit ihm verbracht hatte. Es würde allerdings ein Problem werden, das Baby in Aylesbury auszutragen. Vielleicht sollte sie eine Zeit lang untertauchen, bis das Kleine auf der Welt war.

Wütende Stimmen ließen sie plötzlich aufhorchen. Schon flog die Tür zum Behandlungszimmer auf und Abby heraus.

»Ich wusste es nicht, Sir, wirklich! Ich hatte keine Ahnung, dass Dr. Mullohan nicht mehr praktiziert und *Sie* statt seiner die Praxis leiten!«

Claire erkannte ihn im selben Moment, als er sie erblickte. »Claire!«

Justin … Erst jetzt, wo sie ihn nach langer Zeit wieder sah, merkte sie, wie sehr sie ihn noch immer liebte. Sie hatte versucht, diesen Kerl aus ihren Gedanken zu verdrängen, doch es war ihr nicht gelungen. Aber Jus schien sich verändert zu haben. Er wirkte dünner, und die Fältchen um seine eisblauen Augen hatten sich verdoppelt.

»Ich warte im Gasthaus auf dich.« Abigail warf einen mitleidigen Blick auf Claire, als sie in Höchstgeschwindigkeit an ihr vorbeirauschte. »Es tut mir leid, Claire, ich hatte keine Ahnung!« Schon war sie zur Tür hinaus.

Nun standen sich die beiden allein gegenüber.

Die Arme vor der Brust verschränkt, fuhr er sie an: »Hasst du mich so sehr, dass du *mich* aufsuchst, um dich und das Baby deines Mannes zu untersuchen?«

Was war nur mit ihm los? Sollte einer die Männer verstehen! Wenn überhaupt, hatte *sie* allen Grund, auf *ihn* wütend zu sein. »Es ist nicht von meinem Mann«, erwiderte sie möglichst kühl.

»Nicht?« Sein Gesicht verzog sich, als würde er Schmerzen leiden. »Von wem ist es, Claire? Wie vielen Männern hast du dich hingegeben, als ich Aylesbury verlassen habe?«

Justin konnte ihr nicht in die Augen sehen. Obwohl er nicht ihr Ehemann war, fühlte er sich von ihr betrogen.

»Du warst der erste Mann für mich seit vielen Jahren und auch der letzte.« Ihre tränenerstickte Stimme ließ ihn aufhorchen, und ihr verzweifelter Anblick verursachte bei ihm Magenschmerzen. Wieso empfand er noch etwas für diese Frau, die ihn so kühl hatte abblitzen lassen? Jetzt verstand er nichts mehr. »Und dein Ehemann?«

Mit einem Taschentuch tupfte sie sich die Lider ab. »Edward ist seit einigen Jahren tot, Jus. Wusstest du das nicht?«

Diese Nachricht war wie ein Schlag ins Gesicht. »Nein, ich …« Er war zu lange weg gewesen, verdammt. Wie sollte er wissen, was sich in dieser Zeit alles zugetragen hatte? Und seine Familie hätte er ja schlecht über die Reeces ausfragen können. »Und dein … Ring?«

Sie besah sich das Schmuckstück auf ihrem Finger. »Das ist kein Ehering. Es ist das Einzige, was ich mir von meinem Vermögen geleistet habe. Er gefiel mir so gut.« Ihre Augen glänzten. »Es ist dein … es ist *unser* Kind, Justin!«

Ich bekomme ein Kind? Das musste er erst einmal verdauen. Anflüge von Panik befielen ihn, und unzählige Fragen stürzten auf ihn ein. Würde er überhaupt ein guter Vater sein können, oder würde er so werden wie der Duke? Und Claire, sie liebte ihn ja nicht einmal! Wie sollte es jetzt zwischen ihnen weitergehen? Würde sie ihn heiraten? Wenn ja, dann würde er das Ansehen und die finanzielle Unterstützung seiner Familie verlieren.

»Edward stürzte angetrunken die Treppe hinunter und erlag seinen schweren Kopfverletzungen«, riss sie ihn aus seinen Überlegungen.

Jus führte sie zur Wartebank und bedeutete ihr, sich zu setzen. Einen Arm tröstend um ihre bebenden Schultern gelegt, hörte er ihr zu, wie sie ihm von dem Teil ihres Lebens erzählte, an den sie sich anscheinend nie wieder erinnern wollte. Ihr Mann war jemand gewesen, der zu tief ins Glas sah und seiner Frau nicht den Respekt zollte, den sie mehr als verdient hatte, wie Justin fand.

»Der Alkoholkonsum war es schließlich, der mich von Edward erlöste«, meinte sie seufzend. Daraufhin verkaufte sie den Laden und das Haus, weil sie nichts mehr behalten wollte, was sie an ihren Mann erinnerte. Anschließend zog sie wieder in das Cottage zu ihrem Vater, da sie nicht wusste, wohin sie sonst hätte gehen sollen. »Außerdem ist Pa ein alter Mann. Mit dem Geld konnte ich zu der Köchin noch einen Butler einstellen.« Claire schniefte. »Und meine Hilfe konnte er zusätzlich brauchen, denn meine Brüder sind schon lange aus dem Haus.« Und diese Hilfe gab ihm seine selbstlose Claire natürlich. *Wie verzweifelt muss der Mann gewesen sein*, dachte Jus, als Claire ihm erzählte, welche Summe Edward ihrem Vater gegeben hatte, damit er einer Hochzeit zustimmte.

Justin schüttelte den Kopf. *Seine eigene Tochter zu verkaufen* … Aber was tat man nicht alles aus Armut. Justin wollte niemals in diese Lage kommen. »Warum hast du mir nie etwas davon erzählt?«

»Du hast mich nicht gefragt«, rechtfertigte sie sich und zog undamenhaft die Nase hoch.

»Ich wollte dich so vieles fragen, Claire, doch du hast jedes Mal sofort das Thema gewechselt«, rügte er sie sanft.

Kleinlaut gab sie zu, dass sie ihm keine Last sein wollte. »Unsere Familienfehde; dein tyrannischer Vater …«

»Pst.« Er zog sie an sich und vergrub seine Nase in ihrem Haar. »Geht es dir nicht gut, Claire? Wolltest du deswegen einen Arzt aufsuchen?«

»Nein, bis auf die morgendliche Übelkeit fühle ich mich bestens. Ich wollte nur Sicherheit, ob alles normal ist.« Flüsternd setzte sie hinzu: »Meine Mutter ist schließlich bei meiner Geburt gestorben und auch … deine.«

Sie hörte ihn leise seufzen. »Du wirst nicht sterben. Das werde ich nicht zulassen.«

Wie meinte Justin das? Sprach er als Arzt oder als Freund?

»Was mach ich denn jetzt mit dir, Claire?«

Claire, die genau wusste, dass er sie niemals heiraten konnte, verkrampfte es bei seinen Worten das Herz.

»Du und deine Freundin, ihr kommt erst mal zu mir«, sagte er, als er sie wieder losließ. Claire hätte seine Nähe gerne länger genossen. Jus hatte ihr so sehr gefehlt!

»Ein Gasthaus ist kein sicherer Ort für zwei Damen.«

»Das geht doch nicht. Du musst an deinen Ruf denken, du bist jetzt Arzt!«

»Du denkst an *meinen* Ruf?« Lächelnd schüttelte er den Kopf. »Oh Claire, du bist viel zu gut für diese Welt.«

Aber nicht gut genug für dich, dachte sie traurig.

Ein paar Stunden später lag sie in Justins riesengroßem Bett und konnte nicht einschlafen. Es musste bereits nach Mitternacht sein, doch die Gewissheit, dass er gleich nebenan im Salon schlief, und der männliche Duft, den die Laken verströmten, ließen sie nicht zur Ruhe kommen.

Abby war im einzigen Gästezimmer der kleinen Wohnung einquartiert worden, die gleich über der Praxis lag und früher einmal Dr. Mullohan gehört hatte, bevor sich dieser in den Ruhestand begab. Claire war froh, dass ihre

Freundin mitgekommen war. Sie würde bestimmt schon schlafen. Zu ihr konnte sie jetzt nicht gehen, um ihr Herz auszuschütten.

Laute Stimmen auf der Straße ließen sie zusammenzucken. Auch nachts kam London nie ganz zur Ruhe. Ein wenig vermisste Claire ihr einsames Cottage, doch am allermeisten fehlte ihr Justins Nähe. Seine leicht rauen, aber so zärtlichen Hände, die bereits jeden Winkel ihres Körpers erforscht hatten, vermisste sie ebenso wie das Gefühl der Geborgenheit, wenn sie in seinen Armen lag.

Als er sie vorhin untersucht hatte, war er ganz Arzt gewesen. Seine routinierten Berührungen hatten nichts Erregendes an sich gehabt. Mit keinem Wort und mit keiner Geste hatte er verraten, wie es mit ihnen weitergehen sollte.

Schließlich ist es auch sein Kind …

Lautlos glitt sie aus dem Bett und zog sich ihren Morgenmantel über, da sie am liebsten nackt schlief. Bei Edward hatte sie sich diese Freiheit nie herausgenommen, und im Haus ihres Vaters gönnte sie sich diesen Genuss nur selten, doch hier war niemand, der ihr Vorschriften machte. Von nun an würde sie das tun und lassen, wonach es ihr beliebte. Sie hatte keine Lust mehr, für andere Leute die Marionette zu spielen.

Ob Justin schon schläft? Claire konnte sich vorstellen, dass es auf der Chaiselongue nicht sehr bequem war.

Vorsichtig drückte sie den Griff der Tür nach unten, die direkt vom Schlafzimmer in den Salon führte. Es brannte kein Licht. Der Raum lag in Dunkelheit.

Gerade, als sie die Tür wieder enttäuscht schließen wollte, sah sie Justin vor dem Fenster in einem Sessel sitzen, den Kopf auf die Hände gestützt. Der schwache

Schein einer Straßenlaterne erhellte seine große Gestalt schemenhaft.

Ihre bloßen Füße hinterließen kein Geräusch, als sie auf dem weichen Teppich zu ihm ging. Justin schien sie nicht zu bemerken. Ob er eingenickt war? Dann würde sie ihm einfach nur eine Weile beim Schlafen zusehen.

Doch er richtete sich seufzend auf und lehnte sich mit geschlossenen Augen zurück. Jetzt stand sie direkt neben ihm und registrierte, dass sein Hemd geöffnet war. Allein der Anblick seines halbnackten Körpers und des hervortretenden Kehlkopfs brachte ihre Scham zum Pochen.

Endlich war Justin zu einer Entscheidung gelangt. Gleich morgen Früh würde er Claire davon in Kenntnis setzen. Er hatte furchtbare Angst vor ihrer Reaktion.

Claire ... ihm war, als könnte er ihren Duft wahrnehmen.

»Justin ...« Sein Name, kaum hörbar wie der Flügelschlag eines Schmetterlings, drang an sein Ohr.

Überrascht öffnete er die Augen. Neben ihm stand Claire in einem seidenen Morgenmantel, die Arme vor der Brust verschränkt. Wusste sie, wie sinnlich es auf ihn wirkte, wenn der Ansatz ihrer Brüste aus dem geöffneten Kragen schaute? Schon rührte sich seine Männlichkeit, die er in den letzten Wochen sehr grob behandelt hatte. Mindestens einmal täglich hatte er sich selbst befriedigt, in der Hoffnung, dann nicht ständig an Claires aufregende Formen denken zu müssen, doch natürlich hatte das nicht geholfen. Denn er begehrte nicht nur ihr Äußeres. Sobald er allein war, sehnte er sich nach ihrem Charme, dem lieblichen Wesen und ihren gemeinsamen Unterhaltungen.

»Ich konnte nicht schlafen«, sagte sie, wobei sie ihn aus großen Augen anblickte.

»Ich auch nicht.« Justin bekam kaum Luft. Plötzlich befiel ihn ein ungebändigtes Verlangen, sich auf der Stelle in ihr zu versenken.

»Wenn du deine Ruhe möchtest, ge…«

»Nein, bleib!« Bevor sie sich von ihm abwenden konnte, umfasste er ihr Handgelenk und zog sie zu sich auf den Schoß. »Ich muss dir etwas sagen.« Besser, er brachte es gleich hinter sich.

Dreist griff sie ihm in den Schritt und rieb an seiner wachsenden Erektion. »Dass du mit mir schlafen möchtest?«

»Ja … nein …« Ein kehliges Stöhnen löste sich aus seinem Hals. Diese Frau verstand es immer wieder, seine Sinne zu benebeln.

Sie öffnete die Hose und förderte seine Härte zutage. Zärtlich spielten ihre Finger an dem Schaft und seinen Hoden.

»Wir sind nicht verheiratet, Claire«, krächzte er. Sein Hals fühlte sich plötzlich sehr trocken an.

»Das hat dich noch nie gestört.« Sie rutschte von seinem Schoß genau zwischen seine Schenkel. Schon verschwand sein Penis in ihrem Mund.

»Eigentlich sollte *ich* jetzt vor dir knien«, erklärte er ihr keuchend, denn das Spiel ihrer Zunge ließ ihn beinahe kommen. Sie war wirklich ein Naturtalent!

Unschuldig blickte sie zu ihm auf, ohne in ihren Bemühungen nachzulassen.

»Ich meine, Claire … möchtest du meine Frau werden?«

»Was?« Sofort sprang sie auf, was er mit einem enttäuschten Brummen quittierte. »Nein, Justin! Du musst dich dazu nicht verpflichtet fühlen. Ich möchte dein Leben nicht ruinieren.«

Er hatte gewusst, dass sie so reagieren würde. »Es ist mir egal, was meine Familie denkt oder die ach so unfehlbare feine Gesellschaft. Ich möchte für dich da sein, und ich möchte, dass unser Kind einen Vater hat.«

Hoffentlich zog sich dieser Disput nicht allzu sehr in die Länge, denn seine Hoden mussten sich dringend von dem großen Druck befreien.

»Du musst das nicht aus Pflichtgefühl heraus tun, Jus«, flüsterte sie. »Ich komm schon irgendwie klar.«

Verflixt, weinte sie? »Claire …« Er griff sie an den Hüften und zog sie erneut zu sich auf den Schoß. Als sie ihr Gesicht in seinem Nacken vergrub, fühlte er die Feuchtigkeit auf ihren Wangen.

In diesem Moment wurde ihm ganz leicht ums Herz. Ihre Reaktion … Das konnte nur bedeuten, dass sie mehr für ihn empfand, als sie zugeben wollte.

Immer wieder hatte er in den letzten Wochen an ihre Abschiedsworte denken müssen, die ihm nächtelang durch den Kopf gegeistert waren: *Die letzten Wochen waren sehr schön mit dir, aber mehr war da nicht zwischen uns.*

Jetzt wusste er, dass jedes ihrer Worte, die sein Herz in Stücke gerissen hatten, eine Lüge gewesen war. Warum hatte er nicht erkannt, dass sie Angst gehabt hatte, wieder von ihm abgelehnt zu werden? Hätten sie bloß über ihre Gefühle gesprochen. Es hätte alles anders laufen können.

Er schob seine Hände unter ihre Pobacken, hob Claire hoch und trug sie ins Schlafzimmer. Auf dem Weg stieg er aus seiner Hose. »Himmel, Claire, glaubst du wirklich, ich würde dich nur zur Frau wollen, weil es der Anstand verlangt?«

Er legte sie aufs Bett, wo er ihr den Morgenmantel förmlich vom Leib riss, bevor er sich sein Hemd abstreifte. »Ich liebe dich, Claire Reece. Schon so lange!«

»Lügner«, hörte er sie flüstern, doch für ihn fühlte es sich an, als hätte sie ihm die Faust in den Unterleib gerammt.

»Wenn du mir das nicht glaubst, dann werde ich dir das beweisen müssen.«

In dem dunklen Zimmer konnte er ihre Reaktion nicht sehen. Er nahm nur die Silhouette ihres nackten Körpers wahr, der ausgestreckt auf den Laken lag.

»Du liebst mich nicht«, sagte sie. »Du bist ein ebenso kaltherziger Mann wie dein Vater.«

Diese Worte schmerzten ihn ungemein, doch er hatte sie verdient. Justin wusste: Claire reagierte so zurückweisend und verletzend, weil er ihr einst sehr wehgetan hatte.

»Wir werden heiraten, ob du willst oder nicht!« Schon setzte er sich auf ihren Schoß und packte ihre Handgelenke. Er brauchte sie, jetzt, auf der Stelle! Es war an der Zeit, sie endlich von seinen wahren Gefühlen zu überzeugen. Streiten konnten sie später noch.

»Falsch, Justin. Ich werde mir nie wieder von einem Mann sagen lassen, was ich tun soll!«

Ihrer verzweifelten Stimme entnahm er, dass ihr Ehemann sie anscheinend noch viel schlechter behandelt hatte, als sie ihm gestanden hatte. Sofort lockerte er den Griff, sodass sie sich jederzeit daraus befreien konnte. Mit körperlicher Liebe allein würde er sie nicht überzeugen können, aber er musste es versuchen, wo er kein guter Redner war.

Während er mit einer Hand ihre Arme über dem Kopf zusammenhielt, rieb er mit der anderen über ihre Scham. Da spürte er, wie die Feuchtigkeit aus ihr herauslief.

Claire keuchte auf. »Wo willst du denn heiraten? In Gretna Green?« Das sollte wohl schnippisch klingen, doch ihre Erregung vereitelte das. Es war unglaublich befriedigend, wie diese Frau auf ihn ansprach. Wenigstens *eine* Sache konnte er bei ihr richtig machen.

»Nein, meine Liebe«, flüsterte er an ihrem Busen und leckte über einen Nippel, der sich unter der neckischen Berührung versteifte. »Wir werden so bald wie möglich in London heiraten.« Er umgriff seinen Schaft und führte ihn an die Stelle, die vor Nässe bereits triefte. Diese leidenschaftliche Frau würde er nicht mehr gehen lassen!

»Warum, Jus? Warum tust du das?« Sie stöhnte unter ihm, wobei sie halbherzig versuchte, sich aus seinem Griff zu winden. Er nahm die zweite Hand zu Hilfe, um ihre Arme fest in die Laken zu drücken. »Weil ich dich liebe, du heißblütige Wildkatze, warum denn sonst? Begreife es endlich!«

»Du liebst mich tatsächlich?«, kam es leise zurück.

Wie konnte sie nur an seinen Gefühlen zweifeln? Wieder dachte er daran, was er alles bei ihr falsch gemacht hatte, und an ihren tyrannischen Ehemann. Wenn der noch gelebt hätte, würde Jus ihn auf der Stelle töten. Er hatte Claire viel von ihrer Stärke und ihrem Selbstvertrauen genommen, wovon sie als Kind reichlich besessen hatte, doch er, Justin, würde dafür sorgen, dass sie nie wieder von Selbstzweifeln und Ängsten gequält werden würde.

»Ich liebe dich«, sagte er keuchend, als er in sie glitt und ihr mit festen Stößen zeigte, wie ernst ihm diese Worte waren. »Ich liebe dich so sehr, und damit meine ich nicht nur deinen wunderschönen Körper.« Justin küsste sie, als würde er ohne sie sterben. »Ich liebe alles an dir, deinen Leib, dein Herz, deine Seele. Dein Lächeln, deine schnippische Art und deinen Humor.«

Ihr Innerstes umschloss ihn fest. Wie eng sie war und so heiß! Wie sehr sie ihm gefehlt hatte!

Um sie zu vergessen, hatte er sich in Arbeit gestürzt. Er hatte sie so sehr vermisst, dass er kaum etwas zu sich hatte nehmen können. Nichts wollte ihm mehr schmecken oder ihn erfreuen. Jus merkte, wie mit jedem Stoß seine Lebensenergie zurückkehrte. Claires Duft, ihre Wärme, die samtweiche Haut – all das hüllte ihn in einen Nebel aus sinnlicher Glut.

»Ich liebe dich!«, stöhnte er mehr, als dass er sagte, als sie gemeinsam den Gipfel erklommen und er sich tief in ihr verströmte. Wenn ihn diese Frau nicht wollte, wäre sein Leben nicht mehr lebenswert.

»Du hast mich überzeugt, Justin Iddlesleigh.« Atemlos suchte Claire in der Dunkelheit nach seinen eisblauen Augen. Diesmal fühlte sie, dass er die Wahrheit sprach. Welchen Grund hätte er jetzt noch, ihr etwas vorzumachen? Ihr Puls überschlug sich fast vor Aufregung. »Ich werde deine Frau, aber nur unter einer Bedingung.«

Sein Herz trommelte heftig gegen seine Brust. »Und die wäre?« Nur ungern löste er sich aus ihr, um sich an ihre Seite zu legen. Es fühlte sich einfach so verdammt richtig an, in ihr zu sein.

»Ich möchte jede Nacht auf diese Art von dir ins Bett gebracht werden.«

Ihre Hüfte umfassend, zog er sie an sich. »Diesen Wunsch kann ich Ihnen erfüllen, Mrs. Iddlesleigh«, sagte er scherzhaft, doch gleich wurde er wieder ernst. »Allerdings werde ich dir in den nächsten Jahren nicht viele andere Wünsche erfüllen können. Ich habe zwar einige von Dr. Mullohans Patienten übernommen, aber die Einnahmen decken gerade so die Kosten.«

Claire wusste, wovon er sprach. Der Duke würde ihn gnadenlos verstoßen und ihn enterben. Dass er das alles auf sich nahm, zeigte ihr umso mehr, wie sehr er sie liebte. »Ich habe immer noch einen Großteil von Edwards Vermögen. Er mag zwar ein schlechter Mensch gewesen sein, aber auch ein überaus reicher.« Ermutigend lächelte sie ihn an, doch das konnte er in dem dunklen Zimmer wohl nicht sehen.

»Dann sagst du also *Ja?*«, hauchte er in ihr Haar.

»Ja, Justin.« Ungestüm umfasste sie sein Gesicht und bedeckte es mit Küssen. »Ja! Ja! Ja!«

Justin hielt sie so fest umklammert, dass er befürchtete, er würde sie zerdrücken. »Du weißt nicht, wie glücklich du mich machst.« Er konnte es noch immer nicht glauben. An nur einem Tag hatte sich sein Leben komplett verändert. Er würde heiraten, bekam ein Kind und musste von nun an selbst für sich sorgen. Wenn sein Vater ihm nicht den Kopf abriss …

»Justin, was soll das werden?« Claire kicherte, als sich sein verwegener Freund schon wieder aufmachte, ihr Inneres zu erforschen. Doch er musste Claire noch einmal lieben, am besten die ganze Nacht hindurch, bis er endlich wusste, dass er das alles nicht träumte.

Claire schnurrte wie ein Kätzchen und lachte leise, als er an der feuchten Spalte abrutschte und stattdessen an ihren anderen Eingang stieß. Einladend bog sie sich ihm entgegen.

»Ich liebe dich, du verruchtes Mädchen!«

»Und ich liebe dich«, murmelte sie an seinen Lippen, bevor sich ihre Zunge in seinen Mund stahl. *Schon immer.*

WILDES BEGEHREN

Meine ungewöhnliche Beziehung zu Hero begann an dem Tag, als ich mit einem blauen Auge ins Büro kam. Ein Mann, dem Aussehen nach ein Junkie, hatte mir auf dem Weg zur Arbeit meine Handtasche entrissen. Mein erster Reflex war, mich dagegen zu wehren. Der Kerl hatte zurückgeschlagen. Allerdings konnte ich mein Hab und Gut retten, immerhin habe ich so meine Methoden …

Meine Kollegen kamen gleich auf mich zu, Mary hatte sofort Eis parat – nur einen schien es wenig zu kümmern, dass ich verletzt war: meinen Chef. Wenigstens trat er kurz aus seinem Büro, musterte mich flüchtig und fragte, ob sonst alles mit mir in Ordnung sei. Als ich bejahte, verschwand er wieder durch seine Tür. Alle Zimmer waren verglast. So konnte ich sehen, wie er mir ab und an einen Blick durch die Scheibe zuwarf, während ich Mary meine Geschichte mindestens drei Mal erzählen musste. Dabei achtete ich darauf, mich nicht zu verplappern.

»Warum nimmst du dir denn kein Taxi, Trish? Du weißt doch, welches Gesindel sich in Manhattan rumtreibt.« Mary hatte das Eis in ein Handtuch gewickelt und hielt das Bündel an den Bluterguss unterhalb meines Auges.

»Ich werde doch mein sauer verdientes Geld nicht zum Fenster rauswerfen, wo meine Wohnung nur ein paar Blocks entfernt liegt«, erwiderte ich leicht verschnupft und spielte auf mein mageres Gehalt an. Obwohl ich mich »Chefsekretärin« schimpfte, zahlte mir mein Chef bei Weitem nicht so viel, wie es meine Arbeit wert gewesen wäre. Dieser Mistkerl! Was glaubte der überhaupt, warum ich noch bei ihm blieb und nicht längst gekündigt hatte? Wegen seines tollen Aussehens? Bestimmt nicht! Es war nur in Manhattan verdammt schwer, in einer anderen Firma einen Job zu bekommen, wenn beinahe alle einen Gesundheitscheck verlangten.

Zudem wollte ich meine Wohnung nicht aufgeben. Es gefiel mir dort. Ausgerechnet meinem Chef Brian Jackman verdankte ich sie. Er ist Immobilienmakler. Nachdem ich den Mietvertrag unterschrieben hatte, wurde ich seine Sekretärin. Damals hatte ich geglaubt, etwas zwischen uns gespürt zu haben – ein Knistern –, doch es hatte sich schnell herausgestellt, dass ich mich grundlegend getäuscht hatte.

Abermals warf ich meinem Chef einen wütenden Blick zu. Er sah ja wirklich gut aus, dieser Blödmann. Mit seinem pechschwarzen Haar, den grauen Augen und dem markanten Gesicht, das beinahe etwas Aristokratisches an sich hatte. Aber das ließ ihn nur noch arroganter wirken. Er war zwar nicht besonders groß, doch er bewegte sich geschmeidig wie ein Panther und besaß eine sehr ansprechende Figur unter seinem dunklen Anzug. Ich muss zugeben, anfangs habe ich versucht, ihn zu verführen. Aber er war so kalt wie das Eis, das gerade mein Handtuch durchnässte. Ich nahm Mary das Tuch ab, band mein braunes Haar im Nacken zusammen und machte mich an meine Arbeit.

Als ich wenig später sein Büro betrat, knallte ich ihm die Papiere auf den Tisch. »Hier sind die Kopien, die

Sie haben wollten, Mr. Jackman«, sagte ich mit frostiger Stimme. Ich ärgerte mich immer noch über sein Verhalten. Hey, ich wurde brutal überfallen, und meinen Boss schien es kein bisschen zu interessieren! Am liebsten hätte ich ihm meine Krallen gezeigt, aber das war natürlich unmöglich. Ich musste mich zusammenreißen. Ich brauchte diesen Job.

Mr. Jackman schien meine Gereiztheit zu bemerken. Zu meiner Überraschung fragte er: »Geht es Ihnen wirklich gut? Der Gangster hat Ihnen sonst nichts angetan?«

Ich sah ihn länger an als gewöhnlich, so perplex war ich über seine plötzliche Sorge. »N-nein«, brachte ich stockend hervor, »ich habe mich zu wehren gewusst.«

Plötzlich stand er auf und hielt mich an den Schultern fest. »Mrs. Hewitt ... Trish ...« Seine schönen, kühlen Augen starrten mich derart intensiv an, dass mein Herz Purzelbäume schlug. Ich konnte ihn riechen, so nah war er mir. Er hatte einen animalischen Duft an sich, der mich zappelig machte. Am liebsten mochte ich meine Nase in den Kragen seines Hemdes stecken, wo ein paar dunkle Brusthaare hervorsahen, und an der Stelle schnuppern.

»Sie sollen nur wissen ...«, fuhr er fort, »ich kann meine Gefühle nicht gut ausdrücken, aber ... Sie bedeuten mir viel, und ich habe mir vorhin ernsthaft Sorgen um Sie gemacht.«

Meine Fantasie lief auf Hochtouren. Ich sah Brian bereits, wie er sich noch ein Stück näher zu mir beugte, bis sich unsere Lippen berührten. Er küsste mich gierig und gestand mir seine Liebe; ich zerwühlte sein schwarzes Haar, und er nahm mich gleich hier, auf seinem Schreibtisch. Er schob nur meinen Rock hoch und mein Höschen zur Seite, während er seine Erektion aus der Hose holte und mit einem Stoß in mich eindrang.

Aber leider war das alles nur eine süße Vorstellung. Gerade, als ich etwas erwidern wollte, drehte er sich von mir weg und setzte sich wieder an seinen Tisch. Erneut trug er seine Maske, war der unnahbare Mann, der er schon immer gewesen war. Ich wusste nichts über ihn. Absolut nichts. Hatte er eine Frau oder gar eine Familie? War er womöglich schwul?

Doch, eine Sache wusste ich mit Sicherheit: Brian Jackman würde nie etwas von mir wollen, was über das Geschäftliche hinausging.

Am Abend verließ ich frustriert und schlecht gelaunt das Büro. Der Überfall steckte mir noch in den Knochen, vor allem aber die merkwürdige Reaktion meines Chefs. Wie er mich für ein kurzen Moment angeblickt hatte …

»Mach dir nicht ständig Hoffnungen, du naives Ding«, schalt ich mich, bevor ich furchtbar erschrak. Plötzlich tauchte vor mir ein großer schwarzer Hund auf.

Hilfe, wie sehr ich Hunde fürchtete! Meine Haare stellten sich auf. Zudem hatte das Tier verdammte Ähnlichkeit mit einem Wolf!

Pah – ein Wolf in der Stadt? Ich sprach mir Mut zu und machte einen großen Bogen um das Vieh. Wo war sein Besitzer? Oder lebte der Hund auf der Straße? Nein, danach sah er nicht aus, denn sein Fell wirkte gepflegt. Es war sauber und glänzte in den letzten Strahlen der untergehenden Sonne, die zwischen Manhattans Hochhäuser fielen.

Aber das Tier besaß kein Halsband. »Bist wohl ausgebüxst, was, du Rumtreiber?« Ich versuchte, mir meine

Unsicherheit nicht anmerken zu lassen. Tiere hatten ein feines Gespür, wenn jemand Angst vor ihnen hatte.

Schwanzwedelnd folgte mir der schwarze Wolfshund auf Schritt und Tritt, als ich die MacDougal Street in Richtung Washington Square Park entlangging. Ständig schaute er zu mir auf. Was war das für eine Rasse? Vielleicht ein schwarzer Schäferhund? Gab es überhaupt so eine Rasse, und ... galt die als freundlich?

Plötzlich sprang er seitlich vor mich und knurrte – die Lefzen nach oben gezogen, sodass ich seine Reißzähne sehen konnte. Sofort setzte mein Herz einen Schlag aus, doch sein Knurren galt nicht mir. Ein Betrunkener taumelte aus einer Nebenstraße dicht an uns vorbei.

»Hey, Lady, halten Sie Ihren Köter zurück«, lallte er.

Der Hund hörte erst auf, als der Mann ein gutes Stück an uns vorüber war und wir in den Park einbogen. Gleich auf der anderen Seite befand sich meine Wohnung mit Blick ins Grüne. Zu dieser Jahreszeit blühten die Bäume im Park. Ich liebte die Aussicht von meinem Balkon.

»Was willst du von mir?«, fragte ich den Hund.

Dieser legte den Kopf schief und sah mich mit seinen silbergrauen Augen treu an.

Lachend stemmte ich die Hände in die Hüften, denn irgendwie spürte ich, dass mir das Tier nicht schaden wollte. Er sah aber auch zu süß aus. »Du spielst dich auf wie mein Beschützer.«

Er bellte einmal kräftig; anscheinend hatte ich ins Schwarze getroffen.

»Ich könnte einen Beschützer brauchen«, sagte ich zu ihm. Himmel, jetzt redete ich schon mit einem Tier!

Abermals bellte er und wedelte mit dem Schwanz, während er weiterhin zu mir aufblickte.

Das nahm mir endgültig die Angst. Irgendwie hatte ich das Gefühl, er verstand mich. Es war beinahe so, als wären wir seelenverwandt. Was für ein Unfug!

Ich ging in die Hocke, um ihn an meiner Hand schnuppern zu lassen, bevor ich ihm behutsam über das glänzende Fell streichelte. »Jetzt brauchen wir nur noch einen Namen für dich. Wie findest du *Hero*, mein kleiner Held?«

Ein Bellen seinerseits war mir Zustimmung genug. Lachend kam ich auf die Beine. »Na, dann komm, Hero. Du darfst mich nach Hause begleiten.«

Lange Zeit lag ich in dieser Nacht wach in meinem Bett. Der Überfall hatte mich doch mehr mitgenommen, als ich dachte. Zudem war es befremdlich, ein Tier in der Wohnung zu haben, das ich kaum kannte. Hero hatte sich nicht abwimmeln lassen. Jetzt döste er zusammengerollt vor meinem Bett, aber das gab mir auch ein Gefühl der Sicherheit.

Irgendwann musste ich eingeschlafen sein, meine Träume waren allerdings furchtbar. Immer wieder tauchte der Kerl darin auf, der mir meine Handtasche entreißen wollte. Ich sah den tiefen Kratzer auf seiner Wange, den ich ihm zugefügt hatte, und mein Herz raste panisch. Was war, wenn er mich anzeigte? Die Polizei nach mir suchte?

Schweißgebadet wachte ich auf. Zumindest glaubte ich, wach zu sein, bis ich bemerkte, dass jemand neben mir lag. Ein warmer Arm zog mich an einen noch wärmeren Körper. »Pst, hab keine Angst, ich bin bei dir«, flüsterte eine sanfte Stimme.

Selbst im Dunkeln erkannte ich dieses schöne aristokratische Gesicht. Es war mein Chef! »Brian«, flüsterte ich verwirrt und ließ meine Finger über sein Schlüsselbein fahren. Brian war nackt, und seine Haut fühlte sich einmalig glatt an.

Er streichelte meinen Rücken. »Scht, das ist nur ein Traum. Schlaf weiter.« Auch ich war nackt, wie immer, wenn es draußen wärmer wurde.

Was für ein toller Traum, und er war so real! Ich kuschelte mich an Brians Brust. Seine Haare kitzelten meine Nase, und ich sog tief den animalisch-männlichen Geruch auf.

In meinem Schoß pochte es, meine Nippel zogen sich zusammen. Vielleicht konnte ich den Traum so lenken, dass er einer der erotischen Sorte wurde? Wenn mich mein Chef im wahren Leben schon nicht mochte, dann konnte ich mir ein Zusammensein mit ihm wenigstens in meiner Fantasie ausmalen.

Also fuhr ich mit einer Hand zwischen unseren Körpern hinab, befühlte Brians flachen Bauch und folgte der schmalen Linie aus krausen Haaren, bis ich an seine Härte stieß. Als ich sie mit meinen Fingern umschloss, verfing sich Brians Stöhnen in meinen Haaren.

»Trish, bitte nicht …«

Trish, bitte JA! Immerhin war das *mein* Traum, da wurde nach meinen Regeln gespielt!

Ich knabberte an seinem Körper hinab, meine Lippen umschlossen erst den einen Nippel, dann den anderen. Brian erbebte, seine Finger wühlten sich durch mein Haar, drückten mich tiefer. Mit der Zunge zog ich eine Spur um seinen Bauchnabel, stupste kurz in ihn hinein und leckte schließlich tiefer.

Als ich seine samtene Spitze umfing, entfuhr Brian

abermals ein hilfloses »Nicht!«. Ich liebte es, ihn derart in meiner Gewalt zu haben. Endlich gehörte er mir, auch wenn es nur im Traum war. Es war jedoch der beste Traum, den ich bis jetzt hatte. Alles wirkte absolut real! Ich konnte Brians Geschlecht riechen, seine Lust auf meiner Zunge schmecken. Sein männlich-herber Duft zwischen seinen Beinen entfachte mein Verlangen zusätzlich. Ein Schwall Feuchtigkeit schoss zwischen meinen Schenkeln hervor, während ich weiter an Brians Penis saugte. Er wand sich unter mir und stöhnte, bis er mich an den Schultern von sich wegdrückte.

Sofort kam er über mich, verschloss meine Lippen mit einem heißen Kuss. Seine Hände glitten dabei über meinen Körper. Sie drückten meine Brüste; seine Finger zwirbelten die empfindlichen Knospen, bis ich vor Wonne aufkeuchte.

Eine Hand fuhr tiefer, zwischen meine Beine. Dort war ich bereits tropfnass, als Brian meine Spalte erkundete. Hart rieb er über mein geschwollenes, pulsierendes Geschlecht und drang mit einem Finger in mich ein. Allein dieser Akt bescherte mir beinahe einen Höhepunkt. Es war zu lange her seit dem letzten Mal.

Im Dunkeln sah ich, wie er die Hand zu seinem Mund führte und meinen Saft von den Fingern leckte. Anschließend küsste er mich wieder, drängte sich zwischen meine Schenkel und zog seine Erektion durch meine Spalte.

Ich wollte ihn endlich spüren, da ich Angst hatte, der Traum könnte gleich zu Ende sein. Brians heißer, schwerer Körper rieb sich an mir, und ich umfasste seine herrlich festen Pobacken, um ihn noch mehr auf mich zu drücken.

Da glitt er in mich. Seine dicke Spitze durchbrach die

erste Enge und tauchte schmatzend in meinen Eingang, der seinen Penis gierig aufnahm. Meine Vagina schmiegte sich fest an ihn.

»Oh Trish …« Brian stöhnte in meinen Mund, was mich noch mehr antrieb. Ich hob ihm mein Becken entgegen und schlang die Beine um ihn, damit er noch tiefer in mich kommen konnte.

Mein Innerstes krampfte sich um seinen Schaft. Brian pumpte in mich hinein wie ein wildes Tier. In meinem Traum war er ein leidenschaftlicher, heißblütiger Mann, der es verstand, meine Lust zu schüren. Brian massierte meine Brüste, zwirbelte meine harten Nippel und leckte sie schließlich ab. Seine Zunge fühlte sich auf meinen empfindlichen Knospen leicht rau an, was mein Verlangen noch mehr entfachte.

»Brian …« *Stoß mich,* ging es mir ständig durch den Kopf. Ich war kaum fähig, an etwas anderes zu denken als an seinen Schwanz, der in meine Spalte hämmerte. So innig und verzweifelt, wie er mich liebte, konnte man meinen, er habe schon ewig auf diesen Augenblick gewartet, genau wie ich. Aber es war nur ein Traum.

Ich spreizte meine Beine, damit seine Lenden intensiver an meinem Kitzler reiben konnten, da spürte ich schon, wie die köstliche Erlösung heranbrauste. Mein Inneres zog sich zusammen, schloss sich wie eine glitschige Faust um Brians Geschlecht, so, als wollte ich ihn nie wieder loslassen.

Brian stöhnte in meinen Mund, als er sich mit letzten, kräftigen Stößen in mich trieb und ebenfalls Erfüllung fand. Dabei ließ er ein Knurren hören, das mich für einen Moment an Hero und das Zusammentreffen mit dem Betrunkenen erinnerte.

Brian glitt von mir herunter und zog mich mit sich, dennoch spürte ich eine plötzliche Leere, die mich traurig machte. Doch sie verflog, als Brian über mein Haar streichelte und immer wieder meinen Namen flüsterte.

Ich fühlte mich beschützt und geborgen, schmiegte mich an seine Brust und schlief bald wieder ein. Was für ein toller Traum!

Ein Geräusch ließ mich auffahren. *Einbrecher!*, dachte ich im ersten Augenblick, bis ich mich daran erinnerte, dass ich ja einen Gast zu Hause hatte. Hero! Vielleicht musste er Gassi gehen. Er lag nicht mehr vor dem Bett, wahrscheinlich suchte er nach einer Möglichkeit, um nach draußen zu gelangen. Hoffentlich hatte er noch nicht auf meinen Teppich gepinkelt.

Mühsam quälte ich mich aus dem Bett und zog mir einen seidenen Morgenmantel über, bevor ich durch die dunkle Wohnung schritt. Ich brauchte nachts kein Licht zu machen, ich sah ausgezeichnet. Beim Gehen rieben meine noch leicht geschwollenen Schamlippen aneinander. Das erinnerte mich an den fantastischen Traum. Ich machte einen kurzen Abstecher ins Badezimmer, um mir mit einem Lappen die Feuchtigkeit aus meiner Spalte zu wischen. Allein den rauen Frottee zu spüren trieb mir wieder ein sanftes Pochen in den Schritt. Was war nur los mit mir? So kannte ich mich nicht. Kopfschüttelnd machte ich mich weiter auf die Suche nach Hero.

Licht aus der Küche ließ mich verwundert aufblicken. Ich trat in den Raum und sah, dass der Kühlschrank offen stand. Er war also die Lichtquelle. Hatte ich ihn nicht geschlossen, bevor ich zu Bett gegangen war?

Abermals hörte ich Geräusche, die aus dem Kühlschrank zu kommen schienen. Das konnte nur bedeuten ... Wie war Hero denn hier hineingelangt, fragte ich mich, zumal ich die Küchentür vorher geschlossen hatte.

Ich ging um die Kühlschranktür herum und erstarrte, als ich die Rückansicht eines nackten Mannes vor Augen hatte, der sich einen Apfel aus dem Fach nahm.

»Oh, mein Gott!« Mein Herz raste. Ich wich zurück, bis ich gegen den Küchentisch stieß. Dort schloss ich die Lider. »Ich träume sicher noch.«

Als ich die Augen wieder öffnete, stand Hero schwanzwedelnd vor dem Kühlschrank, dessen Tür jetzt allerdings geschlossen war. »Hero! Du hast mich zu Tode erschreckt!«, schalt ich das Tier sanft, bevor ich es hinter den Ohren kraulte. »Heute ist vielleicht ein verrückter Tag. Oder *ich* werde langsam verrückt.«

Nein, es lag an meinem Chef. *Er* machte mich verrückt. Der erotische Traum, in dem er die Hauptrolle gespielt hatte, ließ mich einfach nicht los, das war alles.

Ich drehte mich herum und stützte meine Hände auf der Tischplatte ab, um meine Gedanken zu sammeln. Da sah ich sie, die Flasche Orangensaft, die ich immer *in* den Kühlschrank stellte!

Langsam sickerte ein unglaublicher Gedanke in mein Bewusstsein. Nein, ob es sein konnte?

Tief durchatmend zog ich meinen Gürtel aus dem Mantel, bevor ich mich zu Hero kniete.

»Keine Angst, Süßer, ich mach dich sofort wieder los, ich muss nur was ausprobieren.« Vorsichtig legte ich den seidenen Gürtel um den pelzigen Hals und band Hero am Tischbein fest. Dann wich ich ein paar Schritte vor ihm zurück, schloss die Augen und konzentrierte mich.

Ich hatte es lange nicht mehr vollständig getan, aber es klappte sofort. Mein Körper schrumpfte, veränderte sich. Meine Organe rutschten an den richtigen Platz, Haare sprossen aus meiner Haut, mein Steißbein verlängerte sich und wurde zu einem buschigen Schwanz. Das alles geschah so rasend schnell, dass ich mich nur Sekunden später unter meinem Morgenmantel wiederfand. Ich suchte mir einen Weg durch die Stoffmassen und schlüpfte mit meinem Kopf durch einen der weiten Ärmel.

Ich hatte damit gerechnet, dass Hero knurrend auf mich zuspringen würde, aber nichts dergleichen geschah. Stattdessen betrachtete er mich nur neugierig mit seinen silbergrauen Augen.

Vorsichtig schritt ich auf ihn zu, setzte eine Pfote vor die andere und miaute einmal. Als ich vor Hero stand, stupste er seine feuchte Nase an die meine und leckte mir mit seiner rauen Zunge über das Gesicht.

Ach Hero, dachte ich, *endlich habe ich einen Begleiter gefunden, der mich so nimmt, wie ich bin.* Ich war unendlich erleichtert. Hero akzeptierte mich als das, was ich nun einmal war: eine Gestaltwandlerin, die zu einer Wildkatze werden konnte. Zu lange schon hatte ich mich nicht mehr komplett verändert. Ständig lebte ich mit der Gefahr, entdeckt zu werden. Ich hatte furchtbare Angst, dass man mich aufspüren könnte, denn ich hatte dem Dieb, der meine Handtasche stehlen wollte, einen tiefen Kratzer zugefügt. Er hatte gesehen, wie sich meine Fingernägel in Krallen verwandelten. Hoffentlich ging er nicht zur Polizei, da er selbst zu viel Dreck am Stecken hatte.

Ich kuschelte mich in Heros dichtes glänzendes Fell

und fühlte mich geborgen. Jetzt wollte ich nicht daran denken, wie mein Leben aussehen würde, wenn mich jemand dem Staat auslieferte. Gestaltwandler hatten keine Rechte. Sie wurden nicht besser behandelt als Tiere; man sperrte sie weg, machte Experimente mit ihnen …

Aber es sollte noch besser kommen, denn meine Vermutung bestätigte sich: Ehe ich michs versah, lag ich in den Armen eines nackten Mannes, der mir sanft über das Fell strich. »Trish, du auch?«, fragte er, die Stirn gerunzelt. Sofort verwandelte auch ich mich zurück. Mein Herz pochte wild, als ich mich am Körper meines Chefs wiederfand, der mich an sich gedrückt hielt, während er mit der anderen Hand den seidenen Gürtel von seinem Hals löste.

Brian berührte mich überall, streichelte meine nackte Haut, küsste mein Gesicht. »Trish, wenn ich auch nur geahnt hätte …« Seine Lippen pressten sich so fest auf meinen Mund, dass Brian mir die Luft nahm. Ich erwiderte seinen Kuss ebenso leidenschaftlich, klammerte mich an seine breiten Schultern, zerwühlte sein Haar. Meine Beine rutschten rechts und links an seinem Schoß hinab, sodass meine weit geöffnete Scham nun direkt auf seinem Geschlecht lag. Drängend presste es sich in meine Spalte. Ich musste mich an seinem Schaft reiben, so sehr erregte mich sein attraktiver Körper, sein Geruch … einfach alles.

»Dann habe ich vorhin nicht geträumt?«, fragte ich Brian, als ich kurz zu Atem kam.

»Es tut mir leid, ich habe die Situation ausgenutzt.« Seine silbergrauen Augen blickten mich verträumt an. »Ich habe mich so nach dir verzehrt … Ich konnte mich nicht mehr zurückhalten. Ich musste dir heute einfach nach Hause folgen, denn ich wollte dich vor weiteren Gefahren beschützen. Aber ich wollte dich nicht …«

»Brian«, unterbrach ich ihn, vom Glück überwältigt, dass ich kaum die passenden Worte fand. »Ich habe dich für den arrogantesten Kerl auf der ganzen Welt gehalten!« Plötzlich verstand ich alles, ging es mir doch genauso.

Er lachte und sah dabei noch attraktiver aus als sonst. »Du scheinst aber auch keine graue Maus zu sein, meine Wildkatze.«

»Du hast mich noch nie wild erlebt«, erwiderte ich und führte mir seinen heißen Schaft ein.

Zwei Wochen später:

Schwer atmend betrachtete ich den nackten Mann zwischen meinen Schenkeln. Er hatte mir gerade einen fantastischen Orgasmus beschert, und er selbst stand kurz davor. Ich spürte, wie sein Penis in mir zuckte und sich nach Erlösung sehnte, aber ich wollte noch ein wenig mit ihm spielen.

»Trish, bitte …«, flehte er, aber er bewegte seine Hüften nicht. Meine Krallen fuhren durch sein Brusthaar und über den flachen Bauch, der sich schnell hob und senkte. Sie hinterließen feine Kratzer auf seiner makellosen Haut. Er wusste, dass ich ihn damit verletzen konnte, deswegen hielt er ganz still.

Mit aufgerissenen Augen blickte er mich an. Mein Lächeln spiegelte sich in seinen Pupillen, in denen meine Eckzähne gefährlich aufblitzten. Ich stieg von ihm herunter und kniete mich zwischen seine geöffneten Beine. Aufmerksam verfolgte er jede meiner Bewegungen.

Meine Finger umfassten den prallen Schaft, der über und über mit meinem Saft bedeckt war. Dabei piksten meine Krallen leicht in sein empfindliches Fleisch.

»Du Biest!« Er stöhnte lang und kehlig, als ich mit meinen scharfen Nägeln über seine Hoden schabte und sanft zudrückte. Er liebte es, wenn ich das machte.

Mit der Zungenspitze umkreiste ich seine Eichel, stupste sie in den Schlitz und leckte anschließend meinen Saft von den feinen Adern. Jede einzelne fuhr ich mit der Zunge ab, um ihn damit zu quälen. Sein Körper zitterte.

»Wehe, du kommst!«, warnte ich ihn.

»Trish, ich kann nicht mehr!« Ein Schweißtropfen perlte von seiner Stirn. Er strengte sich an, und ich genoss es, ihn in meiner Gewalt zu haben.

Meine Eckzähne knabberten an seiner Eichel. Mit Leichtigkeit hätte ich sie in dem zarten Fleisch versenken können. »Bekomme ich nun meine Gehaltserhöhung?«, wisperte ich an die pralle Spitze, aus der schon die ersten Tropfen quollen.

Sein ganzer Körper spannte sich an. »Ja, jaaaa!«

Da stülpte ich meine Lippen über seine Eichel, und der warme Saft seiner Lenden schoss in meinen Mund. Er vermischte sich mit meinen Körpersäften, die ich auf dem zuckenden Geschlecht schmeckte. Gierig saugte ich alles aus ihm heraus, bis auf den letzten Tropfen, und leckte mir zufrieden über die Lippen.

DAS PRAKTIKUM DER LÜSTE

Antonia war stinksauer auf ihren Vater. Energisch stieg sie in die viel zu große Latzhose und stopfte die Haare unter den gelben Helm. Sie hatte sich schon so auf ihr neues, freies Leben gefreut. Endlich hatte sie ihren Schulabschluss in der Tasche, und da war ihr mehr nach Feiern und die Sau rauslassen zumute, als ein Praktikum auf dem Bau zu machen.

Sie unternahm einen letzten Versuch, ihren Pa davon zu überzeugen, dass sie sich jetzt mit den Freundinnen im Einkaufszentrum treffen würde und sie anschließend an den Badesee gingen. Das wäre für ihrer beider Seelenfrieden vorteilhafter. »Aber, Dad …«

»Kein Aber!«, erwiderte Mr. Cromwell und zog die buschigen Brauen zusammen. »Deine Kreditkarte ist so lange konfisziert, bis du endlich verstehst, wie hart ich in deinem Alter arbeiten musste, um es so weit zu bringen!«

Mürrisch ließ sich Antonia aus dem stickigen Bürocontainer ziehen. Draußen brannte die Sonne gnadenlos auf sie herunter, obwohl es erst früher Vormittag war. Sofort rief ihr Vater den Vorarbeiter zu sich, der schon Bescheid wusste, und wünschte seiner Tochter frohes Schaffen.

Mr. Bussard, ein älterer Herr, der einen sehr hektischen Eindruck auf Antonia machte, führte sie hinauf aufs Dach des Rohbaus, wo schon eine Gruppe halbnackter Männer eifrig am Werk war.

»Hey, Jungs, das ist Tony, der Spross vom Chef!«, rief er ihnen zu, als sein Handy klingelte. »Gebt Tony 'ne leichte Beschäftigung, ich komm später noch mal.« Schon nahm er das Gespräch an und verschwand sang- und klanglos.

Antonia stand wie festgewurzelt auf dem staubigen Boden und blickte sich um. Zum Glück war sie einigermaßen schwindelfrei, denn sie befand sich im sechsten Stock. Über ihr erstreckte sich der tiefblaue Sommerhimmel. Die grobschlächtigen Kerle, die gerade dabei waren, die Dachkonstruktion zusammenzubauen, sahen sie an, als wäre ihr eine zweite Nase gewachsen. Der Magen drehte sich ihr um. Auf den massigen Oberkörpern stand Schweiß, dessen Geruch sich mit den Ausdünstungen des Biers vermischte, das die Männer literweise in sich hineinkippten, ohne dass der Alkohol großartig Wirkung zeigte.

»Hey, Tony, warum bist du hier?«, rief ein kleiner Dicker ihr zu. Sie schätzte ihn auf Mitte vierzig.

Da der Vorarbeiter das den Handwerkern netterweise nicht erklärt hatte, meinte sie: »Ich soll hier ein Praktikum machen.«

Der Dicke winkte sie heran. »Na, dann komm her. Kannste mit'm Hammer umgehen, Junge?«

Junge?! Antonia wunderte sich, zuckte jedoch mit den Schultern und schlenderte missmutig zu ihm. Ihr kam es gerade recht, dass diese Typen sie für einen Mann hielten, dann blieben ihr wenigstens dumme Anmachen oder frauenfeindliche Sprüche erspart.

Er führte sie zu einem Holzbalken; dort erklärte er ihr,

wie sie die langen Nägel hineinzuschlagen hätte. Schlecht gelaunt machte sie sich ans Werk und fühlte schon bald, dass sich die erste Blase anbahnte. *Kotzt mich das hier alles an!*, dachte sie. Ihre Freundinnen fragten sich bestimmt, wo sie so lange blieb. Außerdem würde sie die nächsten Wochen keine Gelegenheit haben, die knackigen Jungs in ihren Boxershorts anzuhimmeln, die jetzt alle am See lagen. Stattdessen stand sie in Staub und Dreck, umgeben von diesen Kerlen, und musste sich die Hände schmutzig machen. Das war so ungerecht!

»Hey, Enzo, das wurde auch Zeit!«, rief der Korpulente plötzlich, der sich ihr als Peter vorgestellt hatte. Er entblößte eine Reihe schiefer Zähne. »Haste für den Sohn vom Chef auch 'ne Brotzeit dabei?«

»Sohn vom Chef?«, hörte Antonia eine leicht belustigte Stimme, worauf sie sich neugierig umdrehte. *Wow, endlich mal ein Lichtstrahl!*

»Hi, ich bin Lorenzo«, erklärte dieser augenzwinkernd, als er ihr ein belegtes Brot und eine Dose Limo in die Hand drückte.

»Tony«, kam es lediglich über ihre Lippen, wobei sie nicht den Blick von Lorenzos Gesicht abwenden konnte. Dunkelgrüne, leicht schräg gestellte Augen funkelten sie katzenhaft an; auf den geschwungenen Lippen lag ein spöttisches Lächeln.

Sie wagte einen unauffälligen Blick auf seinen Adoniskörper, und ihr Herzschlag beschleunigte sich. *Lorenzo sieht genauso wie der süße Typ aus der Duschgel-Werbung aus!*, dachte sie verträumt und ging gleich mit Übereifer ans Werk.

»Hey! Vorsicht, Kleiner!« Schon stand er wieder neben ihr. Seine erhitzte Brust drückte sich an ihr Schulterblatt, als er von hinten um sie herumgriff, damit er ihr zeigen konnte, wie sie den Hammer richtig hielt. Dabei berührten sich ihre Hände. Doch ihre Konzentration galt mehr Lorenzos langen Fingern, die von einem Flaum dunkler Härchen überzogen waren, ebenso wie seine Unterarme.

Plötzlich wurde es Antonia noch heißer. Ihr Unterleib begann zu pochen. Lorenzo roch ganz anders als der restliche Haufen. Herb, aromatisch und leicht würzig. Benutzte er ein Deo, oder waren das seine natürlichen Körpergerüche?

»Hey, Tony, wie alt bist du?«, wollte Xavier wissen, der gerade mit Peter einen schweren Balken an ihr vorbeitrug.

»Achtzehn.« Mehr brachte sie nicht heraus, weil sich ihr Traumtyp noch fester gegen sie drückte. Antonia glaubte, etwas Hartes an ihrem Po zu spüren. Wenn er keinen Hammer in der Hose hatte, dann … Jetzt wurde ihr schwindlig. *Weiß er etwa, dass ich eine Frau bin?*

Sein warmer Atem streifte Tonys Hals, und ihre Helme schlugen leicht zusammen. Es war schon über ein Jahr her, dass ein Mann – oder besser gesagt: ein Junge – ihr so nahe gekommen war. Aber außer ein wenig Petting besaß sie keinerlei Erfahrungen mit dem anderen Geschlecht.

Nachdem Peter und Xavier den Balken abgelegt hatten, blickten sie merkwürdig zu ihnen. »Hätte dich viel jünger geschätzt«, sagte Xavier und fragte breit grinsend: »Schon mal nen Stich gemacht, Tony?«

Jetzt begann genau die Art von Fragen, vor denen es ihr die ganze Zeit gegraust hatte. Als sie darauf nichts erwiderte, rückte Lorenzo von ihr ab und schmunzelte.

»Bist aber nicht sehr gesprächig.« Das war Peters Stimme, doch Tony hatte nur Augen für den jungen Mann, der neben ihr stand und Löcher in das Holz bohrte. Fasziniert verfolgte sie das Spiel der Muskeln unter der bronzenen Haut. Sie schätzte ihn Mitte zwanzig. *Von ihm könnte ich bestimmt so einiges lernen*, ging es ihr durch den Kopf.

»Möglich, dass Tony ja auf Männer steht!« Das Grinsen in Lorenzos Gesicht wurde noch breiter, doch er vermied es, sie anzusehen.

Antonia nahm all ihren Mut zusammen und erwiderte schnippisch: »Wenn ich wählen könnte, würde ich auf jeden Fall einen Mann vorziehen!«

Ein Aufstöhnen ging über das Dach, und Antonia lachte in sich hinein. Vielleicht würden diese Gorillas sie nun endlich mit ihren dummen Fragen verschonen.

Schon vernahm sie das erste Getuschel. »Der Sohn vom Chef, schwul? Ob der das weiß?«

Was kümmerte sie das Gerede? Es würde höchstens auf ihren Bruder zurückfallen, und mit diesem Angeber hatte sie sowieso noch eine Rechnung offen.

Zu ihrem Erstaunen zwinkerte Lorenzo sie an, bis ihr ein Licht aufging. *Shit, der wird doch nicht tatsächlich schwul sein?*

Der Schock über diese neue Entdeckung ließ ihre gute Laune schlagartig verfliegen und sie unkonzentriert werden. Der Hammer sauste auf ihren Daumen.

»Verdammt!« Fluchend hielt sie sich den gequetschten Finger, der höllisch pochte.

Sofort war Lorenzo an ihrer Seite. Das Lächeln war einer besorgten Miene gewichen. Ohne zu zögern, ergriff er ihre Hand und führte sie an sein Gesicht. Nach einer eingehenden Begutachtung leckte er behutsam über die Fingerkuppe, und das Pochen darin verlagerte sich schlagartig in ihren Unterleib. Scharf sog sie die Luft ein.

Der junge Mann, der ihre Reaktion mit einem verwegenen Grinsen quittierte, pustete sanft über die Schwellung, bevor ihr Daumen gänzlich in seinem Mund verschwand. Mit seiner Zunge umschloss er den Finger, und beinahe hätte Tony ihn wieder herausgerissen, wenn es sich nicht so wunderbar angefühlt hätte. Lorenzo saugte leicht, und ihre Nippel zogen sich zusammen. Sein heißes, feuchtes Fleisch entzündete einen Flächenbrand, der von ihrem Daumen auf den ganzen Körper übergriff. Dabei sah Lorenzo sie aus glasigen Augen an. Tony bemerkte, dass sich auch seine Atmung beschleunigt hatte.

Nun entkam ihr ein leiser Seufzer. *Verlieb dich nicht in mich, Süßer*, dachte sie, als sie den Finger langsam aus seinem Mund zog.

Mittlerweile glühten nicht nur ihre Wangen. Antonia wünschte sich so sehr, dass dieser Kerl nicht schwul wäre. Aber natürlich war er das. Alle hübschen Männer schienen homosexuell oder vergeben zu sein. Jetzt verstand sie auch sein ständiges Augenzwinkern und die anzüglichen Blicke.

Aber es stank ihr, anscheinend so wenig weibliche Reize zu besitzen, dass sie ohne Weiteres als Typ durchging.

Abermals keuchten die Männer empört auf, und Antonia vernahm Xaviers Stimme wie aus weiter Ferne: »Mir wird gleich schlecht. Du auch, Lorenzo?«

»Seht euch nur mal die zwei Turteltäubchen an«, spotteten die Arbeiter angewidert, worauf sie ihnen die Rücken zuwandten und demonstrativ ans Werk gingen.

Tony verspürte leichtes Mitleid mit Lorenzo. *Sie* hatte ihm dieses unschöne Coming-out beschert.

Doch ihn schien das nicht zu stören. Er umfasste ihr Handgelenk und zog sie mit sich. »Komm, ich mach dir da 'ne Salbe drauf.« Zu den Männern rief er: »Sind gleich wieder da!«

»Kommt bloß nicht mehr in unsere Nähe!« Peter warf ihnen einen vernichtenden Blick zu.

Antonia folgte ihrem Modellpopo durch das düstere Treppenhaus, in dem sich nur ein provisorisches Holzgeländer befand. »Das tut mir echt leid.« Sie bemerkte feine Schweißtröpfchen in seinem Nacken, dort, wo sich sein Haar leicht lockte. Kein Wunder, unter dem Helm war es kaum auszuhalten.

Plötzlich blieb er stehen und drehte sich um. Frontal lief sie in ihn hinein. Abermals hoben sich seine Mundwinkel. »Du bist es wert.«

Er zog sich den Helm vom Kopf und wischte sich mit dem Handrücken über die Stirn. Sein Haar stand wirr in alle Richtungen und gab ihm etwas Jungenhaftes, das ihr Herz zum Hüpfen brachte.

Auf einmal legten sich seine Arme um ihre Hüften.

»Lorenzo, ich bin nicht …« Doch die Erklärung wurde von samtweichen Lippen unterbrochen. *Himmel, wie gut er küssen kann!*

Langsam und unendlich zärtlich leckte seine Zunge über ihre Haut, bevor er die Lippen fest auf ihren Mund drückte. Antonia vergaß sogar das Atmen, so überrascht war sie über das Gefühlschaos, das dieser Mann in ihr auslöste.

Schade nur, dass er schwul war. Küssten sich Männer untereinander immer so leidenschaftlich?

Als sie Stimmen vernahmen, ließ er sofort von ihr ab. Wie in Trance lief sie weiter hinter ihm her, bis er sie in einen Container drückte, in dem es stockdunkel war. Als das Licht aufflackerte und die Tür hinter ihnen ins Schloss fiel, wusste sie, dass sie sich im Waschraum befanden. An der einen Wand reihten sich mehrere Waschbecken, während auf der gegenüberliegenden Seite die Duschkabinen lagen.

»Du kannst deinen Finger kühlen, solange ich mich frisch mache.«

Warum muss er sich frisch … Ach, du Scheiße! Als sie den Daumen unter den kalten Strahl hielt, zog sich Lorenzo ungeniert die Hose aus und legte sie über ein Becken.

Pikiert wandte sie ihr erhitztes Gesicht von ihm ab. »Was tust du da?!« Ihr Herz klopfte schneller.

»Wonach sieht es denn aus?«

Aus den Augenwinkeln beobachtete sie, wie er aus der Unterhose schlüpfte und in einer Kabine verschwand, ohne die Tür zu schließen. *Sein Hintern ist einfach zum Reinbeißen!*

Schon hörte sie, wie das Wasser auf ihn herunterprasselte. »Komm doch auch drunter!«

»Lorenzo, ich bin nicht schwul!«, krächzte sie, da ihr die Stimme versagte.

»Hast du was gesagt?«, hallte es durch den Container. »Komm näher, ich kann dich nicht verstehen!«

Er war ja vom anderen Ufer, also was sollte schon großartig passieren? Tony nahm all ihren Mut zusammen und ging, den Blick gesenkt, zu seiner Kabine. Sofort fixierten ihre Augen das Paar leicht behaarter Männerbeine, an denen das Wasser hinablief. Feine Tropfen spritzten zu ihr und benetzten ihre Latzhose.

»Ich sagte, dass ich nicht schwul bin«, erklärte sie ihm mit zitternder Stimme, wobei ihr Blick schon bis zu den kräftigen Oberschenkeln und den muskulösen Pobacken hinaufgewandert war.

»Schade, ich hatte gehofft, dass du auf Männer stehst. Du hattest doch zuvor so etwas erwähnt.« Als er sich umdrehte, stand ihm ein breites Grinsen im Gesicht geschrieben.

»Aber …« Es half ja doch nichts. Besser, sie erklärte es ihm jetzt, bevor er sich noch in etwas hineinsteigerte. Seufzend nahm sie den gelben Schutzhelm ab, worauf ihr die hellen Haare bis auf die Schultern fielen. »Ich bin kein Junge.«

Lorenzo beobachtete sie unverhohlen, während er seinen Penis in die Hand nahm und ihn einseifte. »Ach, erzähl mir was Neues.«

Wie paralysiert starrte sie auf seinen Schritt. Antonia hatte schon einmal einen Penis in natura gesehen, doch dieses Exemplar gehörte definitiv zu einem waschechten Mann! Immer länger und härter wurde der Schaft, und Lorenzo hörte einfach nicht auf, daran zu reiben, obwohl der Schaum längst weg war.

»D-du hast es gewusst?«

»Wenn der Tag kommt, an dem ich nicht mehr erkenne, wenn eine Frau vor mir steht, dann erschieß mich bitte.« Er drehte das Wasser ab und machte drei Schritte auf sie zu. Seine Erektion wippte dabei leicht auf und ab. Tony wich vor ihm zurück, bis sie gegen ein Waschbecken stieß.

Er verharrte einen Moment und musterte sie von oben bis unten. »Auch Lust auf 'ne Dusche?«

Der Kerl war wohl verrückt! Wenn ihr Vater sie hier

erwischte! Lorenzo wäre auf der Stelle seinen Job los, und sie hätte lebenslänglich Hausarrest!

Während sie vorsichtig den Kopf schüttelte, machte er noch einen Schritt auf sie zu. Seine Härte drückte sich gegen ihren Bauch. Mittlerweile hämmerte ihr das Herz bis zum Hals. Was sollte das? Was hatte er vor?

Doch er griff nur um sie herum, zog ein Handtuch vom Haken und wickelte es sich um die Hüften. Anschließend klemmte er sich seine Sachen unter den Arm und bedeutete ihr, ihm zu folgen.

Am liebsten hätte Antonia auch geduscht, denn die Kleidung klebte ihr am Körper. Lorenzos Anwesenheit ließ ihr aus jeder Pore den Schweiß ausbrechen. Dazu kam noch die unerträgliche Hitze. Wieder wünschte sie sich an den Badesee. Doch die Jungs in Boxershorts hatten plötzlich allen Reiz verloren. Zu gerne würde sie Enzos Körper näher erforschen.

Wie gut, dass sich sämtliches Leben auf der Baustelle abspielte, denn so war das Containerdorf verlassen. Trotzdem blickte Antonia sich immer wieder um, bis sie in den nächsten düsteren Container stiegen, der unter einer Baumgruppe abgestellt war.

Ihr Adonis versperrte die Tür von innen und warf die Klamotten und das Handtuch in eine Ecke, bevor er einen Spind aufriss. Schnell drehte ihm Tony den Rücken zu. Dabei bemerkte sie die heruntergelassene Jalousie vor dem einzigen Fenster, durch die nur ein schmaler Streifen Licht fiel. Wenigstens hier drinnen war es dank der Schatten spendenden Bäume angenehm kühl. Ihr Blick wanderte weiter über den Tisch, zu einem Waschbecken, auf dem eine Zahnbürste lag, bis zu dem Etagenbett ganz hinten im Raum. Ein Poster von Johnny

Cash hing dort an der Wand, ansonsten war es wenig anheimelnd.

Hier lebte Lorenzo also, während er auf Montage war. Ob zu Hause eine Freundin auf ihn wartete? Oder sogar eine Frau mit Kind?

»Nicht gerade sehr gemütlich, was?«, hörte sie plötzlich seine Stimme nah an ihrem Ohr.

Erschrocken wirbelte sie herum. Zu ihrer Erleichterung trug er jetzt eine Unterhose, doch er rückte keinen Millimeter von ihr ab. Das Kribbeln in ihrem Unterleib stellte sich erneut ein. Ihr Bewusstsein rief sich sofort seinen köstlichen Kuss in Erinnerung.

»Und es ist auch verdammt unbefriedigend, so lange Zeit allein unter Männern zu leben.« Er nahm ihr den Helm aus der Hand und legte ihn auf den Tisch. Dann kramte er wieder in seinem Spind und holte einen Verbandskasten heraus. »Zeig mal deinen Finger her.«

Automatisch streckte sie ihm die Hand entgegen. Würde er jetzt den Daumen wieder in den Mund nehmen? Sie wünschte es sich beinahe, stattdessen schmierte er eine Salbe darauf.

»So, und damit das alles gut einziehen kann, kommt noch ein Fingerling darüber.«

Er grinste bis über beide Ohren, und seine Augen blitzten, als er ihr den Verband auf die Fingerkuppe steckte. Der Fingerling wies eine sehr große Ähnlichkeit mit einem Kondom auf. Allein die Art, wie er ihn ganz langsam und gewissenhaft abrollte, ließ sie vor Scham beinahe im Boden versinken.

Tony wartete auf die Frage, ob sie das nicht auch mal bei ihm üben wolle – an einer anderen Stelle natürlich.

Möglichst unauffällig warf sie einen Blick zwischen

seine Beine, wo sich seine Erektion immer noch gegen die Hose presste.

Lorenzo zwinkerte. »Alles zu seiner Zeit.«

Ohne zu fragen, ob ihr das überhaupt recht war, öffnete er den Verschluss ihrer Hosenträger. Sofort rutschte der Stoff an ihr hinunter. Ihr T-Shirt folgte gleich nach.

Nur in ihrem geblümten Bikini – schließlich hatte sie ja zum Baden gewollt – stand sie vor ihm. Seltsamerweise fühlte sie sich weder nackt noch ausgeliefert, denn Enzo trug ja selbst nur eine Unterhose. Der halbdunkle Raum gab ihr zusätzliche Sicherheit.

Sie stieg aus dem Kleiderhaufen, wobei sie sich die Turnschuhe von den Füßen streifte. Alles in ihr vibrierte, da jede einzelne Ader in ihrem Körper heftig pochte. Doch am meisten pulsierte es in ihrem Unterleib.

Lorenzo beugte sich vor, um ihr ins Ohr zu flüstern: »Möchtest du ein kleines Abenteuer erleben?« Sein warmer Atem an ihrem verschwitzten Hals brachte ihr eine Gänsehaut ein.

Ohne zu zögern, streckte sie die Hände nach ihm aus. Lorenzos Fleisch fühlte sich heiß und fest an; seine Haut war weich wie Samt. Unter ihren Berührungen zogen sich seine Brustwarzen zusammen. »Tony, so geht das nicht!« Er klang plötzlich heiser. »Wenn du so weitermachst, wird das ein sehr kurzes Abenteuer.«

»Aber … was soll ich denn machen?«

»Erst mal gar nichts«, wisperte er und drückte sie an den Schultern zurück, bis ihre Beine gegen das Bett stießen. Dann nahm er ihre Arme und führte sie über ihren Kopf. »Du hältst dich jetzt schön brav hier an dem oberen Bett fest und rührst dich erst wieder, wenn ich es dir erlaube, okay?«

Antonia umfasste das metallene Geländer des Etagenbetts. Ihre Brüste streckten sich und wurden dadurch noch kleiner. Nun gab es kaum noch etwas, das ihr Bikinioberteil an der Stelle hielt. Leicht hob es sich von ihrem Busen ab, und Lorenzo blickte unverhohlen hinein. Anscheinend gefiel ihm, was er sah, denn er leckte sich über die Lippen.

Antonias Herz pochte vor Aufregung laut in den Ohren. Was hatte er jetzt vor, wo ging er hin? Sie beobachtete, wie er einen Lappen aus dem Spind holte und ihn unter dem Wasserhahn anfeuchtete. Dabei verlagerte sie ihr Gewicht nervös von einem Fuß auf den anderen. Dann kam er wieder zu ihr und setzte das Tuch an ihrem Hals an. Es war lauwarm und angenehm erfrischend. Mit leichten kreisenden Bewegungen fuhr er an ihrem Schlüsselbein entlang, wieder an ihrem Hals hinauf, über ihr Gesicht und schließlich in ihren Nacken, wo der Bikini zusammengehalten wurde. Mit einem leisen »Klick« öffnete sich der Verschluss, und die Träger rutschten nach unten.

Sofort hielt sich Antonia die Hände vor die Brüste.

»Ts, ts«, gab Enzo kopfschüttelnd von sich. »Du bist aber kein sehr folgsames Mädchen.«

Das behauptet Pa auch immer, wollte sie sagen, doch Lorenzo brachte sie davon ab, als er ihre Arme packte und sie erneut über den Kopf drückte.

»Ich war noch nicht fertig«, murmelte er an ihre Wange. Ihre Arme hielt er dabei immer noch fest. Hätte er sie losgelassen, wären sie ihr sofort nach unten gefallen, so schwach machte sie seine Nähe.

Lorenzo schien das zu bemerken. »Was mache ich nur mit dir?« Er kratzte sich kurz an der Augenbraue und kramte wieder in seinem Spind, aus dem er ein großes Tuch und ein T-Shirt zutage förderte. »Das wird gehen.«

Damit band er ihre Hände an der Eisenstange fest. Antonia wusste, dass es ein Leichtes wäre, sich von den lächerlichen Fesseln zu befreien, dennoch gab es ihr einen Kick, ihm jetzt scheinbar wehrlos ausgeliefert zu sein. Auch ihre Brüste präsentierten sich ihm nun schamlos.

»Die brauchen wir auch nicht mehr.« Mit einem Ruck löste er die Bänder, die ihr Höschen an den Hüften festhielten, und es glitt lautlos zu Boden. Beschämt schloss Antonia die Augen. Splitternackt stand sie vor ihm, seinen hungrigen Blicken ausgeliefert. Das Blut klopfte in ihren Ohren, doch das Pochen in ihrer Scham nahm zu.

Als Lorenzo sie abermals mit dem feuchten Tuch berührte, ging ihr Atem schnell und abgehackt. Leicht glitt der raue Stoff über ihren Busen, worauf sich ihm die dunklen Spitzchen entgegenreckten.

Tiefer fuhr er damit hinab, über ihren flachen Bauch, und Tony konnte es kaum erwarten, bis er sie damit zwischen den Beinen berührte. Doch der Schuft fuhr knapp daran vorbei und wusch stattdessen die Innenseiten ihrer Schenkel.

Empört riss sie die Augen auf. Enzo kniete zwischen ihren leicht geöffneten Beinen und blickte interessiert auf ihre rasierte Scham. Abermals stieg ihr die Röte ins Gesicht. Seine Nase hatte da unten nichts verloren. Dass sie zwischen den Beinen roch, war ihr mehr als peinlich, doch Lorenzo versenkte sein Gesicht einfach in ihrer Spalte, was sie erschrocken aufkeuchen ließ.

»Du duftest himmlisch!« Er blies ihr den heißen Atem hinein und zog sich dann wieder zurück. »Aber ich werde erst später von dir kosten.«

Zum Glück stand er auf, denn Antonia fühlte Feuchtigkeit aus sich herauslaufen. Der Mann hatte sie noch nicht richtig berührt, dennoch war sie schon so nass wie der Lappen, den er mit einem Wurf im Waschbecken versenkte.

Schwer atmend beobachtete sie, wie er sich die Unterhose auszog. Seine Erektion reckte sich stolz in die Höhe. Würde er jetzt mit ihr schlafen? Sie war bereit für ihn. Mehr als bereit, auch wenn ihr seine Größe leichtes Unbehagen bereitete. Und zu gerne wollte sie diese weiche Haut wieder berühren, unter der seine aufregenden Muskeln spielten.

»Noch nicht!« Er hob den Finger, als sie ungeduldig an den Fesseln zog, aber sein strenger Ton war nur gespielt. Dennoch hielt sie still.

»Zuerst möchte ich von dir kosten, meine neugierige Praktikantin.« Unendlich zärtlich fuhr er mit der Zungenspitze über ihre Lippen. Antonia streckte ihren Hals, um ihn zu küssen, doch lächelnd wich er zurück.

»Wieso quälst du mich so?«, fragte sie atemlos.

»Was heißt hier *quälen*?« Seine Zunge glitt über die heftig pochende Ader an ihrem Hals hinunter zu den Brüsten. Er leckte über die harten Spitzen und nahm dann eine Knospe in den Mund, um daran zu saugen. Tony stöhnte. Das fühlte sich himmlisch an! Der feuchte, saugende Mund und die flinken Zungenschläge ließen einen Hitzestrahl zwischen ihre Beine schießen.

Abermals ließ er von ihr ab, was sie langsam wahnsinnig machte!

»Hat dich schon einmal ein Mann so richtig befriedigt?« Provozierend begann er, an ihrem Ohr zu knabbern.

»Nein«, hauchte sie, »ich habe noch nie mit einem Mann geschlafen.«

»Das eine hat doch mit dem anderen nichts zu tun.« Er zog eine feuchte Spur von ihrem Hals bis zum Bauchnabel. Dort verweilte er und ließ die Zunge kreisen.

»Aber ich wünsche es mir so sehr, Enzo!« Wenn er sie nicht bald dort berührte, wo es mittlerweile unerträglich heftig pochte, würde sie über ihn herfallen wie ein wildes Tier!

Zärtlich fuhr er ihr über die Wange. »Du solltest deine Unschuld an jemanden verlieren, der für dich etwas ganz Besonderes ist.«

»Du bist doch jemand Besonderes«, protestierte sie schwach, da ihr seine Liebkosungen die letzten Kräfte raubten. »Es liegt nur daran, dass ich die Tochter vom Chef bin, stimmt's!?«

Darauf erwiderte er nichts, doch sein Blick verriet ihr, wie recht sie damit hatte.

»Ich kann dir andere schöne Dinge zeigen.« Wieder begann er, an ihrem Nippel zu saugen. Dabei rieb er sich an ihrem Oberschenkel. »Und jetzt stell mir keine Fragen mehr, denn ich möchte endlich von dir kosten«, murmelte er, fuhr tiefer und presste seinen Mund auf ihr Dreieck.

Antonias Beine wollten nachgeben. Was Lorenzo dort mit seiner Zunge anstellte, war unglaublich! Immer wieder stieß er sie in ihre Feuchte und leckte durch ihr Tal, dann neckte er ihre Perle, indem er die Zungenspitze darüberflattern ließ.

»Lorenzo, ich kann nicht mehr stehen!« Sie stöhnte, als ihre Knie einknickten. Sofort fing er sie auf, damit ihr die »Fesseln« nicht die Handgelenke einschnürten. Er befreite sie von der Stange und legte sie auf dem unteren Bett ab. Antonia nutzte die Gelegenheit, um Lorenzo auf sich zu ziehen.

»Du kleines Biest, das hast du geplant!«

Sie blickte in sein erhitztes Gesicht, in das ein paar Haarsträhnen hingen. Wie gut er aussah! Wie liebevoll er war!

Plötzlich spürte sie seine Härte zwischen ihren Beinen. Lasziv ließ sie die Hüften kreisen und bemerkte erfreut, dass Lorenzo immer heftiger in ihr Ohr keuchte. Wie erregend es war, ihn derart losgelöst zu sehen. Jetzt hatte *sie* die Macht!

Immer wieder fuhr sein Penis durch ihre Spalte und neckte den angeschwollenen Kitzler. Antonia legte ihre Hände an seine Pobacken, um ihn noch fester auf sich zu ziehen. *Was für ein geiler Arsch!*

»Fick mich!« Ungeniert stöhnte sie in sein Ohr. Mittlerweile war sie so angeheizt, dass sie bereits die ersten Kontraktionen ihres Unterleibs spürte.

»Ich fass es nicht!« Enzo schnaufte schwer. Es kostete ihn anscheinend viel Überwindung, nicht einfach in sie zu stoßen.

»Was bist du nur für ein dreistes Früchtchen!« In einer geschmeidigen Bewegung glitt er von ihr herunter. Gerade, als sie protestieren wollte, war er jedoch schon wieder an ihrer Seite.

»Tut mir leid, meine Süße, aber du lässt mir keine andere Wahl.« Abermals fesselte er ihr die Arme über den Kopf. »Und jetzt spreiz deine Beine, damit ich dich schön auslecken kann!«

Antonia gehorchte widerstandslos, und als er diesmal seine Lippen auf sie presste und mit der Zunge durch ihre Spalte fuhr, entlud sich bei ihr ein gewaltiger Orgasmus, der sich wie ein Erdbeben in ihrem ganzen Körper ausbreitete. Lorenzo leckte immer noch, bis sich bei ihr eine süße Trägheit einstellte und sie entspannt die Augen schloss.

Kaum dass sie wieder zu Luft gekommen war, spürte sie etwas Warmes an ihren Lippen. »Und jetzt darfst du von mir kosten!« Lorenzo kniete über ihr und drückte ihr seine Erektion an den Mund. Als sie ihre Zunge über die Spitze gleiten ließ, wunderte sie sich über den leicht salzigen Geschmack. Noch nie hatte sie einen Penis im Mund gehabt. Sie wusste überhaupt nicht, wie sie ihn richtig verwöhnen sollte.

»Das erste Mal?«, fragte Lorenzo, dessen Gesicht plötzlich sehr verklärt wirkte.

Antonia nickte und genoss den Anblick des hübschen Mannes, der zärtlich eine ihrer Brüste knetete, während sie weiter über seine Spitze züngelte. Sie fühlte sich wunderbar glatt an.

»Dafür machst du es schon ganz gut.« Neckisch drückte er gegen ihre Lippen, und sie ließ ihn hinein. »Du saugst ein bisschen und lässt deine Zunge um mein …, jaaaa, so ist es gut! Du bist … ein … Natur…talent!«, stieß er hervor.

Antonia glaubte, dass er jeden Moment so weit war, denn sie schmeckte noch mehr dieser salzigen Vorboten; er zuckte in ihrem Mund und schien noch dicker zu werden. Auch Enzos Atem klang immer abgehackter, doch plötzlich zog er sich zurück. Was war nur in ihn gefahren?

Schnellen Schrittes marschierte er zum Waschbecken, nahm seine Erektion in die Hand und rieb daran.

»Das kann jetzt aber nicht dein Ernst sein!« Sie hatte sich schneller von den Fesseln befreit, als sie dachte. Die Fäuste in die Hüften gestemmt, baute sie sich vor ihm auf.

»Es ist das erste Mal für dich, da möchte ich dich nicht verschrecken, indem ich in deinen Mund ... Tony!« Ohne Vorwarnung hatte sie ihn auf den Tisch zurückgedrückt und ihn wieder in den Mund genommen. Aus den Augenwinkeln bemerkte sie entsetzt eine Bewegung hinter der Jalousie. Verdammt, es war Xavier! Er hatte sie in dem düsteren Container bestimmt nicht gesehen, doch so laut wie Enzo stöhnte, mit Sicherheit gehört! Aber sie konnte jetzt nicht aufhören. Unablässig rief Lorenzo: »Tony, oh Gott, Tony!«, während sie saugte und leckte wie eine Besessene. In pulsierenden Schüben entlud er sich wiederholt in ihren Mund. Sie hatte ja keine Ahnung gehabt, dass es so viel sein würde!

Um sich vor ihrem Traummann keine Blöße zu geben, schluckte sie den bitteren Saft. Schließlich war davon noch keine Frau schwanger geworden.

»In das Waschbecken ...« Mit den Armen fuchtelte er vor seinem Gesicht herum.

Tony räusperte sich und leckte sich die restlichen Spuren von den Lippen. »Was meinst du?«

»Du hast es ... geschluckt?«

»Wieso? War das falsch?«

»Nee!« Er grinste verwegen und brachte dadurch ihr Herz dazu, schon wieder schneller zu klopfen. »Das war sogar verdammt geil!«

Als Antonia die Tür öffnete, wäre sie beinahe in Xavier und ihren Vater hineingerannt. *Scheiße!*

»Ich hab dich überall gesucht!« Seinem dunkelroten Teint nach zu urteilen, war er sehr zornig. »Mr. Laine meinte, dass ich dich vielleicht hier finde. Hast du dich etwa abgeseilt?«

Jetzt würde es Enzo und ihr an den Kragen gehen! Schwarze Flecken tanzten vor ihren Augen.

»Tag, Chef!« Lorenzo zwängte sich an ihr vorbei und setzte seinen unschuldigsten Blick auf. »Seien Sie nicht zu hart zu Ihrer Tochter. Sie hat sich ziemlich schlimm auf den Finger gehauen.«

Mr. Cromwells Blick wanderte an Tony herab und blieb an dem Verband hängen. Sofort entspannten sich seine Gesichtszüge. »Du bist verletzt? Wie schlimm ist es?«

»Ich spür schon fast nix mehr«, versuchte sie möglichst zitterfrei zu sagen, wobei sie mit dem Daumen wackelte. »Lorenzo war so nett, mich zu versorgen.«

»Dann gehe ich davon aus, dass deine Tage auf dem Bau gezählt sind, Töchterchen?«

»Äh …« Sie warf einen unsicheren Blick auf Lorenzo, der neben Xavier stand und ihr zuzwinkerte. Xavier bekam das mit, worauf er ihm den Ellbogen in die Rippen stieß. Theatralisch krümmte sich Enzo hinter dem Rücken ihres Vaters und verkniff sich ein Lachen.

»Eigentlich wollte ich gerade wieder an die Arbeit gehen!«, sagte sie lauter als normal, um ihren Vater von Enzos Show abzulenken.

Ihrem Erzeuger blieb der Mund offen stehen. Er konnte anscheinend nicht glauben, dass sich sein Töchterchen freiwillig die Hände schmutzig machen wollte. Und Xavier starrte sie an, als wäre sie eine Außerirdische – oder eine Frau.

»Ich wollte Ihrer Tochter gerade etwas weniger Gefährliches zeigen«, warf Enzo dazwischen. Mittlerweile hatte er sich beruhigt, doch ihr Vater ging nicht darauf ein.

»Ich denke, du solltest deine Hand für heute schonen. Von mir aus kannst du zum See.«

Auch wenn sie lieber bei ihrem Adonis geblieben wäre, widersprach sie ihrem Dad nicht. Schließlich durfte er keinen Verdacht schöpfen.

Xavier sah sie unter hochgezogenen Augenbrauen an, sagte aber zum Glück nichts. Lorenzo kostete es allerdings sichtbar Mühe, nicht loszuprusten. Schließlich hatten ihn alle für schwul gehalten. Aber es stand ihnen ja förmlich auf der Stirn geschrieben, was sie in der langen Abwesenheit getrieben hatten.

Antonia wünschte allen noch »Frohes Schaffen« und trollte sich davon.

»Dann zeige ich dir eben morgen, wie man die Kabel verlegt!«, rief Lorenzo ihr nach, bevor Xavier ihn in den Hauseingang des Rohbaus stieß.

Ja – und Tony freute sich schon darauf!

DÄMONENBRAUT

Ryans Wange und sein Brustkorb rieben an etwas Hartem. Mühsam öffnete er die bleischweren Lider und blinzelte, weil gleißendes Licht ihn blendete. Langsam nahm er die Umgebung wahr, die ihm nicht vertraut vorkam: eine Lichtung, Laubbäume, über denen die Sonne strahlte, und irgendwo rauschte ein Wasserfall. Die Luft roch sauber, und es duftete nach Blüten. Wo war er? Im Paradies?

Ryan versuchte sich zu bewegen, konnte es aber nicht. Sein Oberkörper lag auf einem flachen polierten Felsen, während seine Beine im rechten Winkel dazu auf weichem Boden standen.

Ein lauer Wind strich um seine Schenkel, sodass sich seine Härchen aufstellten. Er keuchte, seine Zehen krallten sich ins Gras. Verdammt – er war splitternackt!

Erneut wollte er sich bewegen, doch seine geöffneten Beine ließen sich nicht schließen. Ryan schluckte. War er gefesselt?

Als er plötzlich eine Hand auf seinem nackten Po fühlte, schrie er überrascht auf. Immerhin hatte er seine Stimme wieder.

Er spannte die Muskeln in den Armen an – vergeblich. Die schienen ebenfalls wie festgeklebt zu sein.

Ryan zwinkerte und drehte den Kopf hin und her. Auf beiden Seiten des quadratischen Felsens, der wie ein Altar aussah, stand je eine bildhübsche Frau. Waren sie eben schon da gewesen? Sie trugen schwarze Ledermasken und sonst … nichts. Ihr blondes Haar reichte ihnen bis zu den Brüsten, und sie glichen sich wie ein Ei dem anderen.

Was passiert hier?, wollte er rufen, doch aus seiner Kehle kam nur ein krächzender Laut.

»Endlich bist du aufgewacht«, hörte er eine verführerische Frauenstimme hinter sich. Es gab also noch eine von ihnen! Ryan versuchte sich umzudrehen, konnte sich aber weiterhin nicht bewegen; die blonden Schönheiten hielten ihn mit Leichtigkeit auf seinem Platz, indem sie lediglich seine Handgelenke festhielten. Seine Füße fixierte niemand, sie waren wie gelähmt. Außerdem war ihm leicht schwindlig, als wäre er berauscht.

Es gab bloß eine Erklärung für diese abstruse Situation: Das musste ein Traum sein! Daher entspannte er sich. Das war ein Traum der erotischen Sorte, weshalb Ryan gebannt wartete, was als Nächstes passierte. Zwischen ihm und seiner Freundin lief seit Monaten fast nichts mehr; sie lebten jeder ihr eigenes Leben. Er überlegte, mit Bridget Schluss zu machen, nur die Macht der Gewohnheit ließ ihn zögern.

Er schloss die Augen, um die zärtlichen Berührungen auf seinem Po zu genießen. Die streichelnden Hände der Unbekannten, die hinter ihm stand, fuhren zwischen seinen Schenkeln nach oben, wogen seine Hoden, bis sie sich zusammenzogen, und drückten leicht zu.

Das fühlt sich so real an! Sämtliches Blut strömte in seinen Unterkörper. Sein Schwanz schwoll an und tippte gegen den warmen Felsen.

Ob das tatsächlich ein Altar ist?, fragte er sich, bis er

etwas Feuchtes fühlte, das sich zwischen seine Pobacken schob. Ryan erschauderte wohlig.

»Ja, das gefällt dir, wenn ich dich mit meiner Zunge kitzle, was, Alvazar?« Wieder die Frau hinter ihm. Sie besaß eine Stimme, die ihm durch und durch ging. Sexy, ein wenig rauchig. Geheimnisvoll.

Wie hatte sie ihn genannt? *Alvazar?* Okay, in diesem Traum schien er nicht Ryan O'Neil zu sein, obwohl ihm der Name Alvazar bekannt vorkam. Aber was spielte das für eine Rolle? Hauptsache, er hatte richtig geilen Sex, wenn auch nur in seiner Fantasie.

»Hmmm«, brummte er seine Zustimmung.

Sie schnaubte hinter ihm. »*Jawohl, Herrin*, oder *jawohl, Leylan*, hätte die korrekte Antwort gelautet, Alvazar!«

Er zuckte unter ihrem harschen Befehl zusammen, sein Schwanz hingegen wurde härter.

Leylan lachte leise. »Du warst schon immer ungehorsam, aber das gefällt mir an dir. Das erhöht den Spaß!«

Plötzlich klatschte etwas auf seine Pobacke, vermutlich ihre Hand.

»Was für einen entzückenden Arsch du hast, Alvazar.« Die Hand kehrte zurück. Diesmal strich sie sanft über sein Gesäß, fuhr tief in die Falte und scharfe Fingernägel kitzelten seine Hoden.

Die Furcht vor Leylans Krallen machte ihn an. Es war ja nur ein Traum – ihm konnte nichts passieren. Ryan hätte seine Beine gerne weiter gespreizt, damit die Lady vollen Zugang zu ihm hatte, aber es ging nicht.

Plötzlich, als hätte sie den Wunsch erhört, zog sie seine Pobacken auseinander, und er spürte erneut die feuchte Zunge. Irgendwas an dieser Zunge war seltsam, denn die Frau hinter ihm schien weiter weg zu stehen. Ryan fühlte ihren Atem nicht. Ihre Zunge konnte unmöglich so lang sein.

Doch, kann sie, überlegte er, *im Schlaf ist alles möglich.*

Die Zunge schlängelte über seine Hoden zu seinem harten Schaft, legte sich darum und zog sich zu wie eine Schlaufe.

Oh Mann, wie geil! Das Blut staute sich in seinem Schwanz; die Lust nahm dadurch zu. Seine Eichel pochte, ebenso sein Unterleib. Das köstliche Ziehen krabbelte von seinen Lenden durch den restlichen Körper. Ryan versuchte, seine Erektion gegen den Felsen zu drücken, doch Leylan zog die Schlinge fester zu und hinderte ihn daran.

Ein kehliger Laut entfloh seinem Mund. »Du Biest«, flüsterte er, kaum fähig zu sprechen. Der Schmerz verwandelte sich schnell in Erregung. Immer noch hielt dieses rauschartige Gefühl in seinem Kopf an, ansonsten hätte Ryan langsam gezweifelt, ob er wirklich bloß träumte, denn der Schmerz erschien ihm verdammt real.

Erneut erklang leises Lachen hinter ihm, das ihm Wonneschauer über den Rücken sandte. Die Krallen kitzelten seine Hoden und kratzten vorsichtig über die Eichel, dann drückten und rieben ihre Finger an seiner Spitze, die empfindlich und stark geschwollen war.

»Aah!« Vor Lust verdrehte Ryan die Augen hinter den geschlossenen Lidern.

Viel zu bald löste sich die lange Zunge. Erleichtert, weil der Druck nachließ, aber auch enttäuscht, seufzte er. Die Zunge war allerdings noch nicht fertig mit ihm, denn sie glitt zurück zwischen seine Pobacken.

»Ja«, wisperte er, während sie um seinen zuckenden Muskelring züngelte. Die feuchte Spitze stupste ihn an, durchbrach die Enge und fuhr ein Stück hinein.

»Hammer …«, brachte Ryan mühsam heraus. Er war diesen drei Frauen gänzlich ausgeliefert. Das gefiel ihm. Er hoffte, dass die Lady hinter ihm ebenfalls so schön war wie die zwei Blondinen.

Die Zunge spielte immer noch an seiner Rosette, bevor sie plötzlich in ihn eindrang. Keuchend riss er die Augen auf. Was war das nur für eine Zunge? Sie schlängelte in ihm umher und drückte dabei gegen einen Punkt, der ihn vor Lust beinahe kommen ließ. Niemals zuvor hatte er so etwas erlebt!

Finger schlossen sich um seinen zuckenden Schwanz und begannen, ihn zu massieren. Beinahe grob und doch irgendwie zärtlich – es war eine Mischung, die Ryan anmachte. Er versuchte den Traum so zu lenken, dass die Blondinen hinzukamen und ihn ebenfalls berührten, so richtig, nicht bloß seine Handgelenke; leider funktionierte das nicht.

Leylan knetete gnadenlos seine Erektion und bohrte mit der Zunge in ihm herum.

»Das halte ich nicht aus!« Er stand knapp vor dem Höhepunkt. Seine Beine zitterten.

»Du wirst kommen, wenn ich es dir erlaube«, säuselte sie hinter ihm, nachdem Finger und Zunge von ihm abgelassen hatten.

»Fuck!«, schrie Ryan. Er war kurz davor gewesen! Seine Hoden zogen höllisch, sein Schwanz pochte im Rhythmus seines wild schlagenden Herzens, aber er konnte nicht kommen, nicht ohne weitere Reize. »Du kannst jetzt nicht aufhören!« Er presste seinen Unterleib gegen den warmen Stein, um Druck auf seinen Schwanz auszuüben – wieder sauste Leylans Hand auf seine Pobacke. Der Schmerz verwandelte sich erneut in Lust. »Ja, mach weiter!«, flehte er.

»Wirst du damit aufhören!«, rief sie. »Ich sehe schon, du gehorchst mir nicht. Dann muss ich eben zu härteren Mitteln greifen.« Sie wandte sich an die Helferin zu seiner rechten Seite. Aus den Augenwinkeln erkannte er, wie Leylan die Hand ausstreckte. Lange rote Fingernägel hatte sie, die beinahe wie Krallen aussahen. »Das Band, schnell!«, forderte sie von der Blondine.

Die reichte Leylan eine schwarze Lederschnur – wo auch immer sie diese hergezaubert hatte. Leylan nahm seinen Schaft in die Hand und umwickelte ihn damit.

Dieses Miststück! Sie schnürte seinen Schwanz oberhalb der Wurzel ab, sodass er den angestauten Druck nicht mehr entladen konnte. Alles in seinen Lenden pochte, Ryan war bereit abzuspritzen, wenn sie ihn nur noch ein wenig rieb, aber das war nun unmöglich.

»Dreht ihn um!«, befahl Leylan ihren Dienerinnen.

Lustsklavinnen, nannte Ryan die blonden Schönheiten in seinen Gedanken. Die beiden gefielen ihm, und er hoffte, sie würden in seinem Traum auch eine frivole Rolle spielen. Doch jetzt wollte er zuerst seiner Herrin ins Gesicht schauen. Wie würde sie aussehen?

Ryan zitterte vor Aufregung.

Als wöge er so wenig wie eine Feder, zogen die Dienerinnen ihn über den glatten Stein nach oben, bis Ryan ganz darauf lag. Dann drehten sie ihn auf den Rücken. Nun blickte er zum ersten Mal der Frau ins Gesicht, die ihn bisher lustvoll gequält hatte.

Es verschlug ihm den Atem.

Sie war nicht annähernd so schön wie die Blondinen – sie war eine Göttin!

Ryan schien ein Déjà-vu-Erlebnis zu haben; ihr Äußeres kam ihm seltsam vertraut vor: Lange schwarze Haare rahmten ihr scharf geschnittenes Gesicht ein. Sie besaß große Brüste, eine schmale Taille und lange Beine, die muskulös waren, aber dennoch weiblich wirkten. Ihren nackten Körper zierten dunkle Linien, die Tribal-Tattoos ähnelten und sich, geschnörkelten Reifen gleich, um ihre Arme und Beine wanden. *Sie sieht wie eine Amazone aus*, schoss es ihm durch den Kopf. Blitzartig zuckten Bilder durch sein Gehirn, wie er diese Frau küsste und wilden Sex mit ihr hatte.

Wehrlos lag er auf dem Altar, mit weit geöffneten Beinen und einer gewaltigen, umwickelten Erektion, die zum blauen Himmel zeigte. Leylan hatte das Lederband mehrfach um seinen Schwanz geschnürt, dessen Spitze dunkelrot leuchtete. Ryan konnte kaum erwarten, wie sein Traum weiterging. Hoffentlich wachte er jetzt nicht auf.

Als Leylan ihre Lippen öffnete und sich eine gespaltene Zunge herauswand wie bei einer Schlange, versteifte er sich. *Fuck, was ist das?* Somit war ihre Zungenfertigkeit geklärt.

Leylan lächelte ihn an, bevor sie auf allen vieren über ihn kroch. Ihre festen Brüste rieben sich an seinem Oberkörper, und Ryan fühlte die harten Nippel auf seiner Haut. Die seltsame Zunge bahnte sich den Weg zwischen Leylans Brüsten hindurch über seinen Bauch nach unten.

Ryan keuchte auf, als die gespaltene Zungenspitze um seine Eichel züngelte, sie kitzelte und reizte. Dabei strich Leylan mit der Oberlippe über seine Brustwarzen, aber schon bald folgte sie ihrer Zunge hinab zwischen seine Beine.

»Ja, du sollst richtig leiden«, zischte sie. Trotz ihrer funkelnden schwarzen Augen, die sie zusammengekniffen hatte, und der unheimlichen Zunge fand Ryan sie sehr attraktiv.

»Herrin«, wisperten die Schönheiten neben ihm, »dürfen wir?«

Ja!, dachte er und lächelte selig, als Leylan ihnen zunickte. Dann stülpte sie ihren Mund über seine Härte.

»Aaah!« Er glaubte, trotz Sonnenschein Sterne zu sehen. Sein Schwanz war verdammt hart und so prall mit Blut gefüllt, dass Ryan befürchtete, er könne platzen.

Die Blondhaarigen zwirbelten seine Brustwarzen, zwickten sacht hinein und leckten darüber, bis sie plötzlich geschmeidig auf den Altar sprangen. Sie setzten sich auf seine Arme und hielten ihn somit weiterhin gefangen. Dabei rieben sie ihre rasierten, so unschuldig wirkenden Geschlechter an seinen Unterarmen, die bald mit einer feuchten Spur überzogen waren.

Mit den Fingern versuchte Ryan ihre Pobacken zu streicheln. Als die Sklavinnen bemerkten, was er wollte, rutschten sie nach hinten auf seine Hände.

Er riss stöhnend den Kopf zurück und versenkte seine Finger in der Nässe der Frauen. Mit den Daumen massierte er ihre Kitzler. Die Frauen bewegten sich auf seinen Händen auf und ab, während er sie fingerte.

Das bekam Ryan allerdings nur am Rande mit, denn seine ganze Aufmerksamkeit galt der Schönheit zwischen seinen Beinen, die ihre Zungenspitze in den Schlitz seiner Eichel trieb. Die eine Hälfte der gespaltenen Spitze wurde wie durch Zauberei dünner und länger und drang in seine Harnröhre, dann saugte Leylan seinen Penis regelrecht in den Mund.

Ryan bäumte sich auf. Ein Hecheln, unterbrochen von knurrenden Lauten, drang aus seiner Kehle, und er schrie seine Lust in den blauen Himmel, aber der Orgasmus blieb ihm verwehrt.

»Nimm mir endlich das Band ab!« Die Qualen waren furchtbar und dennoch lustvoll.

»Ich verbitte mir diesen Ton, Alvazar«, lispelte Leylan, was sich lustig anhörte, weil sie weiterhin seinen Schwanz bearbeitete. »Ich habe dir doch erklärt, wie du mich ansprechen sollst.«

Ihre Worte drangen kaum noch in sein Gehirn. »Mach das Band auf, ich halte das nicht aus!« Er stöhnte gequält auf, aber Leylan hörte nicht auf zu saugen. Seine Hoden schmerzten, weil sie den Druck nicht loswurden; seine Folter schien kein Ende nehmen zu wollen.

Plötzlich zog sich ihre Zunge zurück. »Fickt ihn!«, befahl Leylan den Lustdienerinnen und entfernte sich ein Stück.

Sofort sprang eines der Mädchen zu ihm, stellte sich mit geöffneten Beinen über ihn und senkte sich genau auf seinen Schaft.

Fasziniert betrachtete er sein abgeschnürtes und dunkelrotes Geschlecht, das in der zierlichen Spalte der Blonden verschwand, sie dehnte, bis es schmatzte, und immer tiefer in die unglaubliche Enge eindrang.

Ryan glaubte, vor Lust zu sterben. Das letzte Mal war er gekommen, als er sich vor einer Woche unter der Dusche einen runtergeholt hatte, was wohl der Grund war, weshalb seine Hoden so prall waren. Aber es fühlte sich herrlich an – Ryan wollte, dass es niemals endete.

Die Frau auf seinem Schoß ritt ihn wild, während sie mit ihren Fingern seine Brustwarzen zwirbelte.

»Du!«, befahl die Herrin der anderen Sklavin. »Setz dich auf sein Gesicht!«

Auch diese junge Frau sprang geschmeidig zu ihm und senkte sich mit gespreizten Beinen auf sein Gesicht. Ihre Spalte öffnete sich. Was für ein Anblick!

Ihr Saft tropfte auf seine Wange, und das Wasser lief ihm im Mund zusammen, noch bevor die Blonde auf ihm saß. Bridget hatte sich nie von ihm lecken lassen.

Als er das feuchte Geschlecht an seinen Lippen fühlte, schnellte seine Zunge heraus. Damit durchpflügte er die samtigen Täler, leckte die glitzernde Nässe aus der Tiefe und drang schließlich in die Frau ein. Er schnappte nach den glatten Schamlippen und saugte den harten Knubbel ein, bis die Dienerin aufstöhnte, während die andere ihn weiterhin wild ritt.

Er glaubte, Stimmen zu hören, die fragten, ob sie ihn reiten dürften, bis sein Herz versagte, oder auf seinem Gesicht sitzen, bis er erstickte. Tatsächlich bekam er kaum Luft, was seine Erregung jedoch steigerte.

Ryan wollte die Körper der Blondinen streicheln, aber seine Arme wurden von Leylan über seinem Kopf zusammengehalten. Lustvoll räkelte er sich auf dem Felsen und keuchte seine Erregung in die nasse Spalte. Ryan liebte es, diesen drei Frauen ausgeliefert zu sein, dennoch wusste er nicht, wie lange er den Lustschmerz ertragen konnte. Sein Puls hämmerte in seinem Schädel. Es war ein ewiges Hin und Her; er sehnte sich nach Erlösung und doch wieder nicht. Aus jeder Pore brach ihm der Schweiß, und sein abgeschnürter Schwanz pulsierte unaufhörlich, während die blonden Schönheiten ihn malträtierten.

Ryan wurde schwarz vor Augen. Er schnappte nach Luft, doch das nasse Geschlecht der Dienerin presste sich auf seinen Mund.

»Das reicht!«, rief die Herrin.

Die Mädchen ließen knurrend von ihm ab und zogen sich zurück. Eine laue Brise wehte über seinen Körper; er fühlte den Lufthauch an seinem nassen Geschlecht.

»Bitte«, wimmerte Ryan atemlos. »Erlöst mich endlich, ich kann nicht mehr!« Mit letzter Kraft setzte er nach: »Bitte, Herrin.«

Ryan war zu schwach, um etwas anderes zu tun, als wehrlos auf dem Stein zu liegen. Die Blondinen mussten ihn nicht mehr festhalten. Dafür begannen sie, auf einen Wink ihrer Herrin hin, seinen Körper zu streicheln. Wenn Leylan nicht hinsah, kniffen sie ihn allerdings. Diese Mistbienen!

Ryan liebte es!

Leylan kniete sich zwischen seine geöffneten Schenkel. »Du hast für heute genug gelitten«, sagte sie in einem gnädigen Ton. »Nun will ich dich erlösen.«

Ihr Mund stülpte sich wieder über sein Geschlecht, die Zunge glitt in ihn, und während sie das Band löste und an ihm saugte, kam Ryan gewaltig. Mit einem Schrei ergoss er sich in Leylans gierigen Schlund … Sie saugte und lutschte, bis nichts mehr aus ihm kam.

Das schrille Klingeln des Weckers riss ihn aus dem Schlaf. Schwer atmend und schweißgebadet öffnete er die Augen und blickte direkt auf seine Lebensgefährtin, die sich murmelnd auf die Seite drehte und sich ein Kissen über den Kopf zog.

Ryan schielte kurz zu ihr, um sich zu vergewissern,

dass sie nicht hersah, bevor er den Wecker abstellte. Dann schob er eine Hand unter den Saum seiner Shorts. Seine Erektion pochte noch immer, und obwohl sich Ryan sicher war, dass er soeben einen echten Höhepunkt erlebt hatte, konnte er keine feuchtklebrigen Spuren in seiner Hose finden.

Schwerfällig stand er auf und taumelte ins Badezimmer. Er verfluchte den Wecker, der diesen außerordentlich realen Traum unterbrochen hatte, und er ärgerte sich über Bridget, die liegen bleiben konnte. Seit Kurzem arbeitete sie nur noch halbtags und bevorzugte es, sein hart verdientes Geld auszugeben, das er als Redakteur einer Tageszeitung einbrachte.

Er sollte diese Beziehung endlich beenden. Sie erfüllte ihn nicht. Einst hatte er geglaubt, Bridget zu lieben, aber jetzt wusste er: Ihr gehörte nicht sein Herz.

Ryan zog sich die Shorts von den Hüften und drehte das Wasser in der Dusche an. Traum hin oder her, die Realität hatte ihn wieder, und die sah alles andere als erregend aus.

»Ryan, die neue Chefin möchte dich sehen.« Sein Kollege Tim grinste ihn verschmitzt an. »Wow, das ist vielleicht eine Furie. Sie wird dir wegen des Hillbarry-Falls die Hölle heißmachen!«

Fuck, das hatte Ryan total vergessen! Der Wechsel in der Chefetage war schon vor Wochen angekündigt gewesen. Ryan hatte sich vorgenommen, an diesem Tag seinen teuersten Anzug zu tragen, doch der Traum hatte ihn völlig aus der Bahn geworfen. Jetzt musste er Mrs. Chaney, der neuen Chefredakteurin, in seinem Alltags-Outfit entgegentreten: einem weißen Hemd und einer Jeans.

Fuck!

Er lieh sich Tims Krawatte aus und knüpfte sie, während er mit dem Aufzug ganz nach oben fuhr. Im vierzigsten Stock lag das Chefbüro, durch dessen vollverglaste Front man einen Wahnsinnsblick auf Boston hatte.

Ob Chaney ihn wirklich gleich auf den Hillbarry-Artikel ansprechen würde? Ryan war ja an der Steuerbetrugssache dran, aber es gab einfach noch keine weiteren Details. Die neue Chefin würde ihn deswegen doch nicht unter Druck setzen?

»Fuck«, fluchte er unentwegt vor sich hin.

Als sich die Lifttür öffnete, wischte sich Ryan die feuchten Finger an der Hose ab und ordnete provisorisch sein Haar. Er musste einen erbärmlichen Eindruck machen. Ständig schaute er hinter sich, da er glaubte, brennende Blicke in seinem Nacken zu spüren. Dieses Gefühl war in den letzten Wochen stärker geworden. Wahrscheinlich stand er kurz vor einem Burn-out oder Amoklauf. Kein Wunder, bei seinem beschissenen Leben. Stress im Job, kein befriedigendes Privatleben … Der Supergau wäre noch die Kündigung. Die neue Chefin würde ihnen allen erst einmal besonders genau auf die Finger sehen. Ryan brauchte endlich *die* Erfolgsstory!

Er schlenderte am Empfang vorbei und nickte der blonden Dame zu, die dahinter saß. Er hatte sie noch nie hier gesehen. Hatte Chaney sie mitgebracht? Die Blondine sah heiß aus. Sie erinnerte ihn an eine der Lustdienerinnen aus seinem Traum. Oh Mann, wenn er das hier doch auch träumen würde! Sein Herz klopfte ihm bis in den Hals, und er hatte Magenschmerzen.

»Mrs. Kelly erwartet Sie bereits«, sagte die Empfangsdame.

Kelly? Ryan wunderte sich. Hieß die neue Chefin nicht Chaney?

Nachdem er das große Büro betreten und die Tür hinter sich geschlossen hatte, räusperte er sich, aber die neue Chefin drehte ihm weiterhin den Rücken zu. Sie saß an ihrem Schreibtisch und diktierte ihrer Sekretärin, die neben ihr stand, einen Brief. Ryan verstand kaum ihre Worte, weil ein seltsames Schwindelgefühl ihn erfasste, das sein Gehirn träge machte.

Mrs. Kelly hatte langes schwarzes Haar, das sie zu einem Knoten aufgesteckt trug. Ein enges Kostüm betonte die aufreizenden Kurven ihres Körpers. Dazu trug sie hohe Pumps.

Die blonde Sekretärin zu ihrer Seite sah nicht weniger scharf aus in ihrer knappen Bluse, durch die sich ihre Brustwarzen abzeichneten.

Ryan schluckte. Heute kamen ihm alle Frauen begehrenswert vor, und sein kleiner Freund reckte sich vor Freude. Was war denn nur los?

»Wir sind fertig«, sagte Mrs. Kelly, und ihre rauchige Stimme sandte ein Kribbeln über sein Rückgrat.

Die Mitarbeiterin drückte ihren Block an die Brust und lächelte Ryan beim Hinausgehen an. Aber es war ein eher listiges Lächeln, kein freundliches.

Er holte scharf Luft. Sie sah genauso aus wie die Empfangsdame! Beschäftigte Mrs. Kelly Zwillinge?

Ryan verschluckte sich fast an seinem Speichel, als sich die Chefin in ihrem Stuhl umdrehte.

»Leylan«, wisperte er. Sie war eindeutig die Herrin aus seinem erotischen Traum, obwohl sie durch die Businesskleidung und das hochgesteckte Haar völlig anders aussah. Strenger und gefährlich attraktiv.

Das ist nicht die neue Chefin. Was wird hier bloß gespielt? Warum hatte Tim nicht erwähnt, dass das nicht Mrs. Chaney war, wie angekündigt?

Als könne sie seine Gedanken lesen, sagte sie zu ihm: »Mrs. Chaney ist verhindert. Mein Name ist Rachel Kelly.« Ihre gespaltene Zunge züngelte für den Bruchteil einer Sekunde heraus, wie bei einer Schlange. Dann sah sie ganz normal aus, als Rachel sich lasziv über die Lippen leckte und sich aus ihrem Stuhl erhob. Hinter ihr befand sich das Fenster – eine riesige Panoramascheibe, die den Ausblick auf Boston freigab.

Ryan lächelte. Das hier *war* ein Traum, ja, so musste es sein! Er war heute Morgen gar nicht aufgewacht! Deshalb war sein Gehirn so träge, und er fühlte sich schwindlig.

Sein Selbstbewusstsein kehrte schlagartig zurück. Grinsend schlenderte er auf die Teufelsbraut zu. »Was bist du?«, fragte er mit heiserer Stimme, während er sie gegen die Scheibe drängte. Normalerweise wurde ihm schwindlig, wenn er sich so weit oben in einem Gebäude befand und dicht am Fenster stand, doch in seinem Traum konnte ihm nichts passieren.

»Ich bin eine Dämonin.« Lächelnd drückte sie ihm einen Finger auf den Mund. »Aber das bleibt unter uns.«

Das erklärte vieles. Andererseits war im Schlaf ohnehin alles möglich.

»Warum besuchst du mich in meinem Traum, Dämonin?« Da Rachel in ihren hochhackigen Schuhen so groß war wie er, besaß Ryan einen wunderbaren Einblick in ihr Dekolleté. Das enge Businesskostüm drückte auf unanständige Weise ihre Brüste hervor, sodass er den Rand der Brustwarzen erkennen konnte.

»Ich habe dich gesucht, Alvazar.« Rachel oder Leylan oder wie auch immer sie hieß, begann, ihre Hüften kreisen zu lassen. »So verdammt lange hab ich nach dir gesucht.«

Ryan drängte sein hartes Geschlecht gegen ihren Unterleib. »Warum?«

Sie lächelte beinahe traurig. »Du musst nicht alles wissen.«

Ryan starrte auf ihre Lippen. Immer näher kam er mit seinem Kopf, doch als er sie küssen wollte, drehte sie das Gesicht zur Seite, sodass er ihre Wange streifte.

Okay, keine Küsse, dachte Ryan ein wenig schwermütig. Irgendwas hatte diese Frau an sich, das ihn magisch anzog. Es lag nicht allein an ihrem Äußeren. Es war, als würde er sie kennen und … lieben. *Was für ein Quatsch!* Grinsend rieb er seine Erektion an ihr. Klar war sie zum Verlieben, denn sie war heiß!

»So, ich muss also nicht alles wissen.« Tief schaute er ihr in die Augen, die finster wie die Nacht waren. Bewegten sich ihre Iriden? Sie sahen aus, als würde eine dunkle Flüssigkeit darin schwimmen. Ihm wurde noch schwindliger.

Ryan legte seine Hände auf den Ausschnitt des Kostüms und zog ihn herunter. Ihre Brüste kamen zum Vorschein. Rachel trug keinen BH. Ihre Nippel waren hart, und als er mit den Daumen darüberfuhr, flatterten ihre Lider, und sie gab einen zarten Stöhnlaut von sich.

Dieser Traum war anders. War Rachel zuvor noch Leylan gewesen und eine sehr dominante Person dazu, war sie nun zurückhaltend.

Im echten Leben war Ryan jemand, den andere wohl als Loser bezeichneten, aber hier und jetzt konnte er zeigen, was in ihm steckte. Stets hatte er Pech gehabt – mit den Jobs, mit Frauen –, als ob er für irgendetwas büßen sollte. Nun war Schluss damit!

»Auf die Knie mit dir«, wisperte er und erkannte seine Stimme kaum wieder. Obwohl er leise gesprochen hatte, klang sie sehr autoritär.

Ihr Mund öffnete sich, als würde sie ihm widersprechen wollen, aber er hob den Finger. »Jetzt tust du, was ich sage!«

Sie nickte ergeben und sank auf die Knie.

»Hol ihn raus!« Ryan schaute zu, wie sie ihm die Hose öffnete und seinen Penis befreite. Sie starrte auf die rosa Spitze, aus der ein Tropfen perlte. Rachels Zunge glitt über ihre Lippe.

»Du bist gierig, ihn zu kosten, nicht wahr?«, fragte er, die Stimme heiser vor Lust.

»Ja«, hauchte sie an seine Eichel.

Sein Schwanz zuckte, mehr Flüssigkeit drang hervor. »Bist du feucht?«

»Ich bin nass und bereit für dich.« Rachel legte den Kopf in den Nacken. Ihre Augen glänzten. Erneut öffnete sich ihr Mund, als ob sie etwas sagen wollte, doch abrupt wandte sie den Blick ab und nahm sein Geschlecht in den Mund.

Ryan stöhnte und musste seine Hände an der Glasscheibe abstützen, um nicht zusammenzusinken. Seine Knie zitterten, und pure Lust raste durch seine Lenden. Rachel saugte an seinem Schwanz, als könne sie es kaum erwarten, seinen Samen zu schmecken. Wenn sie so weitermachte, würde er auf der Stelle kommen! Seine Hoden zogen, in der Wurzel kribbelte es.

Wie in seinem anderen Traum kam es ihm vor, als

würde ein Teil ihrer Zunge in seine Eichel gleiten und seine Harnröhre reizen.

Vorsichtig begann er die Hüften zu bewegen, um ihren Mund zu benutzen, wie es ihm gefiel.

Als Ryan hörte, wie hinter ihm die Tür aufging, drehte er den Kopf. Verdammt, wer störte seinen Traum? Doch es waren die Blondinen. Ihre Mienen zeugten von Ungläubigkeit. Sie sahen nicht erfreut aus, Rachel auf den Knien vorzufinden.

Ja, jetzt zeige ich eurer Herrin, wo der Hammer hängt, dachte er amüsiert. »Ihr seid auch noch dran, zieht euch schon mal aus!«, befahl er.

Die Blondinen verschränkten die Arme und schauten auf Rachel hinab. Die gab ihnen mit einer Handbewegung zu verstehen, den Raum zu verlassen. Tatsächlich folgten die beiden, wenn auch zögerlich.

Schade, ein Dreier wäre klasse gewesen, aber mit Rachel vergnügte er sich ebenfalls explizit. Sie war ein williges Prachtweib. Ryan stieß härter zu, rammte seinen Schwanz tief zwischen ihre Lippen. Da das ein Traum war, hatte er keine Bedenken, die Frau zwischen seinen Schenkeln für seine Lust zu gebrauchen. Kurz gab sie ein würgendes Geräusch von sich, aber dann kam es Ryan vor, als würde sich ihr Rachen verlängern. Ihre Zunge wickelte sich um seine Erektion und massierte sie. Das fühlte sich scharf an!

Als Rachel unterwürfig zu ihm aufsah, konnte er sich kaum noch zurückhalten, und als sie begann, seine Hoden zu streicheln, brach der Höhepunkt über ihn herein. *Schluck,* dachte er, wobei sein Puls bis in seine Eichel pochte, *schluck, du Luder, du hast es nicht anders verdient!*

Und sie schluckte.

Er pumpte stärker und schoss seinen Saft in sie. Gierig saugte sie an seinem Schwanz, bis auch der letzte Tropfen aus ihm geflossen war.

Wow, was für ein Höhepunkt! Der zweite an einem Tag!

Lasziv leckte sich Rachel über die Lippen, als hätte sein Samen ihr geschmeckt. Bridget hasste den Geschmack.

Rachel blieb zu seinen Füßen knien, als würde sie auf weitere Befehle warten. Schade, dass dieses Prachtweib nur in seiner Fantasie existierte.

Ryan schloss seine Hose und zog Rachel nach oben. Wie wunderschön sie war. Einzelne Strähnen hatten sich aus dem Haarknoten gelöst, ihre Lippen waren geschwollen. Schwer atmend schaute sie ihn an.

Als sie »Alvazar« wisperte, konnte Ryan nicht anders. Er umschloss ihre Wangen und küsste Rachel auf den Mund.

Sie erstarrte, doch gleich darauf küsste sie ihn leidenschaftlich zurück. Ihre Finger fanden den Weg in sein Haar und zerwühlten es, ihre andere Hand schob sich unter sein Hemd.

»Ich habe dich so vermisst ...«

Ryan spürte, wie eine Veränderung in ihm vorging. Während er förmlich an ihren Lippen klebte, raste sein Leben in bunten Bildern an seinem inneren Auge vorbei. Die Zeit lief rückwärts; er sah sich im Laufe seiner Ausbildung, in der Schule, als Kind, mit seinen Eltern, als Baby ... Er erinnerte sich an Dinge, die er längst verdrängt oder vergessen hatte. Plötzlich blendete ihn ein grelles Licht.

Unter einem Aufschrei wich er vor Rachel zurück. Er

taumelte, konnte kaum atmen, sein Herz wummerte wie verrückt. Das Schwindelgefühl war verflogen; er war absolut klar ihm Kopf.

Fuck, kein Traum!

Rachel starrte ihn aus großen Augen an.

»Nein«, wisperte er. »Das kann nicht sein!« Ryan konnte sich an sein früheres Leben erinnern. Oh Gott, er war ein Dämon gewesen! Und diese teuflisch schöne Braut seine Frau! Ihr Name lautete nicht Rachel, sondern: »Leylan!« Leylan, so hatte sie sich in seinem ersten Traum auch genannt, nur dass das ebenfalls kein Traum gewesen war!

Leylan lächelte ihn traurig an. »So ist es. Endlich bist du aufgewacht.«

Aufgewacht ... »Dann war das heute Morgen gar kein Traum?« Ryan fuhr sich hektisch durchs Haar.

»Nein, kein Traum.« Plötzlich verschwand der schmerzhafte Ausdruck in ihrem Gesicht. Ihre Brauen zogen sich zusammen. »Ich wollte noch einmal meinen Spaß, bevor ich dich dem Rat ausliefere. Mein gutes Recht, nach allem, was du getan hast!«

Fluchtartig stürzte Ryan auf die Tür zu. Er war ein Dämon gewesen? Er träumte nicht!

Das musste er erst einmal verkraften. Vehement rüttelte er am Knauf, doch er bewegte sich nicht.

Verdammt, er erinnerte sich an alles! An seinen Verrat, an Leylans Verrat, den Tod, die Engel und seinen Neuanfang.

Leylan kam immer näher, und er wusste, dass er ihr nicht entkommen konnte. Also blieb er mit dem Rücken an der Tür stehen, bis die Dämonin ihren Körper an den seinen presste.

Ryan war vor Angst wie gelähmt. »Wirst du mich töten?«

Sie hob eine Braue. »Töten?«

Er schluckte. »Nein, das wäre wohl zu einfach.« Leylan war schon immer eine Spielerin gewesen.

»Der Rat möchte dich für deine Taten bestrafen. Er will dich foltern und im ewigen Höllenfeuer schmoren sehen.«

Ryan wusste, was das bedeutete: brutale Qualen bis in die Unendlichkeit. Sie hatten ihm schon einmal die Haut bei lebendigem Leib abgezogen. Wieso wollten sie ihn weiterhin bestrafen? Er hatte doch schon genug gebüßt.

»Dann bring mich gleich um. Bitte«, flehte er. Lieber wollte er sofort sterben, als erneut gefoltert zu werden.

Mann, was war nur aus ihm geworden? Als Dämon hatte er Mut besessen und war so tapfer gewesen, sich gegen das Regime zu stellen. Leylan mochte es vielleicht als Schwäche ansehen, dass er die Ratsmitglieder an die Engel verraten wollte, aber er nicht. Er war kein richtiger Dämon gewesen, sondern ein Abgesandter der Engel, ein Spion, ein ... Gefallener, der erhofft hatte, durch seine Tat aufzusteigen. Der Dämonenrat hatte das Gleichgewicht zwischen Gut und Böse aus dem Lot gebracht. Er hatte den Pakt gebrochen, sich nur an so vielen Seelen zu nähren, wie ein Dämon zum Überleben brauchte, stattdessen hatten sie auf der Erde gewütet, gewaltige Naturkatastrophen heraufbeschworen, Kernkraftwerke explodieren lassen und gefährliche Krankheiten unter den Menschen verbreitet. Die Dämonen waren zu weit gegangen.

Alvazar hatte immer gehofft, Leylan auf seine Seite ziehen zu können. Sie hatte Gefühle besessen, und an manchen Tagen hatte er gedacht, sie würde ihn tatsächlich lieben. Bis sie ihn verraten hatte.

Ryan atmete tief durch. »Warum hattest du Sex mit mir? Du hättest mich doch gleich ausliefern können?«

»Ich liebe es, mit meiner Beute zu spielen«, wisperte sie nah an seinem Gesicht.

Sie wollte nicht nur ihren Spaß, vermutete Ryan, sondern ihm zeigen, was er alles verloren hatte und nie wieder würde haben können. Leylan war eine Dämonin. Sie liebte es, andere zu quälen. Bloß lag da etwas in ihren Augen, ein beinahe trauriger Ausdruck. Oder bildete er sich das ein?

Sie drängte sich so fest an ihn, dass Ryan ihr Herz an seiner Brust klopfen spürte. Ihre Brüste schauten immer noch aus dem Kostüm. Sie schämte sich ihrer Nacktheit nicht.

»Du siehst anders aus, du riechst anders.« Als sie an seinem Hals schnüffelte und über die empfindliche Haut leckte, schoss dieses Gefühl bis in seinen Schwanz. Ryan keuchte auf.

»Dein neuer Körper gefällt mir sogar besser als der alte. Nur ist er jetzt so zerbrechlich.« Sie drängte eine Hand zwischen ihre Leiber und legte sie an seinen Schritt.

Ryan zuckte, als sie zudrückte, aber sie tat ihm nicht weh. Ununterbrochen starrte sie ihn an. »Deine leuchtend grünen Augen sind dir geblieben.«

Ihre Lippen streiften seine Wange. »All die Jahrzehnte habe ich gehofft, du würdest wiedergeboren werden.«

»Weil du mich vermisst hast?«, fragte er leise und genoss den Druck ihrer Hand an seinem Schritt, auch wenn er sich vor Leylan fürchtete.

Ihr Blick flackerte. »Damit ich mich an dir rächen kann.«

Eine Klammer legte sich um sein Herz. Leylan war kalt wie Eis. »W-wo war ich heute Nacht? War deine Leidenschaft nur gespielt?«

»Letzte Nacht habe ich dich aus deinem Bett entführt und durch ein Portal in die Unterwelt gebracht.« Ihre Hand wanderte höher, auf seine Brust. »Als ich dich ausgezogen und auf den Opferstein gelegt habe, um dich für die Folter vorzubereiten, habe ich es nicht über mich gebracht, den Rat zu rufen.«

Ryan hielt die Luft an und berührte Leylan vorsichtig an der Taille.

Sie sprach, als wäre sie in Trance, den Blick auf ihn geheftet und doch in die Ferne gerichtet, als würde sie durch ihn hindurchsehen.

»Ich habe den Schlafzauber von dir genommen und dich lediglich benebelt. Mit Hilfe meiner Magie habe ich das Verlies in ein Paradies verwandelt und dich verführt. Ich habe dich noch einmal spüren wollen, bevor du verloren bist.« Plötzlich wurden ihre Augen wieder klar. »Meine Rachepläne hatten sich in pures Begehren verwandelt.« Sie senkte den Blick und wisperte: »Ich bin schwach, genau wie der Rat gesagt hat.«

Leylan gab sich anscheinend keine Mühe mehr, ihren Verschleierungszauber aufrechtzuerhalten. Auf der Couch neben dem Eingangsbereich wurden die echte Chefin und ihre Sekretärin sichtbar, die aussahen, als würden sie friedlich schlafen. Wenn die beiden erwachten, würden sie sich an nichts erinnern, wusste Ryan. Er hingegen konnte sich an so vieles erinnern. An alles. An den wilden Dämonensex und welchen Spaß sie dabei gehabt hatten. Mal war er oben gewesen, dann sie. Es war nie langweilig gewesen. Ryan wusste genau, wie stark Leylan war. Sie würde ihn mit links töten können. Er besaß keine Dämonenkräfte mehr, um sich zu wehren.

Ryan presste den Rücken weiterhin gegen die verschlossene Tür und starrte Leylan an, reckte sein Kinn. Er wollte keine Schwäche zeigen.

Ein Lächeln huschte über ihre Lippen. »Ich weiß, dass du Angst vor mir hast.« Tief schaute sie ihm in die Augen. »Doch ich kann deinen Stolz und den starken Willen sehen, den du früher besessen hast, in deinem dämonischen Leben.«

»Ich war kein richtiger Dämon«, wisperte er.

Sie nickte. »Irgendwie habe ich immer gespürt, dass du anders warst.« Ihr Blick wurde härter. »Du warst ein gefallener Engel, der sich den Aufstieg erkaufen wollte, nicht wahr?«

»Hm«, brummte er.

Schweigend schaute sie ihn eine Weile an.

Ryan wollte bereits etwas sagen – irgendwas, um diese drückende Stille zu vertreiben –, als sie wisperte: »Es hat lange gedauert, bis ich das Vertrauen der anderen zurückgewonnen hatte.«

Ryan erkannte Schmerz in ihren Augen. »Haben sie dich bestraft?«

Seufzend ließ sie den Kopf hängen. »Ja.«

Sanft fasste er an ihr Kinn und zwang sie so, ihn anzusehen. »Was haben sie dir getan?« Er würde sie alle dafür büßen lassen. »Warum haben sie dich bestraft?«

Leylan öffnete den Mund, sagte jedoch nichts. Stattdessen schickte sie ihm Bilder, grausame Szenen, wie sie nackt und gefesselt an einer Felswand hing, die sich in einem unterirdischen Kerker befand. Ein großer Dämon mit einer hässlichen Fratze hatte ihr erst jede Kralle einzeln ausgerissen, bevor er Leylans Haut mit einem glühenden Eisenstab bearbeitet hatte. Ihre Wunden waren natürlich verheilt, schließlich war sie eine mächtige Dämonin, aber ihr Stolz war gebrochen gewesen.

»Das wollte ich nicht«, flüsterte er mit erstickter Stimme und streichelte mit den Daumen über ihre Wangen, die er immer noch umschlossen hielt. »Ich wollte nur, dass du mit mir kommst. Dann wäre dir das nicht zugestoßen. Warum bist du nicht mit mir gegangen? Ich habe immer geglaubt, du empfindest etwas für mich.«

»Du weißt doch«, flüsterte sie, »Dämonen können, nein, *dürfen* nicht lieben. Diese Emotion macht schwach und verwundbar.« Sie seufzte. »Ich weiß, warum der Rat mir verboten hat, dich aufzuspüren. Sie müssen bemerkt haben, dass ich dich immer noch … begehre.«

Ryan schluckte. »Du begehrst mich?« Bestand Hoffnung, dass sie ihn verschonte?

Ihre Brauen zogen sich zusammen, und sie rückte ein wenig von ihm ab.

Ryan ließ die Hände sinken.

»Ja, ich war ganz vernarrt in dich!« Sofort wurde sie ruhiger. »Unsere Verbindung hatte in meinen Augen nicht nur dem Zweck gedient, unsere gemeinsamen Kräfte zu bündeln, sondern ich war gern mit dir zusammen. Bis du – vor genau dreiunddreißig Jahren – die Dämonen, die im Rat saßen, an die Wächter der Güte ausliefern wolltest.«

Wenn sie ihn begehrt hatte, wieso hatte sie nicht zu ihm gehalten? »Warum hast du mich verraten?«

»Weil ich feige war«, wisperte sie. »Ich hatte solche

Angst vor ihrer Strafe, solltest du versagen. Und dass es so war, wusste ich.«

»Woher?«

»Ich hatte das dämonische Orakel befragt.«

Ryan konnte sich vage an das Orakel erinnern, an eine Art Quelle, aus der Nebel gequollen war. Seelenfetzen …

Er sah Leylan an, dass der Verrat an ihr nagte. Es machte ihr zu schaffen, dass sie zu feige gewesen war, mit ihm zu kommen. Sie hatte sich nicht getraut, sich gegen die Ihren zu stellen und ein neues Leben anzufangen. Es stand zu viel auf dem Spiel. Der Rat hätte vielleicht auch ohne ihren Hinweis von seinen Plänen erfahren, und dann wäre sie ebenfalls auf diese bestialische Art gequält worden.

Weil sie zu ihm gehört hatte …

Aber sie war ja bestraft worden, doch warum? Irgendetwas stimmte an ihrer Erzählung nicht.

Ryan sah die Bilder, wie die Ratsoberen ihm vor Leylans Augen die Haut abgezogen hatten, Streifen für Streifen. Wochenlang hatten sie ihn gefoltert, hatten einen Zauber gewirkt, damit er sich nicht regenerieren konnte, bis er an den Wunden gestorben war.

Leylan hatte in der ganzen Zeit neben ihm gestanden und zugesehen.

»Es tut mir leid, sie hatten mich dazu gezwungen.« Sie schluchzte laut auf. Hatte sie eben seine Gedanken gelesen?

Tränen sammelten sich in ihren Augen. »Glaube mir, ich war jede Sekunde versucht, dich zu erlösen, indem ich ein tödliches Geschoss auf dich abfeuerte, aber …« Ihre Stimme brach.

Schnell schloss Ryan sie in die Arme und drückte sie an sich. Leylan hatte ein Herz. Sie besaß Gefühle. Sie liebte ihn!

Neue Bilder strömten auf ihn ein, wie Leylan an seiner Folterstätte gestanden und einen Zauber gemurmelt hatte. Dem Dämon, der ihn gequält hatte, war ein Fehler unterlaufen, und Ryan war gestorben. Wegen Leylan. Sie hatte ihn erlöst, und die anderen hatten es herausgefunden, daher ihre Strafe!

Sein Herz quoll über vor Liebe, so seltsam das in dieser Situation klang.

»Ich habe geglaubt, dich all die Jahre für deine Taten zu hassen«, wisperte sie an seinem Hals. »Nun weiß ich, dass ich noch immer etwas für dich empfinde.«

Ryan schloss die Augen, vergrub die Nase in ihrem Haar und nahm einen tiefen Atemzug. Jetzt, wo er sich an alles erinnerte, hatte er das Gefühl, Leylan sein ganzes Leben fürchterlich vermisst zu haben. Er war so glücklich, sie wieder zu halten.

Mit verheulten Augen sah sie ihn an. »Ich habe dich nicht gehasst, sondern mich über deine dumme Aufstiegs-Idee geärgert, die alles zwischen uns zerstört hat. Hättest du kein Dämon bleiben können?«

»Wenn du weißt, wie es anders sein kann, dann hättest du mich verstanden«, erklärte er ihr.

»Ich hab dich schrecklich vermisst und war so wütend auf mich selbst und auf alles, sodass ich noch mehr Menschen verdorben habe, sie angestiftet habe, schlimme Dinge zu tun, und mir einen Teil ihrer Seele nahm. Aber«, setzte sie nach, als ob sie sich rechtfertigen müsste, »ich habe nie jemanden getötet.«

»Nun können wir zusammen sein«, sagte er leise.

»Dein Leiden ist vorbei.« Er war so froh, dass sie fühlte und litt. Das war ein gutes Zeichen.

Sie schaute zu ihm auf, wobei ihre Lippen beinahe seinen Mund berührten. »Wieso bist du ein Mensch geworden? Die Engel haben doch die Oberen nicht bekommen.«

»Allein der Versuch zählte. Ich hatte alles getan, was in meiner Macht stand, sogar die Liebe geopfert. So durfte ich ein neues Leben als Mensch beginnen.«

Seufzend schmiegte sie sich an ihn, und Ryan streichelte über ihren Rücken.

»Wie hast du mich gefunden?«, wollte er wissen.

»Es hat mich gekränkt, dass der Rat mir nicht zutraute, einen Menschen zu töten und seine Seele der ewigen Verdammnis zuzuführen. Deshalb hab ich heimlich nach dir gesucht, all die Jahre, um den Rat vom Gegenteil zu überzeugen.« Traurig schaute sie zu ihm auf. »Ich habe gespürt, wann dein Herz zu schlagen begann, schon als du im Mutterleib heranwuchsest.«

Ryan dachte an seine Eltern. Sie lebten nicht in Boston, sondern viele hundert Meilen entfernt in Portland, Oregon. Was würden sie sagen, wenn sie wüssten, wer er einst gewesen war?

»Auf besondere Art und Weise waren wir seit jeher miteinander verbunden, seit unserem ersten Kuss«, sagte Leylan. »Jahrelang bin ich durch die Menschenwelt gestreift, habe auf meine innere Stimme gehört und in mich hineingefühlt, bis ich nach Boston kam und deine Anwesenheit deutlich spürte.«

»Und dann wolltest du mich ihnen ausliefern?«

Sie nickte seufzend. »Ich hab es bloß nicht geschafft. Je länger ich dich beobachtete, desto schwerer fiel es mir, weil ich mich wieder an die qualvollen Momente im Folterkeller erinnerte. Der Rat hat erfahren, dass ich dich gefunden hatte, und die Mädels auf mich angesetzt, um mich zu prüfen.« Sie deutete mit dem Kopf auf die Tür.

Jetzt verstand Ryan deren Reaktion. »Sie überwachen dich?«

Leylan nickte. »Sie haben wohl gedacht, ich würde es nicht bemerken. Nur habe ich die beiden nicht mehr unter Kontrolle. Sie wissen, dass ich dir niemals schaden werde.« Tränen sammelten sich in ihren Augen. »Es gibt kein Entkommen, wir können nicht vor ihnen fliehen. Sie haben den Rat informiert. Sie werden uns beide töten.« Sie schluchzte auf.

»Leylan«, wisperte Ryan. Obwohl er unvorstellbare Angst hatte, hatte er in diesem Moment nur Augen für die Frau, die er noch immer liebte. »Dann werden wir gemeinsam sterben.« Er presste die Lippen auf ihren Mund. Sein Kuss steckte voller Verzweiflung. Wenigstens für einen kurzen Moment hatte er erfahren, was Glück bedeutete und wie es sich anfühlte, begehrt zu werden.

»Herrin!«, riefen plötzlich zwei Frauen.

Leylan wirbelte herum. Im Raum standen ihre Dienerinnen.

»Was ist nun?«, fragten sie, wobei der liebliche Ausdruck in ihrem Gesicht verschwunden war. Ihre Augen glühten, und die Hände hatten sie vor der Brust verschränkt.

Instinktiv stellte sich Ryan vor Leylan, aber die drückte sich an ihm vorbei und ihn wieder nach hinten, gegen die Tür. »Sei kein Narr! Du bist machtlos gegen sie.«

Er hatte tatsächlich vergessen, kein Dämon zu sein.

»Diese Mädchen … können sie dir gefährlich werden?«, wisperte Ryan.

»Nicht wirklich. Sie sind bloß Lakaien, niedere Dämoninnen.« Leylan senkte ihre Stimme. »Sie haben nicht einmal gespürt, dass es da noch jemanden gibt, der dich überwacht.«

Noch jemand war hinter ihm her? Gerade als er Leylan fragen wollte, von wem sie sprach, materialisierte sich ein Ring aus blauem Licht an einer Wand. Es war ein Dämonentor! Ein überdimensionales Loch tauchte in der Mauer auf, dem drei schwarzhaarige Männer entstiegen. Sie hätten Drillinge sein können, so ähnlich waren sie sich.

Ryan erschrak so sehr, dass er glaubte, sein Herz würde versagen. Er kannte sie! Die drei trugen Anzüge und sahen gepflegt aus, ja, sogar äußerst attraktiv. Nur ihre Mundwinkel umspielte ein bösartiges Lächeln.

»Der Rat«, wisperte er und drückte Leylans Arm.

»Sieh an!« Einer der Dämonen hob eine Braue. »Alvazar!« Er wandte sich an Leylan. »Hast du dich jetzt genug mit ihm vergnügt?«

Sie straffte sich. »Ihr werdet ihm kein Haar krümmen!«

Die Dämonen kicherten. Erneut sprach der eine: »Ja, du bist schwach. Auf die Seite, Leylan! Oder du wirst zuerst dran glauben.«

»Ich werde nicht zulassen, dass du für meine Taten büßt«, sagte Ryan resolut und wollte sie zur Seite schieben, doch sie presste ihren Rücken weiterhin gegen ihn, die Arme ausgestreckt, und drückte ihn gegen die Tür. Sie war so stark, dass er nicht an ihr vorbeikam. »Leylan!«, zischte er.

Ryan wollte sie damals aus der Unterwelt holen, wenn der Rat ihn nicht getötet hätte. Er hatte bereits einen Deal mit den Engeln gehabt, nur konnte Ryan sich nicht mehr an die Details erinnern. Sie waren komplett gelöscht.

»Nun, wie du willst«, sagte der Dämon, worauf alle drei ihre Hände hoben. Die Blondinen ebenfalls. Es stand fünf gegen zwei, wobei Ryan sich nicht mitzählen brauchte. Sie waren verloren.

Leylan hob ebenfalls ihre Hand. Ein knisternder Ball aus blauer Energie formte sich in ihrer Handfläche. Bevor jemand das Feuer eröffnete, verdunkelte sich der Raum. Ryans Kopf wirbelte zur Panoramascheibe. Mehrere Gestalten in weißen Anzügen schossen durch das Glas, ohne es zu zerstören. Auf ihrem Rücken trugen sie mächtige Schwingen. Es waren Engel!

Im Büro brach das Chaos aus. Plötzlich flogen Lichtblitze, Energie- und Feuergeschosse durch den Raum.

»Hinter die Couch!«, befahl Leylan und schubste ihn auf den Ruhebereich zu, wo noch immer seine Chefin und ihre Sekretärin schlummerten. Ryan zog die beiden Frauen auf den Boden und verschanzte sich hinter dem Sessel. Er kam sich hilflos und feige vor, da er Leylan nicht helfen konnte. Gemeinsam mit den Engeln – es waren fünf an der Zahl – kämpfte sie gegen die Dämonen.

Ein Engel bekam einen Treffer ab, worauf ein schwarzes Loch in seinem Federkleid klaffte. Er kämpfte weiter, als wäre nichts geschehen, und warf ein Lasso, das aus Licht bestand, nach den zwei Blondinen. Das Seil legte sich um sie und zog sich zu, sodass sie bewegungslos aneinandergefesselt waren und zu Boden fielen.

Zwei Engel nahmen die Frauen in ihre Mitte und flogen mit ihnen davon. Die vier passierten das Fenster, als bestünde es nicht aus Glas, sondern aus Luft.

Die Engel spielten fair, Mann gegen Mann.

Nun kämpften drei Engel plus Leylan gegen die restlichen drei Dämonen. Die »Guten« waren also in der Überzahl.

Ryan spähte über die Lehne des Sessels und duckte sich immer, wenn ein Geschoss in seine Richtung flog. Die Unterweltler waren jedoch zu sehr beschäftigt, sich zu verteidigen, als auf ihn zu schießen.

Plötzlich verpuffte eine Gestalt im dunklen Anzug. Eine Feuersäule schoss bis zur Zimmerdecke – zurück blieb ein Häuflein Asche. Ryan hatte nicht gesehen, wer den Dämon erledigt hatte. Erneut wollte ein Engel das Schlachtfeld verlassen, aber als er sich umdrehte, traf ihn ein tödliches Geschoss in den Nacken. Der Engel löste sich in eine Säule aus weißem Rauch auf, die durch die Fensterscheibe in den Himmel entwich.

Die restlichen zwei Dämonen gaben alles. Sie verteidigten sich, indem sie gemeinsam eine Art Energiefeld aufbauten, damit die Blitze der Engel nicht zu ihnen durchdringen konnten.

Leylan schrie auf und schleuderte eine faustgroße Kugel gegen den Schutzschild. Ihr Geschoss durchdrang ihn und traf einen Dämon am Kopf. Auch er verpuffte, und der vorletzte Engel flog davon.

Der übrig gebliebene Dämonenobere wandte sich brüllend an Leylan. Sein Energieball raste ihr wie eine Rakete entgegen und traf sie in den Bauch, sodass sie durch den halben Raum flog und gegen die Wand krachte. Reglos blieb sie davor liegen.

»Nein!« Ryan stürzte hinter dem Sessel hervor, während der letzte Engel den Dämon vernichtete.

Es war vorbei, aber welchen Preis hatten sie bezahlt?

Er drehte Leylan herum und erschrak. Ein Loch klaffte in ihrem Bauch; der verbrannte Stoffrand ihres Kostüms rauchte.

»Sag etwas!« Er tätschelte ihre Wange. Ihre Lider flatterten.

Ryan zog sie auf seinen Schoß und wiegte sie in den Armen, wobei er glaubte, vor Kummer zu sterben; dann blickte er zum Engel auf, der neben ihm stand. Dessen weißer Anzug und die Schwingen waren mit Asche bedeckt. »Kannst du sie retten?«

Der Engel sagte nichts, sondern schaute weiterhin auf sie herab.

»Wieso seid ihr hier?«, fragte Ryan und wischte sich mit dem Ärmel die Tränen aus den Augen.

Zum ersten Mal hörte er die Stimme des geflügelten Wesens. Sie klang weder gütig noch sanft, sondern war die eines normalen Mannes. »Wir haben dich schon lange beobachtet und gewusst, dass Leylan dich gefunden hat. Es war nur eine Frage der Zeit, bis der Dämonenrat auftauchen würde und wir ihn hier, auf der Erde, stellen können, wo wir an ihn herankonnten. Das war unser Plan. Du hast ihn schließlich doch noch an uns ausgeliefert.« Der Engel ließ den Blick über Leylan schweifen. »Wir werden unsere Abmachung halten. Du wirst wieder einer von uns werden. Das Gleichgewicht der Mächte ist dank dir wiederhergestellt.«

Dank ihm? Er hatte doch nichts getan! Er war lediglich der Köder gewesen …

Plötzlich begann Leylan zu husten.

»Leylan!« Ryan richtete ihren Oberkörper auf. Blut rann aus ihrem Mund, aber sie lächelte und schaute ihn an. Ryan verstand sie kaum, als sie wisperte: »Du bist in Sicherheit.« Dann erschlaffte sie in seinen Armen.

»Nein!« Ein fürchterlicher Schmerz zerriss seine Brust. Er wusste, wie sehr er die Dämonin geliebt hatte, als er Alvazar gewesen war. Auch wenn sie ihn verraten hatte, wollte er nicht, dass sie starb. Ryan schluchzte auf. »Bleib bei mir!«

Verzweifelt wandte er sich an den Engel. »Bitte tu doch was! Sie darf nicht sterben!«

»Das ist der Lauf der Dinge«, erklärte der Himmelsbote ruhig.

»Ich gebe alles!«, flehte er. »Ich will kein Engel werden, ich gehe mit ihr sogar freiwillig wieder in die Unterwelt, wenn sie nur am Leben bleibt!«

Der Engel hob die Brauen. »Du willst keiner werden?«

»Nicht ohne sie«, flüsterte er.

»Nun denn – so sei es«, sprach der Engel. »Wir hatten einen Deal, wie du es so schön nennst, und den halten wir ein.«

Einen Deal ... ja, das hatten sie, nur wusste Ryan nicht mehr, worum es ging.

»Leylan hat selbstlos gehandelt. Sie hat dein Leben verteidigt. Dies zeigt uns das Gute, das in ihr steckt. Das wäre früher schon ihr Ticket nach oben gewesen, leider hat sie versagt. Aber nicht heute. Du hast ebenso selbstlos gehandelt, wolltest dein Leben für ihres geben, außerdem lehnst du es ab, ein Engel zu werden, obwohl es immer das war, was du am meisten wünschtest.«

Ryan drückte die reglose Leylan an seine Brust. »Nur mit ihr zusammen.«

»Nun, sie kann kein Engel werden. Noch nicht. Dazu muss sie erst ein irdisches Dasein führen und sich würdig erweisen.« Der Engel verbeugte sich. »Lebe wohl, Ryan.«

Lebe wohl?

Ryans Mund klappte auf. Was war mit Leylan? »Engel, warte!«

Aber der war verschwunden. Dafür lagen plötzlich einige Papiere neben ihm: ein Ausweis, eine Geburtsurkunde, ein Dokument mit einer Sozialversicherungsnummer … Das alles sah täuschend echt aus. Hastig überflog Ryan die Daten des Ausweises. Rachel Kelly stand dort, und er zeigte ein Passfoto von Leylan.

Ryan verstand nichts mehr.

Da atmete Leylan tief ein und schlug die Augen auf. Hastig griff sie sich an den Bauch. Die klaffende Wunde war verschwunden. Das Loch war lediglich in ihrem Kostüm.

Ryan riss es auseinander, um sich zu vergewissern, dass Leylan vollständig geheilt war. Ihre Haut sah makellos aus.

»Nicht so stürmisch«, sagte sie matt und griff sich an die Stirn.

»Leylan …« Ryan konnte kaum sprechen. Er half ihr sich aufzusetzen und tastete sie von oben bis unten ab. »Geht's dir gut?«

»Mir tut alles weh«, murmelte sie, aber es lief kein Blut mehr aus ihrem Mund. »Sonst scheint alles okay zu sein.«

Aufatmend umarmte er sie. »Du lebst!«

»Was ist passiert?« Sie drückte sich leicht von ihm ab. »Wieso habe ich keine magischen Fähigkeiten mehr?«

»Weil du ein Mensch bist«, erwiderte Ryan und küsste sie stürmisch.

Ein Jahr später

Ryans Herz überschlug sich vor Aufregung, als er die Tür des unscheinbaren Hauses öffnete, das von außen nicht erkennen ließ, was sich hinter dessen Mauern verbarg. Drinnen spielte leise Entspannungsmusik, und Lampen in warmen Farben sorgten für eine heimelige Atmosphäre.

Ryan freute sich auf eine Session mit seiner Lieblingsdomina – der einzigen, die mit ihm spielen durfte – und schritt auf den Empfang zu. Ryan hatte heute der Redaktion eine fantastische Story geliefert, daher war er in Hochstimmung. Seine Laune hob sich weiter, wie jedes Mal, wenn er das Gebäude betrat. In einem Jahr hatte Leylan – die jetzt Rachel Kelly hieß – aus einem ehemaligen Lagerhaus ein Etablissement der Extraklasse gemacht.

Sie stand hinter dem Empfang und gab einem ihrer Mädchen Tipps zum Umgang mit einem Kunden. Die junge Frau, die er als »Kim« kannte, trug Highheels und ein Latexkorsett, dazu Hotpants und eine Netzstrumpfhose. Sie sah sexy aus, aber Ryan hatte nur Augen für Rachel, die ein Businesskostüm anhatte. Ihre Haare waren hochgesteckt. Streng sah sie aus. Dominant.

Es kribbelte in seinen Lenden.

Rachel bemerkte ihn erst, als er fast neben ihr stand.

Sie lächelte ihn an, und ein warmes Gefühl breitete sich in ihm aus.

»Hi.« Er grinste bestimmt wie ein Esel, doch er konnte nichts dagegen unternehmen. Er war immer noch so verliebt, außerdem verdammt stolz auf sie, weil sie sich – zwar mit seiner finanziellen Unterstützung, aber ohne Dämonenmagie – eine Existenz aufgebaut hatte. Der Club lief gut, und die Investitionen müssten sich in absehbarer Zeit amortisiert haben.

Rachel schickte Kim weg, beugte sich über den Tresen und gab ihm einen Kuss. Ihr dezentes Parfüm wehte ihm in die Nase.

Ryan genoss ihren Duft sowie den sanften Druck ihrer Lippen.

»Ich brauch noch eine halbe Stunde. Shannon wollte mich ablösen, aber sie ist mit einem Kunden beschäftigt.«

»Okay, ich kann warten.« Mit den Fingerspitzen tippte Ryan auf den hohen Tisch. Wie sollte er denn die nächsten dreißig Minuten überstehen? Sein Schwanz war bereits seit dem Herweg geschwollen.

Rachel schmunzelte und hob die Brauen. »Du und warten?« Sie winkte ihn mit dem Zeigefinger zu sich. »Komm mal hinter den Tresen.«

Ryans Herz machte einen Freudensprung. Er sah Rachel an, dass sie etwas ausheckte.

Da sie auf einem Barhocker saß und einen engen Rock trug, raffte sie den Stoff erst, bevor sie die Beine öffnete.

Ryan schluckte. Sie trug kein Höschen, und ihre Scham war blitzblank rasiert.

An der Krawatte zog sie ihn zu sich, sodass sich sein geschwollenes Glied durch die Hose an ihren Schoß drückte.

Ryan drängte sich an sie. »Hier?«, wisperte er und

schaute sich um. Er hörte Schritte aus dem hinteren Teil des Flurs.

»Unter den Tisch«, befahl sie hastig und drückte ihn unter den Tresen, der von außen nicht einsehbar war.

Ryan hockte genau zwischen ihren Beinen. Rachel rutschte auf dem Barstuhl nach vorn und spreizte sie. Da der Empfangsbereich als einziger Platz hell beleuchtet war, konnte er alles sehen.

Dieses Luder!

Rachel unterhielt sich entspannt mit einem Kunden, der einen neuen Termin vereinbarte, während sie Ryans Kopf an den Haaren in ihren Schoß zog.

Ihre Schenkel pressten sich gegen seine Wangen und hielten ihn fest, sodass sich sein Mund auf ihre Spalte presste. Ihr Intimduft betörte ihn. Speichel sammelte sich unter seiner Zunge. Ryan reagierte auf seine Liebste wie ein pawlowscher Hund.

Sie war durchtrieben wie eh und je, wenigstens daran hatte sich nichts geändert. Ihrem klaren Verstand und dem Verhandlungsgeschick verdankte sie ihre guten Kredite, außerdem hatte ihr der Makler einen Sonderpreis für das Gebäude gemacht. Rachel hatte ihn gewiss mit ihren Reizen und ihrem Charme becirct.

Sie bewegte die Hüften und rutschte ein Stück auf dem Stuhl nach vorn.

Sie wollte, dass er sie leckte? Das konnte sie haben! Ryan tauchte mit seiner Zunge zwischen die Schamlippen und flatterte über ihre Klitoris.

Zuerst merkte er keine Veränderung in Rachels Verhalten, außer dass sie feuchter wurde. Betont geschäftlich sprach sie mit dem Kunden, bis sich Ryan an ihrem Kitzler festsaugte. Da überschlug sich ihre Stimme.

Rachel räusperte sich und versuchte, seinen Kopf wegzudrücken, doch Ryan klammerte sich an ihrem sexy Hintern fest und leckte Rachel härter.

Ihre Stimme klang fast eine Oktave höher, als sie dem Kunden einen neuen Termin nannte. Sie räusperte sich erneut und sagte: »Dann sehen wir uns in zwei Wochen.«

Als der Mann sich verabschiedete und ihr »Gute Besserung für Ihren Hals« wünschte, hätte Ryan beinahe losgeprustet. Stattdessen saugte er eine kleine Schamlippe ein, was Rachel nervöser machte. Ungeduldig rutschte sie mit ihrem Po auf dem Stuhl umher.

So kühl, wie sie sich nach außen oft gab, war sie nicht, das hatte er längst herausgefunden. Rachel war eine leidenschaftliche und leicht erregbare Frau.

Als er hörte, wie die Eingangstür zufiel, rutschte Rachel vom Hocker und drückte Ryan zu Boden.

»Das wirst du büßen«, wisperte sie und hockte sich auf seinen Schoß. Ihre Hand vergrub sie in seinen Haaren, um seinen Kopf auf dem Boden zu halten.

»So was Unartiges wie dich hab ich noch nie erlebt.« Ihre Mundwinkel zuckten.

Ryan genoss ihr Gewicht auf seinem Schwanz. Er war so verdammt hart, dass er sich beherrschen musste, nicht in seiner Hose zu kommen. »Du wolltest doch, dass ich dich lecke.«

»Ich habe nichts dergleichen erwähnt.«

»Dann musst du mich eben besser erziehen«, wisperte er.

Rachel beugte sich über ihn, bis ihre Nasenspitzen sich berührten. »Soll das heißen, du stellst meine Erziehungsmethoden in Frage?« Ihre Stimme klang gefährlich leise, ihre Augen funkelten.

Mühsam unterdrückte Ryan ein Stöhnen. Ihre nackte Muschi presste sich auf seinen Schritt. Wenn er jetzt seinen Schwanz befreien könnte, würde er ohne Gnade in sie stoßen, bis Rachel winselte. Bei ihrem täglichen Sex lieferten sie sich manchmal regelrechte Kämpfe. Mal lag sie oben, mal er. Wie in alten Zeiten.

»Ja, das heißt es.« Er fuhr unter ihre Hochsteckfrisur und löste die Klammern, sodass Rachels Haar wie Seide auf ihn herabfiel. Dann legte er die Arme um sie und küsste ihren Schmollmund.

An ihren Küssen bemerkte er, wie sehr sie ihn vermisst hatte, obwohl sie sich täglich sahen. Rachel saugte und leckte an seinen Lippen und steckte ihm schließlich die Zunge hinein. Stürmisch rangen sie miteinander und trugen einen spielerischen Kampf aus.

Da ihr Rock immer noch hochgeschoben war, legte er beide Hände auf ihre Pobacken. Er hob die Hüften und wetzte sich an ihrer Scham. Der raue Stoff seiner Hose rieb über ihren Kitzler.

Rachels Lider flatterten. »Das sind unlautere Methoden«, wisperte sie und legte den Kopf in den Nacken.

»Dann treib sie mir doch aus.«

Ihre Lippen streiften erneut seinen Mund. »Das werde ich, glaube mir, sobald ich hier abgelöst werde.«

»Das dauert mir zu lang.«

»Du musst lernen, dich zu gedulden.«

Aber Ryan konnte sich nicht gedulden. Er drehte sich unter dem Tresen mit Rachel herum, bis sie unter ihm lag. Dabei stießen sie gegen den Hocker, der laut krachend umfiel.

Beide erstarrten. Ryan lauschte. Er hörte nur die sanfte Musik. Es näherten sich keine Schritte. Da Wände und

Türen mit einem Schallschutz versehen waren, hatte sie niemand gehört. Ryan konnte sich ungestört mit Rachel vergnügen, solange niemand das Foyer betrat.

Hastig öffnete er seine Hose und befreite seinen Schwanz. »Spreiz die Beine«, befahl er flüsternd.

Rachels Augen wurden groß. »Hier?«

»Ich nehm dich, wo ich will und wann ich will.«

Halbherzig presste sie die Hände an seine Brust. »Wenn jemand kommt!«

»Du hast Angst?« Er grinste. »Seit wann hast *du* Angst?«

»Habe ich nicht«, sagte sie leise, doch es klang nicht überzeugend. Für Rachel war es natürlich eine enorme Umstellung gewesen, von jetzt auf gleich keine Dämonenkräfte mehr zu besitzen. Sie hatte Monate gebraucht, damit klarzukommen. Nun konnte sie niemanden mehr allein mit Gedankenkraft zum Schweigen bringen oder mit einem Zauber fesseln. Wenn sie von einem Ort zum anderen gelangen wollte, musste sie zu Fuß gehen, mit dem Taxi fahren oder das Flugzeug nehmen. Sie konnte keine Dämonentore erzeugen, mit denen sie in Sekundenschnelle an jeden Ort der Welt gelangen konnte.

Wenn sie sich verletzte, schlossen sich ihre Wunden nicht sofort. Das alles machte sie unsicher, aber sie ließ sich nichts anmerken.

Rachel war jetzt eine ganz normale Frau, obwohl sie für Ryan immer etwas Besonderes bleiben würde. »Ich liebe dich«, flüsterte er und drückte mit dem Knie ihre Beine auseinander. Dann umfasste er sein Geschlecht und trieb es in die enge Hitze, bis es schmatzte.

Rachel bog den Rücken durch und stöhnte verhalten, während er sie hart vögelte.

»Hörst du das?«, wisperte er. »Deine Muschi macht der Gedanke, überrascht zu werden, ganz nass.«

Nun war er der Boss, er lag oben und spielte mit Rachel. Er riss an ihrem Kostüm, sodass die Knöpfe aufgingen und ihre Brüste hervorsprangen. Rachels Nippel waren steif. Ryan musste an ihnen saugen. Als er eine Spitze in den Mund nahm, stöhnte Rachel auf. Die Knospe wurde unter seinen Zungenschlägen härter, und als Ryan zärtlich daran knabberte, entwich ihr ein kehliger Laut.

Sein Schwanz badete regelrecht in ihr, und sie wurde noch feuchter, bloß weil er ihre Brustwarzen hart leckte.

Rachel schrie auf. Sofort presste Ryan die Hand auf ihren Mund und fühlte, wie sich ihr Inneres um ihn schloss. Ihr Unterleib verkrampfte sich um seinen Schwanz.

Er hielt diese lustvolle Massage nicht länger aus. Seine Liebste derart in Ekstase zu sehen tat sein Weiteres. Während ihre Scheidenwände um ihn pulsierten, spritzte er ab. Ryan genoss es jedes Mal aufs Neue, sie mit seinem Samen zu füllen und alles in sie zu pumpen, was seine Lenden hergaben. Er wusste, dass Rachel ihn dafür bestrafen würde, denn sie hasste es, wenn sein Samen an ihren Schenkeln herablief. Lieber schluckte sie ihn.

Im Moment genoss sie allerdings noch seine ausklingenden Stöße. Ermattet sank er auf sie und gab ihr einen Kuss.

Rachel umarmte ihn. »Wow«, sagte sie außer Atem. »Das war nicht schlecht, außer dass mir jetzt mein Hintern wehtut.«

»Du solltest in Zukunft den Bereich unter dem Empfang auspolstern.« Grinsend zog Ryan sie auf die Beine.

»Das würde dir so passen«, sagte sie, strich ihren Rock

glatt und schloss hastig die Knöpfe an ihrem Kostüm. Ihr Kopf wirbelte herum.

Ryan hatte es auch gehört: Schritte näherten sich.

»Das ist Shannon«, sagte Rachel und versuchte, ihre wirren Haare zu ordnen. »Wie sehe ich aus?«

Ryan musterte sie von oben bis unten. »Wie eine Frau, die gerade Sex unterm Tisch hatte.« Ihr Kostüm war zerknittert und ihre Lippen geschwollen.

»Ganz toll.« Sie gab ihm einen spielerischen Klaps auf den Arm, als auch schon Shannon daherstöckelte. Die junge Frau ließ sich jedoch nichts anmerken. Rachel wies sie kurz ein und zog Ryan dann mit sich in einen der Flure.

»Jetzt kannst du mich ja bestrafen«, flüsterte er ihr zu.

»Worauf du dich verlassen kannst«, erwiderte sie und schubste ihn den Gang entlang auf eine Tür zu, auf der in weißen Lettern das Wort »Urologie« stand.

Ryan schluckte. Verdammt, hatte Rachel ihm nicht vor Kurzem erzählt, dass sie einen Harnröhrenvibrator an ihm ausprobieren wollte?

Er würde es gleich wissen …

WIE DU MIR, SO ICH DIR

Ulrike hatte sich den Messebesuch ganz anders vorgestellt. Das Hotel mit eigenem Wellnessbereich war spitzenmäßig, die Ausstellung interessant – nur ihr Kollege Frederick machte ihr das Leben wie immer zur Hölle. Wenigstens auf dem Betriebsausflug hätte er sich zusammenreißen können.

»Dieser selbstgefällige Macho!«, motzte Ulli.

Sie kauerte sich in eine düstere Ecke des Dampfbades und legte die Arme um ihre angezogenen Beine. Glücklicherweise war zu dieser späten Stunde keiner mehr an feuchtwarmer Luft mit Farbtherapie interessiert, denn Ulrike wollte nur noch allein sein. Die bunten Lichter konnten ihre Stimmung jedoch auch nicht aufhellen, und der heiße Dampf brannte in der Lunge wie Freds Worte in ihrer Seele.

Schmerzvoll dachte sie an seinen letzten dummen Spruch, bevor sie die feucht-fröhliche Runde verlassen hatte: *Hey, Ulli, der Witz, den ich gleich erzählen werde, ist so gut, da fallen dir glatt die Titten runter. Oh, wie ich sehe, kennst du ihn schon!* Ihre Kollegen hatten gegrölt, dass die Wände der Hotelbar einzustürzen gedroht hatten.

Für sie aber war es das Tüpfelchen auf dem i gewesen. Mit knallrotem Kopf und um Beherrschung ringend hatte sie sich zurückgezogen.

Betreten blickte Ulrike an ihrem Körper hinunter, an dem die Tröpfchen des Wasserdampfes perlten, als wäre sie eine taubenetzte Blume. Erneut hallte Fredericks Stimme in ihren Ohren: *Keinen Arsch und keine Tittchen – wie Schneewittchen.*

Sie war so sauer auf ihn, dass sie ihn erschlagen hätte, wenn sie nicht so ein dünnes Ding wäre. Fred hatte ja irgendwo recht. Sie besaß kein einziges dieser weiblichen Attribute, die auf das männliche Geschlecht anziehend wirkten.

Gerade als sie sich wünschte, der Höllenschlund würde sich unter seinen Füßen auftun und ihn für immer verschlucken, ging die Tür auf. Kühle Luft trat in die Kabine und mit ihr … Frederick!

Habe ich denn vor diesem Chauvi nirgendwo meine Ruhe, dachte sie zornig, doch wie durch ein Wunder schien er sie nicht zu bemerken.

Selbstbewusst breitete er sein Handtuch aus, legte sich darauf und schloss die Augen.

Ulrikes Herz setzte einen Schlag aus.

Nackt.

Der Casanova lag vollkommen nackt auf der Sitzbank! Jedes Detail seines Machokörpers präsentierte sich ihr. Jedes!

Widerwillig musste sie sich eingestehen, dass er nicht nur gut aussah – er sah besser als gut aus.

Als das dunkle Lila, das die Kabine gerade in Finsternis getaucht hatte, in ein grelles Orange überwechselte, hätte sie beinahe losgeprustet.

Ganz langsam erhob sie sich, wickelte sich das Badetuch um ihren Körper und schlich auf Zehenspitzen so nah an Fred heran, bis ihre Knie fast die Stufe berührten, auf der er lag. Oh, wenn sie jetzt ihre Kamera dabeihätte! Dann würde sich dieses Alphatier nie wieder über ihren kleinen Busen lustig machen.

»Also deshalb fährst du so ein protziges Auto!«, sagte sie laut.

Während Fred hochfuhr, die Augen weit aufgerissen, und sofort mit einer Hand – denn mehr brauchte er nicht – seinen »Great Destroyer« bedeckte, deutete sie mit dem Zeigefinger zwischen seine Beine. Ja, jetzt würde sie ihm *alle* Gemeinheiten heimzahlen!

Fredericks Gesicht bekam eine dunkleren Teint, was nicht an dem Gelb liegen konnte, das nun erstrahlte. »Was? Äh ... ich hab gerade kalt geduscht!«

Ulli lächelte ihn überheblich an. »Na klar, und ich glaub an den Weihnachtsmann.« Sie blickte auf ihn hinab, die Arme vor der Brust verschränkt. Mann, war sie wütend! »Bist du mir nachgeschlichen, um mein Flachland in natura zu sehen? Damit du dich bei den anderen noch mehr über mich amüsieren kannst?« Sie ballte die Hände zu Fäusten, sodass sich ihre Fingernägel schmerzhaft ins Fleisch bohrten.

Seine Augenbrauen hoben sich. »Was?!«

Er versuchte tatsächlich das Unschuldslamm zu spielen!

Sofort setzte er sich ganz auf, eine Hand immer noch auf seinem Penis, worauf sie jetzt beide auf Augenhöhe waren.

Räuspernd fuhr sich Fred durchs Haar. »Es tut mir leid, wenn ich vorhin was Gemeines zu dir gesagt habe, Ulli.«

»Nur *vorhin*? Du solltest dir selbst leidtun, du arrogantes, selbstgefälliges Arschloch!« Ulrike verlor die Beherrschung. Zu lange hatte sich der ganze Frust in ihr angestaut. Wild wedelte sie mit den Armen, um ihre Entrüstung zum Ausdruck zu bringen, als plötzlich das Badetuch über ihre Hügelchen bis zu den Füßen hinunterrutschte.

Blitzartig hielt sie in ihren Bewegungen inne, doch anstatt den Blick abzuwenden, so wie es sich für einen Gentleman gehörte, sah Frederick sie unverhohlen an. Aber Fred war ja kein Gentleman. Er war ein Macho, wie er im Buche stand, obwohl ihm jetzt auf sonderbare Weise die Worte fehlten. Hätte sie nicht schon splitternackt vor ihm gestanden, könnte sie beinahe glauben, er wollte sie mit den Augen ausziehen. Und etwas in diesen Augen provozierte ein Prickeln direkt in ihrem Unterleib. Ja, Ulli mochte es, wie er sie anstarrte: begehrlich, lüstern.

Wie zur Salzsäule erstarrt, taxierte sie seinen flachen Bauch, der sich erstaunlich schnell bewegte. Nun konnte auch die Hand in seinem Schritt nicht mehr verdecken, was da beachtlich in die Höhe wuchs. Aus dem Hobbit wurde tatsächlich *der* Dr. Ballermann, mit dem er immer prahlte. Und das alles wegen ihrer nicht vorhandenen Vorzüge?

Ulrike schnaubte. »Hat der schmale Ulrich doch seine Reize, oder stehst du auf alles, was ein Loch …«

»Hör auf, Ulli!« Vergeblich versuchte er seine Erektion mit dem Handtuch abzuschirmen. »Ich hab mich doch gerade entschuldigt.« Fred sah dermaßen zerknirscht aus, dass sie ihm tatsächlich glaubte. Irgendwie tat er ihr jetzt sogar leid.

Bleib hart, Ulli, denk an all die dummen Sprüche, die du dir anhören durftest, ermahnte sie sich.

Da kam ihr eine Idee. Sie war verwegen und brachte ihr Herz dazu, wild zu schlagen. Freds Hilflosigkeit erregte sie. »Also keine Lust auf Dirty Talk?«, sagte sie mit lasziver Stimme. »Vielleicht würde dir eine Peepshow besser gefallen?« Schon ließ sie die Hüften kreisen und fuhr sich mit den Händen über den glitschigen Körper. Ihre Knospen richteten sich auf.

Frederick sagte nichts. Er starrte sie nur an, doch Ulrike sah genau, wie sich seine Hand unter dem Tuch in Bewegung setzte. Auf und ab. Er holte sich vor ihr tatsächlich einen runter! *Dieses Schwein!*, dachte sie zuerst – dann stutzte sie. Ulrike wunderte sich über sich selbst, denn es gefiel ihr, dass er sie begehrlich fand. Das machte sie an. *Oh Himmel, so kenne ich mich ja gar nicht!* Aber Freds Reaktion gab ihr das Gefühl von Macht.

Das Spiel beherrsche ich ebenso gut wie du, überlegte sie, wobei ihr Puls hart in den Ohren klopfte. Demonstrativ positionierte sie sich vor ihm und stellte ein Bein auf das Podest. Jetzt konnte Fred direkt in ihre Weiblichkeit blicken, auf deren rasierter Haut feine Perlen in allen Farben glitzerten. Mit zwei Fingern teilte Ulrike ihre Schamlippen und fuhr mit der anderen Hand durch ihre Spalte. Eigentlich wollte sie Fred damit ärgern, aber es machte ihr richtig Spaß. Ja, sie empfand Lust dabei, sich vor Fredericks Augen zu streicheln. Ulli fühlte, wie ihre Schamlippen anschwollen. Ihr Kitzler pochte hart, und Feuchtigkeit ergoss sich aus ihrer Scheide. Als sie kurz einen Finger verschwinden ließ, keuchte Fred auf.

»Ulli, komm her!« Sein Handtuch flog zur Seite, und er winkte sie heran. Freds Augen leuchteten im Schein der Lampen wie goldbrauner Zimt.

Verdammt, er hatte wirklich schöne Augen!

»Ich bin keine dieser Schlampen, die du schnell mal flachlegen kannst«, flüsterte sie. Ihr bereitete es Mühe zu sprechen. Der beachtliche Ständer sah aber auch verlockend aus. Er war überzogen mit dicken Adern, und die Eichel glänzte dunkelrot. Aus dem Schlitz perlte ein Tropfen. Wie er wohl schmecken würde?

Freds Daumen streichelte über die Spitze. Ein Mann, der sich selbst Lust verschaffte, hatte was, doch viel lieber würde Ulli ihn jetzt berühren, seinen Körper erforschen, herausfinden, ob seine Haut wirklich so makellos war, wie sie im Schein der Lampen wirkte. Seine Schenkel öffneten sich, Fred atmete noch schneller. Er war sehr erregt und sah unglaublich attraktiv aus. Überhaupt wäre Fred ein Mann nach ihrem Geschmack, wenn er sich nicht für Mr. Wichtig halten würde.

»Ich will gnädig sein«, sagte sie mit krächzender Stimme. »Du darfst gerne zuschauen.«

Fred stöhnte gequält auf, lehnte sich jedoch gehorsam zurück. Sein Blick wurde immer glasiger, während er sich über seine Erektion rieb.

Ulli gefiel es, dass Fred sich untenherum ebenfalls komplett rasiert hatte. Seine Hoden hüpften bei den schnellen Bewegungen munter auf und ab, wobei ihr ein großes Muttermal am Hoden sprichwörtlich ins Auge stach. Von der Form her erinnerte der Fleck sie an einen Teddybären.

Wenn sie nicht selbst so erregt gewesen wäre, hätte sie gelacht. *Ein Nahkampfstachel mit Abziehbildchen. Süß!*

Ob seine Freunde davon wussten? Fred schien das Mal anscheinend peinlich zu sein, denn er versuchte es so gut wie möglich mit einer Hand zu verbergen.

Doch sie konnte sich nicht länger mit seinem Aussehen aufhalten. Sie hatte eine Mission, und die wollte sie durchziehen, egal wie sehr dieser Mann sie auf Touren brachte. Ihr Auftrag lautete, diesem Don Juan eine Lektion zu erteilen. Wer wusste schon, wann sich ihr so eine Gelegenheit je wieder bieten würde, auch wenn sie sich schwer darauf konzentrieren musste, von seinem Tun nicht abgelenkt zu werden. Es erregte sie ungemein, wie Fred seinen Ständer bearbeitete. Immer heftiger ging seine Atmung, während er rieb wie ein Weltmeister und mit der anderen Hand die Stelle unter den Hoden massierte. Dabei ließ er Ulrike keine Sekunde aus den Augen. Sein glühender, hypnotischer Blick hinterließ ein Prickeln auf ihrer Haut und tief in ihrem Inneren. Ihr Äußeres schien ihm sehr zuzusagen, was sie gleich auf mehrere Arten befriedigte.

Es klang beinahe wie ein Winseln, als er sie fragte, ob er sie berühren dürfe.

»Nein!« Wie gerne hätte sie jetzt etwas anderes zwischen den Beinen gespürt als ihre Hand, aber diesen Gefallen würde sie ihm keinesfalls tun.

Immer mehr Tropfen drangen aus seiner Eichel. Ulli wusste, dass Fred jede Sekunde bereit war. Auch sie selbst hatte sich so hochgebracht, dass sie schon die ersten Kontraktionen ihres Unterleibs spürte, doch sie konnte sich beherrschen. Nein, sie *musste*! Sie durfte vor Fred keine Schwäche zeigen, wollte die Oberhand behalten. Ulli konnte später auf dem Zimmer für Erfüllung sorgen. Also hob sie ihr Badetuch auf, wickelte es sich um den Körper und verließ das Dampfbad.

»Ulli, du kannst mich doch nicht erst heißmachen und dann einfach abhauen!«, hörte sie Freds heisere Stimme, bevor die Tür sich schloss.

Keine drei Sekunden später stürzte er heraus, schwer atmend und sichtlich verwirrt. Verdammt, wieso tat ihr der Macho plötzlich leid?

»Nimm eine kalte Dusche, Giacomo!«, rief sie ihm halbherzig zu, während sie in einen Bademantel schlüpfte und eilig davonging, bevor sie es sich noch anders überlegte und über Fred herfiel.

Eine halbe Stunde später stand Frederick unschlüssig vor Zimmer 307. Er wollte wissen, was diese merkwürdige Aktion im Dampfbad zu bedeuten hatte. Erst war Ulrike verdammt sauer auf ihn gewesen, und dann hatte sie ihn plötzlich so offensichtlich angemacht, dass er schon geglaubt hatte, sein größter Wunsch würde sich endlich erfüllen. Seine Hoden zogen noch immer unangenehm wegen der angestauten Lust. Ulli hatte ziemlich sexy auf ihn gewirkt, wie eine Nymphe, sodass Fred langsam glaubte, ihm wäre nur die Hitze zu Kopf gestiegen und er hätte sich das alles eingebildet. Fred hatte gewusst, dass Ulli unter ihrem Schlabberpullover attraktiv war, aber dass sie so eine heiße Figur hatte – unglaublich! Sie war zierlich wie eine Elfe, dennoch besaß sie Rundungen an den richtigen Stellen. An ihr war alles so klein und zart – einfach perfekt. Am liebsten hätte er Ulrike auf seinen Schoß gezogen, sich in ihrer kleinen Spalte versenkt und an ihren Apfelbrüsten gesaugt. Sie wäre gewiss eng zwischen ihren Schenkeln gewesen und heiß und … *Hör auf!*, befahl er sich, weil er schon wieder hart wurde. Er begehrte Ulrike nicht nur wegen ihrer Figur, sondern vor allem mochte er ihre schüchternen Blicke, ihre unaufdringliche Art … aber in dieser Frau steckte eine Sexbombe, was wiederum seinem »besten Freund« gefiel.

Okay, er musste jetzt reinen Tisch machen, ansonsten würde er wahnsinnig werden. Er bekam die Bilder nicht aus dem Kopf.

Mutig klopfte er.

»Komme schon«, hörte er gedämpft ihre Stimme durch das Holz, bevor sie die Tür einen Spalt weit öffnete und herausspitzte.

Verdammt, hatte sie geweint? Ihre Augen waren geschwollen und ihre entzückende Nasenspitze gerötet.

»Was willst du?«, fragte sie schnippisch, während sie den obersten Knopf ihres Pyjamas schloss.

Anscheinend konnte sie ihn tatsächlich nicht leiden. *Ich Idiot habe alles vermasselt!* Er quatschte sie doch immer nur blöd an, weil er nicht wusste, wie er sich ihr gegenüber verhalten sollte. Niemals hätte er gedacht, dass sie sich seine dummen Sprüche so zu Herzen nahm. Er machte nur Spaß! Fred hatte keine Probleme, eine wildfremde Frau für einen One-Night-Stand abzuschleppen – nicht dass er das schon oft getan hätte –, aber sobald Gefühle ins Spiel kamen, verhielt er sich wie ein Schwachkopf.

Während Fred seine feuchten Finger unauffällig an der Jeans abwischte, fragte er zögerlich: »Hast du Lust, mit mir runter an die Bar zu gehen?«

Ihre Augen funkelten teuflisch. »Weißt du was? Warum gehen wir nicht, wohin …«

Sein Puls beschleunigte sich, und ein Ziehen ging durch seine Lenden.

»… wo jeder von uns allein sein kann?« Sie wollte ihm die Tür vor der Nase zuknallen. Fred bekam gerade noch den Fuß dazwischen. Er brauchte nicht einmal viel Kraft aufzuwenden, schon stand er in ihrem Zimmer.

Ulrike schnaubte, ihre Augen blitzten, und ehe er sichs versah, klatschte sie ihm die Hand ins Gesicht.

Verwundert hielt er sich die Wange. »Au, das hat wehgetan!« Hatte er das wirklich verdient? Was war nur in sie gefahren?

Sie selbst sah nicht weniger erstaunt aus, denn ihr Mund stand offen, und ihre Lider waren weit aufgerissen. Hastig senkte sie den Blick. »Das schmerzt bei Weitem nicht so wie deine saudummen Sprüche«, wisperte sie und schniefte. »Du musst mich ja wirklich sehr verachten.«

Jetzt verstand Fred: Er war wohl tatsächlich zu weit gegangen. Viel zu weit.

»Ulli, ich bin so dumm gewesen«, gestand er ihr. »Ich wollte dir niemals wehtun!«

Sie hob den Kopf. »Ach nein?« Langsam schien sie sich zu beruhigen. Sie schlenderte zum Doppelbett, auf dem ein zerknittertes Taschentuch lag. Geräuschvoll schnäuzte sie hinein und stopfte es unter das Kissen.

Frederick gefiel, wie sie aussah. Ihre feuchten Haare standen wirr in alle Richtungen, und mit den leicht schräg gestellten Augen glich sie tatsächlich einem Kobold. Einem verdammt süßen Kobold!

Der Anblick ihres nackten Körpers würde ihm nie wieder aus dem Kopf gehen: die dunklen Spitzen ihrer Brüste, die sich ihm einladend entgegengereckt hatten, das verführerische Dreieck, dessen Duft er immer noch in der Nase hatte, und der süße feste Po. Erneut geriet sein Blut in Wallung.

Frederick schloss die Tür hinter sich und setzte sich neben sie auf die Bettkante. »Es ist nur …« *Na los, sag es!* »… in Wahrheit mag ich dich sogar sehr gerne.«

Ihre Augen hellten sich auf. »Tatsächlich?«

Fred, du Loser, sag doch einfach, dass du schon lange bis über beide Ohren in sie verliebt bist! Doch er konnte nicht. Er musste erst wissen, ob sie ihn wenigstens ein klein wenig mochte. »Tatsächlich«, antwortete er ihr stattdessen, wobei er versuchte, nicht zu atemlos zu klingen. Er konnte nichts dagegen unternehmen, aber sein Herz verging vor Verlangen nach dieser Frau.

Leicht kniff sie die Lider zusammen. »Warst du deswegen im Dampfbad?«

Er hatte wirklich nicht damit gerechnet, sie dort anzutreffen. Natürlich hatte er bemerkt, dass sein dummer Witz sie getroffen hatte, worauf er keine Lust mehr auf die anzüglichen Männergespräche verspürt hatte und seine Ruhe wollte. Zum ersten Mal verstand er, wie schwer es für Ulrike als einzige Frau im Team sein musste. »Nein. Ich wollte nur allein sein.«

Sofort zogen sich ihre Brauen wieder zusammen. »Ich dachte schon, du bist mir gefolgt, nur um …«

»Hey!« Spontan schloss er sie in die Arme. »Ich werde von nun an nett zu dir sein. Versprochen.« Die Wärme ihres Körpers ließ Freds Herz noch schneller schlagen. Er war hier, mit seiner Traumfrau, und hielt sie fest.

Wahnsinn, wie sie roch! Fred steckte die Nase in ihr Haar und inhalierte ihren blumigen Geruch, den selbst das Shampoo nicht überdecken konnte. »Ulli, ich …« Was war er für ein erbärmlicher Feigling! Er brachte die drei kleinen Worte einfach nicht über die Lippen.

Ihr Mund öffnete sich, ihr Gesicht kam dem seinen immer näher. Es war ihm, als blitzte der Schalk in ihren Augen auf, als sie plötzlich seinen Kopf zu sich zog und ihn auf den Mund küsste.

Frederick stöhnte leise. Noch nie hatte eine Frau süßer geschmeckt. Ein wilder Mix der exotischsten Früchte reizte seine Geschmacksknospen, während er an Ulrikes Lippen hing. Fred konnte sein Glück nicht recht begreifen. *Passiert das hier tatsächlich?*

Der kleine Mann in seiner Hose konnte es auf jeden Fall nicht mehr erwarten. Ungestüm drückte Frederick Ulli in die Matratze, doch sofort entwand sie sich seinen forschenden Händen.

Er wollte schon enttäuscht protestieren, als sie ihn frech angrinste.

»Wenn deine Scherze mir gegenüber nur einer Laune deines Charakters entsprungen sind, für den du natürlich nichts kannst, dann schulde ich dir ja noch das große Finale.«

Seine Kehle fühlte sich auf einmal sehr trocken an, aber in seinem Unterleib pulsierte das Leben. »Du meinst ...«

»Ja. Wir sollten das beenden, was wir im Dampfbad wegen gegenseitiger Fehlannahmen nicht mehr abgeschlossen haben.« Während sie ihn verführerisch anblickte, drückte sie ihn zurück aufs Bett. »Entspanne dich und genieße.«

Wie bitte? In seinem Kopf drehte sich alles. *Wow, ich muss träumen!*

Ulrike ging zum Radio, das auf der Kommode stand, um es anzuschalten. Sobald sie einen passenden Sender eingestellt hatte, begann sie mit der Vorführung.

Frederick tastete nach den Lichtschaltern am Kopfende, sodass nur die Nachttischlampe den Raum erhellte, und verfolgte gebannt, wie Ulli einen Knopf nach dem anderen öffnete und sich das Oberteil mit lasziven Bewegungen von der Schulter streifte. Dabei bewegten sich ihre Hüften zum Takt der Musik.

»Nur zu, pack ihn aus, bevor sich der arme Kerl noch selbst erdrückt«, gurrte sie.

Das ließ sich Fred natürlich nicht noch einmal sagen. Schon zog er sich sein T-Shirt über den Kopf, das achtlos in einer Ecke landete, bevor der Rest folgte.

Ulrike stand mittlerweile nur noch mit dem Höschen vor ihm. Wie gerne würde er diese festen Brüste in den Mund nehmen und an ihnen saugen, bis Ulli losgelöst stöhnte. Jede Nacht, wenn Fred sich im Bett wälzte und nicht einschlafen konnte, weil er immer ihr Gesicht vor Augen sah, hatte er sich diesen Moment herbeigewünscht.

Als sie gerade dicht an ihm vorbeitanzte und mit dem Po wackelte, griff er nach ihrem Handgelenk und zog sie zu sich ins Bett. Erst hatte er das Gefühl, dass sie sich sträubte, doch als er begann, ihren Körper mit Küssen zu bedecken, merkte er, wie ihr Widerstand schmolz.

Langsam und genüsslich eroberten seine Lippen jeden Zentimeter ihrer weichen Haut. Angefangen bei den Ohrläppchen, an denen er knabberte, bahnte er sich einen Weg zu ihren Brüsten. Sie waren klein und fest und doch weich. Fred drückte sie sanft und leckte über eine harte Knospe.

Stöhnend bog sich Ulrike ihm entgegen. Das animierte ihn, die Brustspitze in seinen Mund zu saugen. Vorsichtig knabberte er an dem Knubbel, lutschte daran und hauchte darüber.

Ullis Körper bebte. Sie hatte ihre Finger in seinen Haaren vergraben und drückte ihn sanft tiefer. Ihm war, als würde ein kleiner Mann in seinem Bauch Purzelbäume schlagen.

Fasziniert beobachtete er die Reaktionen, die seine

Liebkosungen bei ihr hervorriefen. Eine Gänsehaut überzog ihren Bauch, als er um den Nabel leckte und tiefer fuhr.

Am Zentrum ihrer Weiblichkeit angelangt, streifte Fred ihr mit einem Ruck den Slip von den Hüften. Dann starrte er wie gebannt auf das nackte Dreieck. Ulli spreizte ungeniert die Schenkel, worauf sich ihr Spalt öffnete und sich ihm ihre zierlichen inneren Schamlippen zeigten. Ihr Intimduft war so berauschend, dass er mit seiner Nase über ihre samtig weiche Scham fahren musste. Speichel sammelte sich in Freds Mund. Ulrikes Duft machte ihn schier wahnsinnig. Hatte jemals eine andere Frau so auf ihn gewirkt?

Bereitwillig öffnete sie die Beine weiter. *Koste endlich von mir*, schien sie damit sagen zu wollen. Fred hielt nichts mehr zurück. Sofort leckte er sie, neckte ihre Klit mit den Lippen und tauchte schließlich seine Zunge in ihren feuchten Eingang. Ihre Nässe schmeckte wie Nektar. Immer wieder stieß er seine Zunge in sie hinein, um mehr von ihr zu bekommen. Dabei rieb er mit dem Daumen über ihren Kitzler. Er war winzig, aber dick geschwollen und hochrot. Fred musste einfach an dem süßen Knubbel saugen.

Ulrike stieß einen leichten Schrei aus. Ihr Stöhnen nahm zu, je mehr Fred an ihrem Kitzler spielte.

Fred vergaß alles um sich herum. Er bemerkte nur am Rande, dass er seinen Unterleib fest in die Matratze presste und sein Penis in der »Besucherritze« verschwand. Dort wurde er von der Enge der Matratzen gnadenlos durchmassiert. Während Ulli kam, verströmte er sich nur Augenblicke später keuchend zwischen die Polster.

Wow, das war kurzer, aber richtig guter Sex, dachte er, als er sich an Ulrike kuschelte und überglücklich neben ihr einschlief.

Ulli konnte nicht fassen, wozu sie sich hatte hinreißen lassen. Fred, dieser Chauvi, hatte es glatt geschafft, sie zu verführen!

Nein, *sie* hatte den ersten Schritt gemacht und sich außerdem sehr freizügig gegeben. Was war denn nur mit ihr los? Ihr Herz pochte noch immer wild, und das Blut rauschte durch ihre Adern.

Wenn sie Fred ansah, wie er friedlich schlummernd neben ihr lag, zog es in ihrer Brust. Er war schon ein Hübscher und eben sehr zärtlich gewesen. Er hatte nicht nur an seine eigene Befriedigung gedacht, sondern ihr einen fantastischen Höhepunkt beschert.

Was bedeutete das nun? Waren sie ein Paar?

Ulrike blieb skeptisch. Morgen würde Fred bestimmt damit prahlen, sie »herumbekommen« zu haben.

Sie brauchte einen klaren Kopf. Vorsichtig versuchte sie sich aus Freds Armen zu befreien. Er murmelte etwas Unverständliches und drehte sich auf den Rücken. Er war wirklich eine Augenweide: sein ebenmäßiges, männliches Gesicht, sein hervorstehender Kehlkopf, die glatte Brust, unter deren Haut sich sanfte Muskelstränge wölbten … Ullis Blick wanderte tiefer, bis er an dem großen Leberfleck auf seinem Hoden haften blieb.

Teddybär …

Leise stand sie auf und holte ihre Digitalkamera, mit der sie ein Foto machte. Großaufnahme. Nur für den Fall der Fälle …

Als Ulli die Augen aufschlug, kitzelte die Morgensonne, die durch das Hotelfenster strahlte, ihre Nase. Schlagartig fiel ihr ein, was letzte Nacht passiert war. Ihr Herz hämmerte gegen ihren Brustkorb, und sie drehte sich im Bett herum – aber Fred war weg. Auch im Badezimmer war er nicht. Er hatte sich tatsächlich sang- und klanglos aus dem Staub gemacht!

Ulli war zutiefst bedrückt. Dumm von ihr zu denken, Fred würde ernste Absichten hegen, und wie dumm von ihr, mit ihm eine heiße Nacht zusammen verbracht zu haben!

Beruhige dich, Ulli, ermahnte sie sich selbst. *Vielleicht ist alles ganz anders.*

Schnell zog sie sich an und machte sich auf den Weg nach unten, wo der Frühstückssaal lag. Dort würde sie die ganze Mannschaft bestimmt antreffen. Mittags wollten sie wieder nach Hause fahren; so lange hatten sie noch Zeit und konnten machen, was sie wollten.

Bereits an der Tür hörte Ulrike Freds Stimme, und ihr Puls legte erneut an Tempo zu. Frederick stand, ihr den Rücken zugewandt, am Bufett, ein Tablett in der Hand, und unterhielt sich mit Tobi, ihrem Kollegen. Ulrike konnte jedes Wort verstehen.

»Mit unserer Ulli?«, fragte Tobi und zog die Brauen nach oben. »Ich fass es nicht, wie hast du die denn rumgekriegt?«

Ihr Magen rutschte in die Hose. Erstarrt blieb sie im Türrahmen stehen. Gleich würde Fred zu prahlen anfangen, wie immer! Ulli sah, wie er sich zu Tobi umdrehte, ein fettes Grinsen im Gesicht. »Tja …«

Das war zu viel für Ulrike, das musste sie sich nicht anhören. Sie wirbelte auf dem Absatz herum, rannte zurück auf ihr Zimmer und schnappte sich die Kamera. Dann machte sie sich auf den Weg zum nächsten Copyshop, der gleich um die Ecke lag. Mit zitternden Fingern steckte sie die Speicherkarte in den Fotoservice-Terminal und ließ dreißig Abzüge ausdrucken.

Der wird es sich in Zukunft genau überlegen, bevor er mit einer Tussi ins Bett springt!, dachte sie wütend und zwinkerte die aufsteigenden Tränen weg. Dann stopfte sie die Bilder in einen Umschlag, bezahlte und verstaute alles in ihrer Handtasche. Auf dem Rückweg setzten jedoch die ersten Gewissensbisse ein. Ulrike hatte vor, die Fotos überall im Hotel aufzuhängen. Stolz musste sie sich eingestehen, dass ihr die Nahaufnahme seines »Teddys« exzellent gelungen war. Jeder würde zudem sehen, dass Fred nicht gerade gut bestückt war.

Stimmt ja nicht, er ist ganz schön groß gewesen, als er … Ihre Wangen glühten. *Nimm diesen Macho nicht in Schutz! Er hat die Situation sofort ausgenutzt!* Sie versuchte sich Mut zu machen, um ihr Vorhaben auch durchzusetzen.

Erneut erhitzte sich ihr Gesicht, als sie an seine flinke Zunge dachte, die sie in nie gekannte Sphären getragen hatte. Frederick hatte es wirklich verstanden, ihr einen außergewöhnlichen Genuss zu bereiten. Doch sie durfte sich davon nicht beeinflussen lassen. Solche Kerle durften nicht ungestraft davonkommen! Seine Verführungsmasche war wirklich mies gewesen. Ulli war traurig und verletzt gewesen, und er hatte das ausgenutzt.

Aber die Sache mit den Bildern war nicht fair …

Als sie durch die Lobby schritt, hörte sie, dass sich der König und sein Hofstaat im Frühstücksraum eingefunden hatten. »Endlich seid ihr beiden zusammen. Das wurde aber auch Zeit«, vernahm Ulli die vertraute Stimme ihres Chefs aus der geöffneten Tür.

»Was sich liebt, das neckt sich, gell Fred?« Das war Tobias.

Aber als Fredericks Stimme erklang, diesmal so ganz anders und kein bisschen protzig, schnürte sich Ullis Herz zusammen: »Hör auf, Tobi. Du wirst von mir keine Details über letzte Nacht erfahren, das hab ich dir vorhin schon erklärt.«

»Dann ist es dir tatsächlich mal ernst mit einer Frau?«

»Ich gestehe, dass ich noch nie zuvor so sehr verliebt war. Und jetzt Ende der Diskussion, ich geb später 'ne Runde aus, aber erst muss ich endlich nach Ulli sehen. Ich möchte ihr Frühstück bringen.«

Früh...stück?

Ulrikes Blut schoss wie ein ICE durch ihre Adern. Beinahe hätte sie den größten Fehler ihres Lebens begangen! *Fred liebt mich wirklich!* Das musste sie erst verdauen. Außerdem war er nicht einfach verschwunden, sondern er wollte sie mit Essen im Bett überraschen. Wie ein Gentleman!

Ziemlich verwirrt stolperte sie drauflos, Richtung Aufzug. Dabei blieb sie an einem metallenen Papierkorb hängen, der daraufhin laut scheppernd gegen die Wand krachte.

Ulrike hielt die Luft an und blickte sich in der Halle um. Keiner war da, der ihr peinliches Missgeschick bemerkt hatte. Ob das ein Zeichen war, dass sie gegen die Tonne gelaufen war? Hastig stellte sie die Tonne wieder auf und warf den Umschlag mit den Bildern hinein. Die brauchte sie jetzt nicht mehr.

Ein warmes Gefühl im Herzen, bog sie um die Ecke.

Der Fahrstuhl war überflüssig. Ulli fühlte sich so beschwingt, dass sie die Treppen bis zum dritten Stock geradezu hinaufflog.

»Was war'n das für'n Krach?« Tobi erhob sich vom Tisch des Aufenthaltsraumes. »Ich geh lieber mal nachsehen. Nicht dass sich die hübsche Kellnerin was getan hat.«

»Aufreißer!«, rief Fred hinterher, während Tobi in die Lobby trat.

Frederick stand ebenfalls vom Tisch auf. Er wollte endlich zu Ulli.

Ob sie noch schlief? Dann würde er sie mit Kaffee und geschmierten Brötchen wecken. Er nahm das Tablett und trat in die Lobby, als Tobias beinahe in ihn hineinlief.

»Hi«, sagte Tobi, wobei er dämlich grinste. »Gehst du jetzt zu Ulli?« Die Hände hatte er hinter dem Rücken versteckt und drehte sich so, dass Fred nicht sehen konnte, was er hielt.

»Was grinst du denn so blöd?«, fragte Frederick nicht bösartig. Die beiden kannten sich schon ewig und wussten, wie es gemeint war.

Tobi zuckte mit den Schultern. »Nur so.«

Sein Kollege konnte ihm nichts vormachen. Als er ihm immer wieder auswich, konnte Fred seine Neugier nicht mehr verbergen. »Was hast du da?«

»Nichts!« Tobi wollte davoneilen, aber da hatte Fred schnell das Tablett am Boden abgestellt und Tobias am Ärmel erwischt. Sie rangelten wie Jungs, bis Fred endlich den Umschlag in Händen hielt.

»Fotos?« Jetzt grinste Fred, doch Tobis Gesicht wurde kalkweiß.

Als Frederick den Stapel herausholte, erging es ihm

nicht anders. »Wo hast du die her?«, brachte er mit krächzender Stimme hervor.

»Gefunden.« Tobi zeigte auf den Mülleimer. »Dort. Ich hab sie rausgeholt, damit niemand anders sie entdeckt. Ich meine, es wird niemand wissen, von wem … Ich wollte sie vernichten, weil ich ja weiß, wie peinlich dir …« Tobi lief knallrot an. Er wusste von Freds »Makel«, seit sie sich vor drei Jahren ein Zimmer geteilt hatten und Tobias »zufällig« ins Badezimmer gestürmt war. Er hatte sich Hals über Kopf in Fred verliebt gehabt. Der hatte sich so geschämt wegen seines Leberflecks. Sie hatten sich jedoch ausgesprochen, sein Kollege hatte sich geoutet und kurz darauf den Mann seines Lebens gefunden. Seitdem waren sie dicke Freunde.

Tobi räusperte sich. »Hast du eine Ahnung, von wem die sind?«

Da kam nur eine Person in Frage. »Ulrike«, hauchte Fred. Schmerzhaft wurde ihm bewusst, dass sie alles nur eingefädelt hatte, um ihm eins auszuwischen, aber so richtig.

Sein Herz verkrampfte sich, und Fred wurde schlecht.

»Scheiße, Mann«, sagte Tobi und klopfte ihm auf die Schulter. »Dann war es wirklich Ulli. Ich war mir erst nicht sicher, weil ich sie nur von hinten gesehen habe, als sie weggelaufen ist. Aber sie hat die Bilder weggeworfen. Sie hat nicht vorgehabt …« Tobi schaute ihn erstaunt an. »Sag mal, wollte sie sich irgendwie an dir rächen? Ich meine – du warst ja oft ziemlich fies zu ihr.«

»Ja, aber nur weil ich so in sie ver… Hey, stehst du jetzt auf ihrer Seite?«

»Natürlich nicht.« Tobi seufzte. »Vielleicht solltest du mal Klartext mit ihr reden.«

»Da kannst du deinen süßen Arsch drauf verwetten!« Fred drehte sich um und eilte nach oben in den dritten Stock.

»Dein Tablett!«, rief Tobias ihm hinterher, aber er hatte nicht mehr vor, Ulli mit einem Frühstück zu überraschen …

Alles drehte sich vor Fredericks Augen, als er vor Zimmer 307 zum Stehen kam. Das Herz klopfte ihm bis in den Kopf, seine Atmung ging stoßweise. Den Umschlag hielt er in seiner verkrampften Hand. Fred wollte klopfen, zögerte jedoch. Er kam sich saublöd vor, mit Ulli derart erfüllenden Sex gehabt zu haben und jetzt wie ein Idiot dazustehen. Er wollte ihr so viel an den Kopf werfen, konnte aber keinen klaren Gedanken fassen.

Gerade als er sich überlegte, wieder zu gehen, öffnete sich die Tür.

Ullis Augen wurden groß, ihre Miene hellte sich auf. »Fred! Hi! Ich wollte gerade zum Frühstück kommen.«

Himmel, sie sah fantastisch aus! Sie hatte sich dezent geschminkt und trug zu ihrer Jeans ein enges Oberteil, durch das sich jede ihre zarten Kurven abzeichnete.

Fred schluckte. Sein Ärger war mit einem Mal vergessen.

Als Ullis Blick an ihm herunterwanderte und sie den Umschlag in seiner Hand sah, erstarb ihr Lächeln schlagartig.

»Wir müssen reden«, sagte Fred, so kühl er konnte, und machte einen Schritt auf Ulli zu. Jetzt gab es kein Zögern mehr.

Rückwärts schlich sie ins Zimmer, und Frederick schloss die Tür.

Tränen sammelten sich in ihren Augen. »Ich ... Es tut mir leid, aber ich dachte, du wolltest ... wo du die letzten Monate ständig ... und als du plötzlich weg warst ...«

»Ich wollte dir Frühstück holen und dich nicht wecken, weil du so selig geschlafen hast«, wisperte er. Am liebsten wollte er Ulrike in die Arme ziehen und sie küssen, aber ein klein wenig wollte er seine Rache. Eine süße, lustvolle Rache, bei der sie beide auf ihre Kosten kamen.

Ulli senkte den Kopf. »Wie hast du die Bilder gefunden?«

»Hab ich nicht, das war Tobi.«

»Dem entgeht auch nichts«, murmelte sie.

»Deine Aktion mit den Fotos hat mich verletzt, doch ich vergebe dir, weil ich wirklich gemein zu dir war und du tatsächlich falsche Schlüsse ziehen konntest. Aber *er* ...« Fred schaute auf seinen Schritt. »Er kann dir nicht so einfach vergeben.«

Ihre Brauen hoben sich. »Was?«

Mühsam unterdrückte Fred ein Grinsen. »Entschuldige dich bei ihm.«

Ulrike wich einen Schritt zurück. »Wie bitte?«

Fred schmunzelte. »Küss ihn.« Er warf den Umschlag auf die Kommode neben der Tür. Dann nestelte er an der Hose und holte seinen Schwanz hervor, der bereits leicht geschwollen war.

Ulli leckte sich über die Lippen, was Freds Pulsfrequenz in die Höhe trieb. Sie wollte es! Er bemerkte ihre beschleunigte Atmung, die geröteten Wangen und vor allem ihre Brustwarzen, die sich durch ihr enges Oberteil abzeichneten.

Fred setzte alles auf eine Karte und machte weiter, in

der Hoffnung, sich in Ulrike nicht zu irren. Ihr schien das Spiel zu gefallen, auch wenn sie es nicht zugab.

»Geh auf die Knie«, befahl Frederick mit so rauer Stimme, dass er sie selbst fast nicht erkannte.

»Du spinnst doch«, erwiderte Ulli leise. Dennoch schaute sie auf seine Erektion, die durch ihr Starren nur größer wurde.

Provozierend rieb sich Fred darüber. »Leck ihn, saug an ihm.«

Ulli wollte sich tatsächlich gerade herunterbeugen, als Fred etwas Neues einfiel. »Stopp!«

»Was ist jetzt?« Ihre Augen waren riesengroß.

»Ich möchte, dass du dabei nackt bist. Zieh dich aus.«

Sie nickte mechanisch, ihr Blick lustverhangen. Aber ein Lächeln huschte über ihre Lippen.

Freds Herz wummerte in einem wilden Stakkato. Er erkannte Ullis Erleichterung, dass alles eine gute Wendung nahm. Eine verdammt gute.

Er war überglücklich, als sich Ulrike langsam ihr enges Oberteil hochzog. Sie trug keinen BH darunter. Ihre festen Brüste lockten ihn, und als Ulli die Arme über den Kopf hielt, griff ihr Fred an die kleinen Hügel.

Ulrike sog die Luft ein. Kurzerhand hob Frederick sie hoch und trug sie zum Bett. Sie kämpfte mit den engen Ärmeln, bekam aber ihre Hände nicht frei.

»Bleib so«, bat er und drückte ihr die Arme wieder über den Kopf.

Ulrike sah in ihrer vermeintlichen Wehrlosigkeit zum Anbeißen aus. Fred leckte über die spitzen Brustwarzen, bis sie leise stöhnte. Dann küsste er ihren flachen Bauch und öffnete den Reißverschluss ihrer Jeans. Ein rotes Spitzenhöschen kam zum Vorschein.

Fred schluckte. »Ich hab nie gedacht, dass du so verrücht bist.«

»Dann warte erst, bis du mich besser kennenlernst«, flüsterte sie.

Stille Wasser sind tief, dachte Fred und freute sich schon, bis auf Ulrikes Grund vorzudringen.

Er zog ihr Jeans und Slip einfach hinunter und mitsamt den Schuhen von ihren Füßen.

Jetzt lag Ulli bis auf das verknotete Shirt um ihre Handgelenke vollkommen nackt vor ihm.

»Du bist wunderschön«, hauchte er. Sein harter Schwanz ragte immer noch aus seiner Hose. Lusttropfen liefen über die Eichel.

Ulli hob den Kopf und starrte seine Erektion an. Fred hatte da eine Fantasie. Er krabbelte über Ulrike, sodass er quer über ihrem Kopf kniete und seine Eichel an Ullis Mund tippte.

Sie öffnete ihre Lippen, und Fred stöhnte unterdrückt. Sollte er?

Aber Ulrike nahm ihm die Entscheidung ab, indem sie über seine empfindliche Spitze leckte.

Fred bebte am ganzen Körper, und ein köstliches Ziehen ging durch seinen Unterleib, als Ulrikes Zunge ihn kitzelte. Frederick senkte sich weiter hinab, sodass sein Schwanz zwischen ihre Lippen glitt, tiefer und tiefer.

Ulli saugte und nuckelte an ihm. Nur mühsam konnte Fred sich in dieser Position halten, da seine Muskeln vor Erregung stark zitterten. Seine kleine Ulli … Sie war unglaublich.

Fred sah an ihrem schlanken Körper hinab und bemerkte, dass sie die Schenkel überkreuzte. Kurzerhand griff er ihr zwischen die Beine.

Ulli stöhnte gegen sein Geschlecht und saugte fester, was Fred wiederum ein Stöhnen entlockte.

»Du bist schon ganz nass, du kleines Biest.« Sein Finger flutschte ungehindert in ihrer Spalte umher und drang schließlich in sie ein. Ulrike war heiß und feucht. Und so eng! Wie es sich anfühlen würde, wenn sein Schwanz in ihr steckte?

»Ich will mit dir schlafen«, raunte Fred.

»Dann tu es«, hauchte sie gegen seine nassgelutschte Erektion und leckte über seine Hoden.

Freds Penis zuckte. So schnell er konnte, kniete sich Frederick zwischen ihre Beine. Bereitwillig öffnete sie ihre Schenkel, sodass Fred sehen konnte, wie ihr Saft aus ihr herauslief.

Er hielt ihre Beine auseinander, während er seinen Mund auf ihre Mitte senkte, um von ihr zu kosten. Seine Zunge flatterte über ihre Knospe und tauchte dann in ihr Geschlecht ein. Ulrike schmeckte zu gut! Er hätte sie ewig lecken können, doch er wollte endlich in ihr sein.

Ich muss sie ficken! Schon so lange hatte er von diesem Moment geträumt. Fred legte sich auf ihren zierlichen Körper und stützte seine Ellbogen seitlich ab. Ulli kämpfte ihre Arme frei, schleuderte ihr Oberteil weg und schloss die Hände hinter seinem Nacken. Sie zog Fred zu sich und küsste ihn, wild und verlangend. Da tauchte er in ihre Spalte. Obwohl Ulrike richtig nass war, konnte er nur langsam eindringen. Sie war wirklich eng!

»Ich will dir nicht wehtun«, murmelte er an ihre Lippen.

»Das tust du nicht. Ich halte das aus«, erwiderte sie atemlos. »Ich liebe es, heftig gedehnt zu werden.«

Ihre Worte sandten einen Impuls direkt in seinen Unterleib. Er stellte sich vor, wie sie sich selbst mit einem Dildo penetrierte, einem extrem dicken, der ihre kleinen Schamlippen zur Seite drängte und ihre Muschi dehnte. Fred verharrte und biss sich auf die Lippe. Er hätte fast abgespritzt.

»Böses Mädchen«, flüsterte er. »Hör auf, so schmutzig zu reden, oder ich komme gleich.«

Lächelnd hob sie ihm die Hüften entgegen.

»Du liebst es, mich zu reizen, was?« Sanft biss er in ihr Ohrläppchen. »Ich bin hier derjenige, der dich bestraft.« Und wie um seine Worte zu unterstreichen, drang er weit in sie ein.

Stöhnend bog sich Ulli ihm noch mehr entgegen und schlang ihre Beine um ihn, sodass er ganz tief kam.

Oh Mann, die Frau machte ihn fertig! Frederick konzentrierte sich, um nicht abzuschießen. Er verharrte und fühlte, wie alles um seinen Schwanz pulsierte. Er lag in ihr wie hineingegossen.

Tranceartig bewegte er sich, denn es war gigantisch, in ihre enge Öffnung zu stoßen. Ulrikes Saft schmatzte, als Fred sich ein Stück zurückzog, um dann wieder kraftvoll in sie einzudringen. Ulrike umschloss ihn heiß und fest. Fred konnte sich kaum noch beherrschen, dennoch versuchte er, Ulrike so viel Wonne wie möglich zu spenden, indem er mit seiner Eichel ihre Lustpunkte massierte.

Ihre Münder schienen sich verschlingen zu wollen, ihre Zungen fochten einen Kampf, und ihre heißen Körper klatschten aneinander. Haut rieb an Haut. Ulli zerwühlte sein Haar, streichelte seinen Rücken und kniff in seine Pobacken.

Als Fred spürte, dass sich ihr Inneres noch fester um ihn schloss und ihn regelrecht knetete, ließ er sich gehen.

Er stieß noch drei Mal tief in sie, bevor er sich in Ulrike ergoss, während sie zeitgleich mit ihm den Höhepunkt erlebte.

Vor Freds Augen drehte sich alles, ein Kribbeln lief über seinen Rücken und brachte seinen Körper zum Beben. All seine Erregung konzentrierte sich in seinem Schwanz, der pumpte, bis nichts mehr kam.

Erschöpft sackte Fred auf Ulrike und drehte sich mit ihr herum. Eng aneinandergekuschelt blieben sie liegen. »Wow«, hauchte er.

»Wow«, erwiderte Ulrike grinsend.

Fred steckte seine Nase in ihr Haar und fragte schwer atmend: »Wie viele Abzüge hast du machen lassen?«

»Dreißig«, wisperte sie.

»Dann sind es jetzt noch neunundzwanzig Strafen, die du abarbeiten musst.«

»Wenn die sind wie diese, dann werde ich das tun«, flüsterte sie an seinen Lippen. »Lass uns gleich weitermachen.«

Da hörte er, wie ihr Magen knurrte. Sofort setzte er sich auf. »Mensch, du hast ja noch nichts gegessen!« Er wollte sich anziehen, doch Ulrike hielt ihn fest.

Sie lächelte frech. »Zimmerservice?«

Fred grinste selig zurück und nickte, dann schaute er auf seine Armbanduhr. Sie hatten noch zwei Stunden Zeit …

RANCHERHERZEN

James wischte sich die feuchten Hände an der Hose ab und lugte durch den Spalt der angelehnten Scheunentür nach draußen. Es war Abend; die Sonne schickte ihre letzten Strahlen über die Rocky Mountains. Sie tauchte die Ranch, das Farmhaus, den Brunnen und den staubigen Hof in ein orangefarbenes Licht. In der Scheune hing noch die Wärme des Tages, denn der Juli war der heißeste Monat des Jahres.

Beinahe neidvoll beobachtete James seinen Bruder, der an der Pumpe stand und sich Dreck und Schweiß vom Körper wusch. Brad war gerade vom Feld gekommen, wo er Zäune repariert hatte, während sich James in der Stadt um Geschäftliches gekümmert hatte.

James und sein Bruder Brad waren nach dem Tod ihrer Eltern die Einzigen, die die Ranch bewirtschafteten, was ihnen beiden alles abverlangte. Es blieb kaum Zeit für Vergnügungen, zum Beispiel, um in die Stadt zu reiten und sich im Saloon zu betrinken, mit Kumpels Karten zu spielen oder Essen zu gehen. Daher hatte James beschlossen, seinem Bruder zum Geburtstag ein besonderes Geschenk zu machen: Shelley. James hatte das Saloonmädchen kurzerhand den langen Weg bis zur Ranch in seinem Einspänner mitgenommen.

Shelley stand hinter ihm und spähte über seine Schulter. »Wow, dein Bruder ist ja ein richtiges Sahnestück,

Jimmy. Da haben die anderen Mädchen nicht übertrieben.«

James verdrehte die Augen. Warum nannten ihn alle immer noch Jimmy? Er war kein Kind mehr! Außerdem fuchste es ihn ein wenig, dass sich die Freudenmädchen an Brad erinnerten. Während sich sein Bruder früh die Hörner abgestoßen hatte, wollte James auf die Richtige warten. Hatte warten wollen … Mittlerweile glaubte er, niemals ein Mädchen zu finden. Bei den seltenen Gelegenheiten, an denen er und Brad in der Stadt eine Veranstaltung oder ein Tanzfest besuchten, war es nie zu mehr als Schäkereien gekommen. Die Mädchen suchten sich heutzutage keine Rancher oder Farmer mehr, sondern verschenkten ihr Herz lieber an Intellektuelle, die sie mit in die Großstädte nahmen. Es gab da zwar eine junge Frau, die James interessierte und die ihn ebenfalls mochte, aber eine gemeinsame Zukunft würde es für sie niemals geben.

Shelley kicherte. »Dein Bruder soll ja früher ein richtiger Stier gewesen sein.«

Ja, Brad hatte das Geld, das er sich als Cowboy auf den Viehtrails verdient hatte, gerne bei den Huren gelassen – sehr zum Leidwesen ihres Vaters. Als der vor drei Jahren an einem Fieber starb und der Mutter ins Grab folgte, hatte sich Brads Lebensstil allerdings schlagartig geändert. Aus dem Cowboy und Lebemann war ein hart arbeitender Rancher geworden.

Shelleys blonde Haare kitzelten seine Wange. Sie duftete gut, nach einem lieblichen Parfüm, das ihn schwindlig machte. Sein Herz wummerte wild. Wie würde Brad reagieren, weil er ihm für eine Nacht eine Hure schenkte, mit der er anstellen konnte, was er wollte?

Also fast alles. Shelley hatte ihm genau gesagt, was sie auf keinen Fall machte. Bei der Beschreibung hatte es James den Magen umgedreht. Was manche Menschen erregend fanden, ging nicht in seinen Kopf.

»Und, wirst du mich auch besteigen, Cowboy?«, wisperte sie an seinem Ohr, wobei sie eine Hand auf seinen Po legte. Wärme breitete sich von der Stelle in seinem Körper aus.

Ich bin Rancher, kein Cowboy, wollte er sagen, doch er brachte keinen Ton hervor. Bei dem Wort »besteigen« entstand vor seinem geistigen Auge ein äußerst anregendes Bild.

James räusperte sich. »Eher nicht.«

»Du dürftest auch kostenlos ran.« Kurz züngelte sie über sein Ohr.

Glühende Hitze schoss direkt in seinen Schwanz. »Nein danke«, krächzte er.

»Wie schade.« Shelley kniff ihm in den Hintern und ließ ihn dann los.

Ihre Hand hatte sich gut angefühlt. James drehte den Kopf. Shelleys Gesicht war dem seinen sehr nah. Ihre hellgrünen Augen glänzten, ihre Lippen waren leicht geöffnet. Sie besaßen einen hübschen Schwung. Wie oft sie diesen Mund schon um einen Schwanz geschlossen hatte?

Also seine zukünftige Frau sollte am besten niemals zuvor einen Mann geküsst haben, egal wohin.

Er richtete den Blick wieder auf Brad. James hörte Shelley an seinem Ohr seufzen, worauf ein Stich seine Brust durchzuckte. War er etwa eifersüchtig, weil eine Hure seinen Bruder anhimmelte? Er sah ja auch gut aus mit seinen ebenmäßigen und doch harten Gesichtszügen, dem dichten braunen Haar und dem verwegenen Dreitagebart. Brad hatte die Statur, die sich jeder Mann wünschte: groß und kräftig, mit breiten Schultern. Brad besaß starke Hände; er konnte anpacken und arbeiten für zwei. Seine Haut schimmerte, als er sich einen Kübel Wasser über den nackten Oberkörper schüttete, unter dem die Muskeln spielten.

James sah ihm zwar ähnlich, war allerdings einen Kopf kleiner als Brad und nicht so muskelbepackt. Aber er war ja auch sechs Jahre jünger als sein Bruder. Vielleicht würde sich das bei ihm noch auswachsen – hoffte er. James arbeitete auf der Ranch ebenfalls hart, war jedoch überwiegend für die Finanzen und häuslichen Arbeiten zuständig, wie Kochen und Wäsche waschen. Es wurde wirklich Zeit, dass sich Brad eine Frau suchte, die das übernahm. James war ja nicht sein Mädchen!

Aber er war stolz auf sich, da er andere Dinge gut konnte, nämlich mit Geld umgehen. Er hatte für einen Teil ihrer mageren Ersparnisse Wertpapiere einer Eisenbahngesellschaft gekauft und eine ordentliche Dividende herausbekommen.

James war von der Bank direkt in den Saloon gegangen, hatte den Besitzer nach seiner besten Hure gefragt und auf diese Weise Shelley kennengelernt. Sie hatten sich unterhalten, und James hatte sie und ihre Qualifikationen für ausgezeichnet befunden.

Plötzlich krallten sich ihre Finger in seinen Oberarm. »Du liebe Güte!«

James war so in Gedanken versunken gewesen, dass ihm entgangen war, wie Brad seine Hose ausgezogen hatte. Er und sein Bruder wuschen sich immer nackt am Brunnen – es war ja in dieser Einöde niemand, der sie beobachten konnte. Brad war gerade dabei, ausgiebig seinen Unterleib zu reinigen.

»Das ist ja ein Prügel«, sagte Shelley und verlagerte ihr Gewicht von einem Bein aufs andere. »Ich mag es, wenn man mich richtig ausfüllt.« *... und der Loser dafür bezahlt*, dachte James. Fünfzehn Dollar hatte Shelley – beziehungsweise der Saloonbesitzer – einkassiert, das war Wucher! Dennoch reagierte sein Schwanz prompt auf ihre direkten Worte. Er war ohnehin längst hart, weil Shelley ihn ständig irgendwo berührte.

Es wurde Zeit, aus der Scheune zu verschwinden und seinen Bruder zu rufen. James atmete tief den Strohduft ein und dirigierte die junge Frau hinter sich, damit Brad sie nicht gleich sah. Langsam schob er die Tür auf.

»Hey, Brad, kannst du mal eben kommen?«

Brad fuhr sich mit beiden Händen über den Kopf, um das Wasser aus seinem Haar zu drücken, dann verknotete er ein Tuch, das er um die Hüften trug. »Was gibt's, Jimmy?«

»Sieh dir mal das Heu an, da sind so seltsame Käfer drin.«

»Käfer?« Brad runzelte die Stirn und eilte an James vorbei in die Scheune. Er blieb so abrupt stehen, als wäre er gegen eine Mauer gelaufen. »Was zum ...« Den Mund geöffnet, starrte er auf die Strohballen, die James zuvor hastig zu einer Art Bett zusammengeschoben und mit Laken überzogen hatte. Shelley hatte ihn auf die Idee gebracht, dass es bei Brads Vorlieben wohl besser wäre, diese in der Scheune auszuleben. Ein normales Bett wäre zu klein und nicht stabil genug.

James war zu neugierig, was das für Vorlieben waren! Er hatte das Liebesnest genau unter dem Flaschenzug bereiten müssen, mit dem normalerweise die Ballen nach oben auf den Heuboden gezogen wurden. Zudem hatte Shelley darauf bestanden, genug Baumwollseile in Reichweite zu haben, von denen sich James nicht vorstellen konnte, wozu diese beim Geschlechtsverkehr nützlich sein sollten.

Zwei Laternen, die zu beiden Seiten an Holzpfosten hingen, spendeten in der düsteren Scheune ein schummriges Licht.

»Überraschung!«, riefen James und Shelley gleichzeitig.

Brad wirbelte zu ihnen herum.

»Alles Gute zum Geburtstag, Brüderchen.« James klopfte seinem immer noch verwirrt dreinschauenden Bruder auf die Schulter und machte einen Schritt zur Seite. »Das ist mein Geschenk an dich.«

Brad stemmte die Hände in die Hüften und musterte die junge Frau von oben bis unten. Shelley trug ein enges Kleid, das ihre Kurven auf unanständige Weise betonte. Sie war ein Prachtweib: große Brüste, schlanke Taille und endlos lange Beine. Brads Miene verriet nicht, ob ihm seine Idee gefiel.

Shelley drehte sich lachend im Kreis und sagte mit betont sexy Stimme: »Ich gehöre dir, Cowboy. Für eine ganze Nacht.«

Plötzlich hellte sich Brads Gesicht auf, und er zwinkerte James zu. »Wow, das nenn ich mal ’nen Käfer.« Er wuschelte durch James’ Haar. »Danke, Kleiner!«

»Ich bin kein Junge mehr«, murmelte James, obwohl er wusste, dass es nichts half. Brad würde wohl ewig Jimmy zu ihm sagen. Er räusperte sich, und Hitze schoss ihm in die Wangen. »Okay, ich … geh dann mal. Viel Spaß.«

Er sah, wie sich Brad auf Shelley freute, denn unter seinem Tuch wölbte es sich gewaltig. James wollte sich eben umdrehen, da hielt ihn Brad am Arm fest.

»Du bist also kein Junge mehr?« Brad hob die Brauen, und ein verschmitztes Lächeln umspielte seine Mundwinkel.

James starrte seinen Bruder an. Er kannte dieses Grinsen! Brad heckte irgendwas aus. »Ich bin neunzehn, wie du wissen müsstest«, sagte James vorsichtig.

»Stimmt.« Brads Augen wurden groß. »Ich vergesse wirklich immer, dass du kein Kind mehr bist. Jetzt kannst du deine Männlichkeit unter Beweis stellen.«

»Was?«, krächzte James. Sein Puls klopfte hart an seinem Hals. »Wie meinst du das?«

»Na, wir teilen uns Shelley.« Brad sah zu der blonden Frau. »Wenn es dir recht ist.«

Sie lächelte entzückt. »Natürlich! Das wird ein Spaß!«

»Äh, ich ... hab sie nur für dich ... also, du hast heute Geburtstag«, stammelte James. Ihm wurde heiß und kalt. Er würde sich wie ein Idiot anstellen und das vor seinem Bruder! Brad hatte eine Menge Erfahrung, Shelley war eine Hure – nur er war grün hinter den Ohren. Er hatte doch noch nie mit einer Frau geschlafen! »N-nein, das geht wirklich nicht.«

»Ach bitte, Jimmy«, sagte Shelley, die ihn gemeinsam mit Brad zu den mit Laken bezogenen Heuballen bugsierte, »das wird lustig! Ich hatte schon lange keine zwei so hübschen Kerle gleichzeitig.«

»Du brauchst ihn nicht bitten, Shelley.« Brads Gesicht wurde hart, aber James erkannte das fröhliche Funkeln in seinen Augen. »Ich werde es ihm einfach befehlen.«

»Du kannst mir gar nichts befehlen«, erwiderte James

halbherzig. Brad war nicht mehr sein Vormund, schließlich war er erwachsen.

»Vorsicht, Kleiner!« Brad hob den Finger. Er war oft streng zu ihm gewesen, besonders nach Vaters Tod, aber immer fair. Er hatte ihn nie geschlagen. Ohne Brads Disziplin würde die Ranch nicht mehr existieren. James schaute zu seinem großen Bruder auf – ja, er vergötterte ihn. Also widersprach er ihm nicht weiter.

»Zuerst werdet ihr beide euch ausziehen«, sagte Brad, »denn es geht gar nicht, dass ich nackt bin und ihr nicht.« Er riss sich das Tuch von den Hüften, und James wandte beschämt den Blick ab. Sein Bruder hatte eine Erektion! James machte es nichts aus, ihn nackt zu sehen, schließlich hatte er das schon oft, und Brad war dabei auch das eine oder andere Mal hart gewesen. Das war ganz natürlich – nur hier war die Situation anders.

Shelley hingegen stieg sofort in das Spiel ein. »Wie Ihr wünscht, Sir.« Langsam öffnete sie die oberen Knöpfe an ihrem Kleid.

James schielte zu ihr. Genüsslich befreite Shelley erst eine Brust, dann die andere. Er schluckte. Die Frau hatte wirklich pralle Brüste. Ihre Nippel leuchteten im Schein der Lampen dunkelrot.

Brad stellte sich vor Shelley und griff ihr ohne Hemmungen an den Busen, wog die Hügel in seinen Händen und strich mit den Daumen über die Brustwarzen, bis sie spitz abstanden.

Leise stöhnend schloss Shelley die Augen.

»Komm her, Jimmy«, befahl Brad. »Fass sie mal an!«

»I-ich weiß nicht, ob ihr das recht ist.« Hilfe, er konnte doch einer fremden Frau nicht an die Brust fassen! Gut, sie war daran gewöhnt, und es gefiel ihr, aber …

»James!«, rief Brad.

Er zuckte. Sein Bruder benutzte meistens seinen Kosenamen, außer er meinte es wirklich ernst.

Zögerlich ging James auf Shelley zu. Nur ihr Oberkörper war entblößt. Das reichte ihm, um steinhart zu werden. Seine Hoden zogen sich zusammen, und Feuchtigkeit benetzte seine Hose. Als er einen Arm ausstreckte, zitterten seine Finger. Er hatte die Brust noch nicht berührt, als Brad einfach seine Hand ergriff und sie an Shelleys Busen presste.

James blieb fast das Herz stehen, als er die weiche, warme Haut und das Gewicht der Brust spürte. Sie war fest und doch nachgiebig. Zaghaft drückte er zu.

»Eine Frau ist nicht aus Porzellan, Kleiner.« Brad lachte dunkel. Er legte seine Hand auf Shelleys andere Brust und knetete sie sanft. »Siehst du? Das gefällt ihr.«

Shelleys Lider flatterten, ihr Körper bebte.

»Und jetzt zieh dich ganz aus, Mädchen«, befahl Brad, der sich wie ein Herrscher aufführte und auch wie ein ebensolcher in der Scheune stand: mit leicht auseinandergestellten Beinen und erhobenem Kopf.

Shelley nickte hastig und öffnete zwei weitere Knöpfe, worauf ihr das Kleid über die Hüften rutschte. Ihr Gesicht nahm einen verklärten Ausdruck an. Mochte sie es etwa, herumkommandiert und von fremden Männern berührt zu werden?

James' Blick wanderte tiefer und blieb zwischen Shelleys Beinen hängen. Nur ein Streifen blondes Haar wuchs auf ihrer Scham, ansonsten war sie dort unten vollkommen nackt. James konnte ihre Schamlippen sehen! Sie waren etwas rötlicher und stachen im Gegensatz zu Shelleys heller Haut geradezu obszön hervor.

Brad drückte die Frau an den Schultern zurück, bis sie mit den Kniekehlen an die mit Laken überzogenen Strohballen stieß. »Setz dich, Mädchen, und spreiz deine Beine. Ich glaube, mein Bruder braucht ein wenig Nachhilfe.«

Was hatte Brad vor? James hielt die Luft an. Er wollte fliehen, aber seine Füße bewegten sich nicht. Nein, eigentlich wollte er bleiben. Die Neugier siegte. Und seine Lust. Möglichst unauffällig versuchte er, sein hartes Geschlecht in eine angenehmere Position zu rücken, doch Brad bemerkte das sofort.

Er grinste. »Zieh dich endlich aus, Kleiner, bevor die Nacht rum ist.«

Vehement schüttelte James den Kopf. Er hatte beschlossen, nur zuzusehen.

Shelley setzte sich und stellte die Beine auseinander. Dabei öffnete sich ihre zierliche Spalte. James hatte keine Ahnung gehabt, wie das Geschlecht einer Frau genau aussah; spätestens jetzt wusste er es. Er erkannte jedes Detail. Da waren so viele Falten, alles schimmerte und … aus ihrer Öffnung lief eine milchige Flüssigkeit.

»Mm, du bist schon bereit für uns. Das gefällt mir.« Brad schob seinen Zeigefinger in Shelley und bewegte ihn in ihr. Shelley wollte die Schenkel schließen, aber Brad drückte ein Knie mit der Hand zur Seite, das andere hielt er mit seinem Fuß in Position. »Ich möchte, dass du immer für uns zugänglich bist, Mädchen.«

Sie nickte ergeben und stützte sich mit den Händen hinter ihrem Rücken ab. Dadurch drückte sich ihr Oberkörper heraus. Ihr Atem ging schneller, ihre Brüste hoben und senkten sich, während Brad sie fingerte, dass es schmatzte.

James biss sich auf die Unterlippe und unterdrückte

ein Stöhnen. Sein Schwanz pochte. Wie würde es sich anfühlen, wenn er in diese süße Muschi stieß? Würde sie seinen Schwanz fest umschließen? Würde sie sich nass und heiß anfühlen?

»Ich könnte hier mal deine Hilfe brauchen, Kleiner!« Brad, zog seinen Finger heraus und hielt ihn James unter die Nase. »Hast du schon mal so was Köstliches gerochen?«

Grinsend schmierte Brad ihm Shelleys Saft auf den Mund und lutschte anschließend seinen Finger ab. Vorsichtig leckte sich James über die Lippen. Er schmeckte leicht bitter und doch gut.

Shelley sah aus großen Augen zu ihnen auf, die Beine immer noch weit geöffnet. Brad trat einen Schritt zurück. »Jetzt du, Kleiner.«

Seine Knie wollten ihn kaum tragen, doch er schaffte es, sich zwischen die langen Schenkel zu stellen. Shelley besaß wirklich schöne Beine. Würden sie ihn umklammern, wenn er in Shelley eindrang?

Himmel, was dachte er nur? Was tat er hier überhaupt? Das hier war Brads Mädchen für eine Nacht!

»Na los, Jimmy. Fass sie an, prüfe sie, befühle sie«, forderte sein Bruder ihn auf. »Mach es so wie letztens bei der Stute.«

Shelley ist doch kein Tier, dachte James empört. Dennoch machte ihn der Gedanke, sie einfach abzugreifen, noch heißer. Zögerlich begann er an Shelleys Gesicht, ließ die Finger über ihre weichen Wangen und den Mund gleiten, der so einen verruchten Schwung besaß. Als Shelley nach seinem Daumen schnappte und daran saugte, riss er ihn zurück. Diese unanständige Geste ließ ihn fast kommen!

»Ich kann das nicht länger mit ansehen«, murmelte Brad und zog James' Hose herunter. Da sein Bruder hinter ihm stand, konnte er nicht ausweichen, und so federte sein Penis direkt vor Shelleys Gesicht.

Während er vor Scham am liebsten im Boden versunken wäre, wurden ihre Augen groß. »Hey, Süßer, du bist ja genauso prächtig bestückt wie dein Bruder!« Lasziv leckte sie sich über die Lippen.

James schaute auf seinen Schwanz. Seine Eichel war prall mit Blut gefüllt und glänzte dunkelrot. Sein Schaft, der mit dicken Adern überzogen war, zuckte.

»Besorg's ihm mit dem Mund, Mädchen, nur mit dem Mund, ohne Hände!«, befahl Brad mit rauer Stimme. »Mach es langsam und nimm ihn so tief rein, wie du kannst.«

»Ja, Sir«, wisperte sie an James' Eichel, bevor sie einen Kuss darauf hauchte.

»Ahh!« James wich zurück, aber sein Bruder stand direkt hinter ihm und hielt ihn an den Schultern fest. Dessen Finger krallten sich in sein Hemd.

Shelley stülpte ihre Lippen über seine Spitze. Fasziniert schaute James zu, wie sie in ihrem Mund verschwand.

»Bitte, ich …« Aufstöhnend warf er den Kopf zurück. In ihrem Mund war es so heiß und feucht! Ihre Zunge flatterte ununterbrochen über seine hochempfindliche Eichel und den Rand, tauchte ab und zu in den Schlitz. James' Herz ratterte. Er schwitzte und zitterte; vor seinen Augen drehte sich das Scheunendach. Seine Beine wollten ihn nicht länger tragen, und so sank er gegen seinen Bruder. Der umarmte ihn von hinten, und James spürte dessen hartes Geschlecht in seinem Rücken. Das war ihm unangenehm, aber die Gefühle, die Shelley in ihm hervorrief, lenkten ihn ab. Mehr Hitze schoss in seine Lenden. In ihnen tobten ein Feuer und ein Kribbeln, das sich zu einem pulsierenden Ziehen steigerte. Immer tiefer verschwand sein Schaft zwischen ihren Lippen. Shelley drückte ihre Zunge gegen seinen Schwanz, während er weiter in sie glitt. Ihr Mund war ein fester, saugender Ring. Als sie ihn ganz aufgenommen hatte, konnte er kaum glauben, wie sie das schaffte. Er musste ja schon in ihrem Rachen stecken!

»Jetzt, Shelley«, befahl Brad, »nimmst du deine Hände hinzu und knetest seine Eier durch. Melke ihn ab.«

»Was?«, fragte James halb stöhnend, doch da lagen ihre Finger bereits an seinen Hoden. Shelley wusste genau, wie fest sie zudrücken musste, um ihn mit einer Mischung aus Pein und Lust noch mehr zu erregen.

Shelley bewegte den Kopf vor und zurück, sein Schwanz stieß immer tief in ihren Mund, während sein Sack kräftig massiert wurde.

»Brad«, krächzte er. »Ich … aah!« Er konnte sich nicht länger zurückhalten.

Sanft strich ihm sein Bruder das Haar aus der feuchten Stirn und flüsterte: »Ist okay, lass dich fallen.«

Unter einem Aufschrei kam er. Schon fast schmerzhaft schoss sein Samen aus ihm, direkt in Shelleys Mund. Sein Orgasmus war so gewaltig, dass ihm kurz schwarz vor Augen wurde. Brad hielt ihn fest, und James fühlte sich geborgen; sicher. Und das Mädchen saugte, massierte und leckte, bis er alles herausgepumpt hatte. Dann wollten ihn seine Beine wirklich nicht mehr tragen. Er taumelte einen Schritt zur Seite und ließ sich auf das Heubett fallen. Sein Gesicht vergrub er im Laken. Er schämte sich plötzlich, vor seinem Bruder und einer Fremden solche Lust empfunden zu haben; zugleich fühlte er sich herrlich befriedigt.

»Aber jetzt kann ich doch gehen?«, murmelte er in das Betttuch, ohne sich zu den beiden umzudrehen.

»Das war noch lange nicht das Ende, Kleiner.« Brads Stimme klang rau vor Erregung. »Du darfst dich kurz ausruhen, während ich an der Reihe bin.«

Neugierig spähte James über seine Schulter. Brad hatte sich genau dorthin gestellt, wo er selbst eben gestanden hatte. James setzte sich neben Shelley und beobachtete, wie sie den Schwanz seines Bruders ebenso verwöhnte wie seinen.

Brad vergrub die Finger in Shelleys blonden Locken und dirigierte ihren Kopf. Er führte ihn und stieß seinen Schwanz immer wieder tief zwischen ihre Lippen. Er glänzte vom Speichel, und die dunklen Adern traten prall hervor. Sein Hodensack schwoll an, je fester Shelley ihn knetete. Es sah brutal aus und viel schmerzhafter als bei ihm. Brad hatte das wohl schon öfter über sich ergehen lassen.

»Jimmy«, keuchte Brad, »setz dich hinter Shelley und spiel ein wenig an ihr herum. Sie soll auch ihren Spaß haben.«

Er wusste nicht, was ihn dazu animierte, seinem Bruder zu gehorchen. War es Shelleys entzückender Po mit den drallen, runden Backen? James hockte sich hinter sie, spreizte seine Beine und rutschte so nah heran, bis sein Geschlecht in ihrer Spalte lag. Dann zog er sich sein Hemd über den Kopf. Jetzt war er vollkommen nackt, kein Stoff störte mehr. Er legte die Arme um Shelley und den Kopf an ihre Schulter. Seine Brust presste sich an ihren Rücken. Wie herrlich sie duftete und wie seidig ihre

Haut war! James drückte die Hände auf je eine ihrer großen Brüste. Sie waren schwer und bewegten sich im selben Takt, in dem Brad Shelleys Kopf dirigierte. Wie hielt sein Bruder diese lustvolle Tortur so lange aus? Aber Brad verschwand aus seinen Gedanken. James spürte nur noch die weichen Brüste in seinen Händen und Shelleys Rücken an seinem Oberkörper. Er zupfte an den harten Nippeln und entlockte der jungen Frau Stöhnlaute. Je fester er zwickte, desto zappeliger wurde sie.

»Fass ihr zwischen die Beine«, sagte Brad.

James' Hand wanderte prompt tiefer und verharrte eine Weile über ihrem Bauch. Er war weich und weiblich. Shelleys Körper war in seinen Augen perfekt.

James keuchte auf, als er weiter abwärtsglitt und mit den Fingerspitzen an den Haarflaum stieß. Nur noch wenige Zentimeter trennten ihn von der süßen Spalte.

Shelley wurde unruhiger und wetzte ihren Po hin und her.

»Wirst du wohl still sitzen bleiben!«, herrschte Brad sie an. Winselnd gehorchte sie, doch eine Hand wollte sich zwischen ihre Beine stehlen.

»Nimm die Finger von dir weg!«, befahl Brad. »Jimmy wird's dir besorgen.«

James' Puls hämmerte in seinen Schläfen. Seine Hand rutschte tiefer, knetete den weichen Schamhügel, bis schließlich seine Finger in die feuchte Spalte glitten. James spürte einen harten Knubbel. Er legte zwei Finger darauf und begann, diesen Punkt zu massieren und an ihm zu zupfen.

Shelley ließ ein kehliges Stöhnen hören, das durch Brads Penis in ihrem Mund gedämpft wurde. Sie begann sich zu winden, aber sein Bruder hatte seine Finger in ihr

Haar gekrallt. Sie konnte nicht entkommen. Ihr Körper zuckte, und James' Schwanz presste sich angenehm zwischen ihre Pobacken. Er war tatsächlich schon wieder angeschwollen.

»Das machst du gut, Kleiner«, sagte Brad. »Stoß einen Finger in sie, das wird ihr gefallen.«

Alles in ihm dröhnte und pochte, jede Zelle vibrierte. Er war aufgeregt und erregt. Sein Schwanz stand plötzlich wie eine Eins.

Langsam schob er seinen Zeigefinger in die nasse Öffnung. Sie zog sich um seinen Finger zusammen, als er tiefer rutschte.

Shelley bäumte sich auf. Sie legte den Kopf in den Nacken und keuchte laut. Dabei glitt Brads Schwanz aus ihrem Mund.

»Hab ich dir erlaubt, mit dem Lutschen aufzuhören?« Brads Blick war dunkel. Sein Körper glänzte, und im Schein der Lampen kam jeder Muskel zur Geltung. Sein Bruder sah aus wie ein antiker Krieger.

»Nein, Sir«, sagte Shelley leise. Ihr Atem ging schnell. Sie rieb sich mit der Hand über die Wange, als hätte sie Kieferschmerzen.

Brad streichelte sanft über ihr Kinn. »Ist es anstrengend, meinen Schwanz zu lutschen?«

Sie nickte.

»Weil du bisher so artig warst, hast du eine Pause verdient.« Brad lächelte wieder so verschwörerisch, dass er bestimmt eine neue Schandtat ausheckte. Er stellte seine Beine weiter auseinander und hielt damit Shelleys Schenkel geöffnet, während er ihre Arme an den Handgelenken festhielt. »Stoß sie richtig hart durch, Jimmy, sie braucht das.«

Shelley warf bei Brads Worten den Kopf zurück und wimmerte, die Augen vor Lust verdreht. Sie war ihnen beiden ausgeliefert – und genoss es. Immer mehr Feuchtigkeit ergoss sich aus ihrer Scheide. James stieß fester hinein und nahm einen zweiten Finger dazu. Leider kam er in dieser Position nicht tief.

Shelley zappelte in Brads Griff, wobei sich ihr Po an James' Schwanz drückte.

»Unsere Stute braucht einen starken Hengst, Bruder. So wird das nichts.« Brad machte einen Schritt zurück, und Shelley schloss die Beine. James' Hand wurde durch den Druck der Schenkel an ihre Scham gepresst.

Brad hob die Brauen und schaute über den Kopf der jungen Frau zu ihm. »Wer soll sie zuerst besteigen?«

James erstarrte; hastig zog er die Hand zurück. Shelley mit den Fingern zu verwöhnen war eine Sache, aber mit seinem Schwanz? Er würde es keine Minute in ihr aushalten! Damit machte er sich nur zum Gespött. Brad hatte sich schon eine kleine Ewigkeit mit dem Mund befriedigen lassen und war immer noch nicht gekommen!

»D-du hast Geburtstag«, brachte er kaum hörbar hervor. Sein Schwanz sehnte sich nach Shelleys feuchter Enge, aber James hatte Angst, es ihr nicht besorgen zu können. Sie brauchte es wohl wirklich hart, genau wie der Saloonbesitzer gesagt hatte.

»Hmm …« Brad tippte sich ans Kinn und schaute auf die Seile, die neben ihnen auf dem Strohbett lagen. »Eigentlich gehört ein Geschenk erst mal verpackt.« Er griff nach dem Baumwollseil und forderte Shelley auf, ihm ihre Handgelenke hinzuhalten.

»Was machst du?« James rutschte hinter Shelley hervor und setzte sich neben sie.

»Sie zappelt mir zu viel rum. Ich muss sie festbinden.«

Shelleys Augen strahlten regelrecht, als sie sich die Handgelenke zusammenbinden ließ.

James bekam es eher mit der Angst zu tun.

Brad fesselte nicht nur ihre Hände, sondern band sie an einem Pfosten hinter dem Strohbett fest, der den Heuboden stützte. Mit über den Kopf gestreckten Armen lag sie da.

»Verdammt«, murmelte Brad, »zu wenig Seile. Bin gleich wieder da!« Schnellen Schrittes ging er aus der Scheune. Wahrscheinlich eilte er hinüber zum Pferdestall.

»Ist das wirklich okay für dich?«, fragte James Shelley, als sie allein waren.

Sie schenkte ihm einen lasziven Blick. »Du bist wirklich süß, Jimmy. Aber ich vertraue Brad. Die anderen Mädchen haben nur gut von ihm gesprochen. Er wird auf mich aufpassen und nicht zu weit gehen. Er soll ein Meister der lustvollen Folter sein.«

Folter … James schluckte. Er hatte keine Ahnung, was Brad vorhatte. »Ich werde auch auf dich aufpassen«, sagte er, kurz bevor sein Bruder zurückkam. Er trug weitere Seile. Sein Penis war nicht mehr ganz hart und baumelte herab.

»Zuerst werde ich deine Beine festbinden.« Brad schob Shelleys Schenkel weit auseinander, bis sich ihre Spalte öffnete. Die Schamlippen waren nass, dunkelrot und geschwollen. James konnte ihre Lust riechen, worauf sich Speichel in seinem Mund sammelte.

Brad warf ihm das Seil zu, das er um Shelleys Fußknöchel gewickelt hatte. »Mach das dahinten an dem Pfosten fest. Verknote es gut.«

James gehorchte, und schließlich lag Shelley ausgestreckt und die Beine gespreizt auf dem Strohbett. Sie atmete hektisch und riss an den Seilen, aber sie gaben kaum nach. »Brad, James, fasst mich an!«, flehte sie.

James rutschte neben sie, doch sein Bruder hob die Hand. »Du wirst sie nicht berühren, bevor ich es dir erlaube!«

»Aber …«

»So sind die Regeln, Kleiner.«

Regeln? Wieso gab es beim Liebesspiel Regeln?

»Jetzt sind ihre Brüste dran.« Brad wickelte ein dünnes Baumwollseil um eine von Shelleys großen Hügeln. Er schnürte ihn am Ansatz zusammen, sodass er wie ein Ball hervortrat. Es sah schmerzhaft aus. Tatsächlich biss sich Shelley auf die Unterlippe und verzog das Gesicht, doch ihre Erregung schien zuzunehmen. Mehr Feuchtigkeit lief aus ihr heraus und versickerte im Laken.

Brad wickelte das Seil auch um die andere Brust, bis beide prall abstanden. Ihre Nippel waren dunkelrot und spitz. Die junge Frau hechelte und warf den Kopf zurück. »Bitte nehmt mich endlich!«

Brad lachte leise und zwickte in ihre Brust. Shelley schrie auf, wobei James' Herz beinahe stehen blieb. »Du tust ihr weh!«

»Natürlich tu ich ihr weh, Kleiner.« Brad zwickte auch in die andere Warze und zwirbelte sie.

Stöhnend zerrte Shelley an den Fesseln.

»Aber es gefällt ihr. Sie braucht den Lustschmerz.«

»Ist das bei allen Frauen so?«, wollte James wissen.

Brad schaute ihn ernst an. »Auf keinen Fall!«

»Wie weiß ich dann, was eine Frau will?« James kam sich wie ein Versager vor. Seine Wangen brannten, doch sein Schwanz war immer noch steinhart. Es erregte ihn, Shelley gefesselt zu sehen.

»Du musst es ausprobieren; dich vorantasten.« Brad grinste verschmitzt. »Sieh her.« Er schob einen Finger in Shelleys Spalte und verteilte die Nässe auf ihren Brustwarzen. »Leck sie sauber, Jimmy«, sagte er rau. »Du nimmst die rechte Seite, ich die linke.«

Sie beide saßen auf dem Strohbett, Shelley lag festgezurrt in ihrer Mitte. Ihre Augen glänzten. Hastig schaute sie abwechselnd von ihm zu Brad. Als dieser seine Zunge über ihren harten Nippel flattern ließ, bog Shelley den Rücken durch und gab abgehackte Laute von sich. Brad zog die Warze in seinen Mund und saugte so fest, bis sie beinahe blau aussah.

James beugte sich hinunter, um dasselbe an der anderen Brust zu machen, nur vorsichtiger. Er hörte Brad an seinem Ohr schmatzen und saugen und Shelley stöhnen. Ihre Brust war durch die Verschnürung richtig prall. Behutsam knetete James sie und streichelte Shelleys Bauch.

Sie zappelte.

»Scht, Mädchen, sei nicht so gierig«, sagte Brad, wobei er ihre Wange streichelte.

»Bitte, Sir, bitte ...« Shelley sah aus, als würde sie gleich weinen!

»Bitte ... was?«, fragte Brad. »Soll ich deine Tittchen noch ein wenig härter rannehmen?« Er zwickte in ihren Nippel, und Shelley schrie erneut auf.

»Nein! Mach's mir endlich, Cowboy! Fick mich!«

»Gut, wie du willst.« Brad stand auf und stellte sich über ihren Kopf, dann ging er in die Hocke und stützte seine Hände neben Shelleys ausgestreckten Armen ab. »Ich fick dich in deinen süßen Mund.«

Wie erstarrt saß James da und schaute zu, wie Brad seine Eichel zwischen Shelleys Lippen drängte. Sie wehrte sich spielerisch und riss an den Fesseln. Immer tiefer schob sich sein Bruder in ihren Mund. Sein Schwanz zuckte, Brad keuchte auf. »Du, Kleiner, wirst sie lecken, während ich ihren Mund ficke.«

»Hmmmpf!« Shelley verdrehte die Augen.

James kniete sich zwischen ihre gespreizten Schenkel und bemerkte, dass sich ein regelrechter Schwall Feuchtigkeit aus ihr ergoss. Er schnupperte an ihrer Scham und küsste die geschwollenen Lippen.

Shelleys Beine zitterten. Sie konnte es wohl kaum erwarten. James versuchte, den nackten Hintern seines Bruders, den er direkt vor Augen hatte, zu ignorieren und sich auf Shelleys Mitte zu konzentrieren. Erst stupste er seine Zunge an das kleine Köpfchen, das ihm förmlich entgegenleuchtete. James saugte es ein und entlockte Shelley einen erstickten Laut. Brad schob immer noch seinen Schwanz in ihren Mund.

James' eigene Härte presste sich in das Laken, als er sich auf den Bauch legte und seine Zunge, so tief er konnte, in Shelleys Öffnung schob. Er leckte ihren köstlichen Saft heraus und ließ seine Zunge über den Knubbel flattern.

Inzwischen pumpte Brad fester in ihren Mund. »Du wirst alles schlucken, verstanden!«

Shelley machte »M-hm«, was wohl Ja heißen sollte.

»Wenn ich komme, darfst du auch, Shelley. Mach's ihr richtig hart, Jimmy! Zwick sie in den Kitzler!«

Kitzler? Ob so dieses Köpfchen hieß? Sacht drückte James es zusammen und hörte Shelley gedämpft stöhnen.

Brad stöhnte ebenfalls und bewegte sich schneller. James wollte nicht hinsehen, auf keinen Fall! Das war sein Bruder! Stur konzentrierte er sich auf Shelleys Spalte, zog sie weit auf und rieb seine Finger fest über ihren Kitzler, während er ihren Saft aufschleckte.

Als Brad kam, hörte sich das wie ein tiefes Knurren an. Shelley gab Würgegeräusche von sich und zappelte. James befürchtete, sie könne ersticken. Doch er rieb weiter, bis ihm plötzlich ein Strahl entgegenkam und am Kinn traf. Erschrocken wich er zurück.

Brad stieg grinsend von ihr herunter. »Du hättest uns vorwarnen können, Süße.«

James' Wangen brannten. Shelley hatte doch nicht …

Er schaute an sich hinunter. Ihre Nässe perlte von seiner Haut.

Wie peinlich! Aber Brad belehrte ihn eines Besseren: »Sie hat abgespritzt. Genau wie wir.«

»Frauen können so was?«, fragte er erstaunt, biss sich jedoch sofort auf die Lippe. Die Frage zeugte nur von seiner Dummheit.

»Nicht alle«, sagte Brad.

Shelley lag bloß da und versuchte, zu Atem zu kommen. »Das war … geil, Jungs. Schon ewig hatte ich keinen solchen Spaß.«

Brad schmunzelte. »Und die Nacht ist noch lang.« Er zwinkerte James zu. »Ich brauch 'ne kurze Pause. Tob dich aus, Brüderchen.«

Sein Mund klappte auf. Es sollte weitergehen? Er starrte zu Shelley, die ihm aufmunternd zunickte.

»Unsere Stute hat noch immer nicht genug«, sagte Brad. »Reite sie ein. Fick sie.«

Abwechselnd schaute James von Brad, der an einem

Pfosten lehnte, zur gefesselten Shelley. James konnte sich doch nicht auf sie legen und sie … nehmen, während sie sich nicht bewegen konnte. Das war nicht normal! Nicht für ihn …

Schlagartig kehrte sein Verstand zurück. Er hätte nie mitmachen sollen. »Nein, jetzt genießt du dein Geburtstagsgeschenk. G-ganz allein«, stammelte er. »Viel Spaß euch noch.«

James nickte Shelley zu und stürmte Richtung Ausgang. Er nahm nicht einmal seine Kleidung mit. Er wollte nur noch nach draußen.

Als er die Scheunentür hinter sich zugezogen hatte, taumelte er in den Hof. Die Dunkelheit war hereingebrochen. James' Augen mussten sich erst an die Dämmerung gewöhnen. Schemenhaft erkannte er das Haus und den Brunnen. Darauf steuerte er verwirrt zu. Das soeben Erlebte musste er erst einmal verarbeiten. War das wirklich gerade geschehen?

Ihm war schwindlig; er fühlte sich schmutzig. James betätigte die Pumpe und streckte den Kopf unter den erfrischenden Strahl. Gierig trank er große Schlucke, um Shelleys Geschmack loszuwerden. Er wusch sein Haar, danach schrubbte er seinen Körper mit einer Bürste und einem Stück Seife. Auch wenn der Sex mit Shelley grandios gewesen war, so war es nicht das, was er sich wünschte. Bis zum heutigen Tag hatte er nie eine Frau auf diese Weise berührt, und jetzt hätte er *alles* mit ihr machen können! Das ging ihm zu schnell.

Nachdem James fertig war, legte er den Kopf in den Nacken. Tief atmete er die Nachtluft ein, genoss die kühlen Tropfen auf seinem erhitzten Leib und starrte zum

Vollmond, der über dem Dach des Hauses stand. Was für ein verrückter Tag.

»Haáahe«, sagte plötzlich eine leise Stimme hinter ihm.

James wirbelte herum. Hastig presste er die Hand auf sein Geschlecht. Da stand Ayashe, die junge Indianerin, die ihm kaum bis zur Brust reichte und in die James schon ewig verliebt war. Von ihrem Volk wurde sie auch Little One genannt, was so viel wie »Kleine« oder »wenig« bedeutete.

Sie trug ein kurzes ärmelloses Lederkleid, das an der Taille durch einen Gürtel zusammengehalten wurde, dazu eine knielange, eng anliegende Lederhose und Mokassins.

»Was machst du hier?« Hektisch suchte James die Umgebung ab, ob er Ayashes Bruder Singing Tree entdeckte. Meistens kamen sie zu zweit vorbei. Ayashe und Tree konnten ihre Sprache, weshalb sie oft mit den Weißen redeten, wenn es zu Verhandlungen kam. Meistens gab es Streitereien wegen Rechten oder der Grenzen ihres Territoriums.

Zum Leidwesen ihres Bruders beteiligte sich Ayashe gerne an den Versammlungen.

»Wo ist Tree?«

»Er feiert. Alle feiern. Häuptlingssohn Paeta hat seine erste Frau genommen. Maahe.«

»Deine Schwester?«

Sie nickte, wobei sie unverhohlen auf seinen Körper starrte.

Mondlicht erhellte den Hof. Ayashe würde bald merken, wie es um ihn bestellt war. Allein ihre Nähe reichte aus, dass sich sein Geschlecht aufrichtete. Wo er doch eben erst … *Verdammt!*

James marschierte zum Haus. Ayashe folgte ihm.

Von einer Leine zog er ein Laken, das er heute Morgen gewaschen hatte, und wickelte es sich um die Hüften.

Die junge Indianerin beäugte neugierig seine Brust, auf der wenige Haare sprossen. Der Anblick musste für Ayashe ungewohnt sein, entfernten sich ihre Stammesbrüder meist sämtliche Körperhaare, sofern sie überhaupt welche besaßen.

James räusperte sich. »Warum bist du nicht bei ihnen und feierst?«

Ayashe ließ den Kopf hängen und zuckte mit den Schultern.

»Hey …« Sanft fasste James an ihr Kinn. »Was ist los?«

Ayashe rückte näher, sodass sich ihre Körper beinahe berührten. »Bei uns erwirbt der Mann das Recht, sich mit allen Schwestern seiner Frau zu vermählen.« Leise seufzte sie, und dieser zarte Laut rüttelte an James' Seele. »Ich habe bemerkt, wie Paeta mich ansieht. Er wird bald Geschenke bringen.«

Er … Ihr zukünftiger Mann.

Sie war mitten in der Nacht den weiten Weg zu Fuß gekommen, um ihm das zu sagen? Zu wissen, dass seine kleine Freundin bald vergeben war, fühlte sich wie ein Schlag in den Magen an.

James erinnerte sich, als wäre es gestern gewesen, als er die Indianerin zum ersten Mal gesehen hatte. Vor drei Jahren war sie mit Singing Tree an ihrer Farm vorbeigeritten, um sie in Frieden willkommen zu heißen. Da war sie noch ein halbes Kind gewesen. Jetzt war aus ihr eine Frau geworden.

James' Vater hatte sich immer geweigert, mit den Indianern zu sprechen. Als er gestorben war und James und Brad die Ranch übernahmen, hatten sie mit den Cheyenne Freundschaft geschlossen. James hatte sich viel mit Singing Tree unterhalten, einiges über ihre Kultur gelernt und auch Ratschläge bekommen, die ihnen auf der Ranch zugutekamen. Tree gefiel es lediglich nicht, wie Ayashe ihn anlächelte. Die Cheyenne hießen Verbindungen mit den Weißen nicht gut.

Erst hatten sie ihnen das Land genommen, jetzt die Frauen. Die Cheyenne befürchteten den Zerfall ihrer Kultur.

James wusste von den Spannungen, weshalb er aus Respekt bisher versucht hatte, Ayashe nicht zu nahe zu kommen. Farmer McLeoyd, der fünf Meilen entfernt wohnte, hatte sich vor zwei Jahren eine Indianerin ins Haus geholt. Er gab gern damit an, was für eine gehorsame Frau und tüchtige Arbeitskraft sie wäre. So war sie erzogen worden, wie alle Indianerinnen. Sie waren gefügig und eifrig. Die braunhäutigen Mädchen wurden weder von Cowboys noch von Ranchern verschmäht.

Aber James würde Ayashe nicht als Arbeitskraft oder lediglich fürs Bett wollen, sondern für sein Herz.

Er wollte jedoch keinen Keil zwischen die Freundschaft mit den Indianern treiben. Bloß, wie lange würde er sich zurückhalten können? Er bemerkte, dass sich Ayashe ebenso zu ihm hingezogen fühlte. Ihre leicht schräg gestellten Augen funkelten im Dunkeln wie schwarze Diamanten.

James räusperte sich. »Ich zieh mir eben was an, dann bring ich dich nach Hause.«

Sie nickte und setzte sich auf eine Bank, die vor dem Haus stand.

So schnell James es in dem stockdunklen Gebäude vermochte, stieg er die schmalen Stufen hoch. Unter dem Dach lagen Brads und sein Schlafzimmer. James tastete nach einem Hemd, Hose und Stiefeln. Hastig schlüpfte er hinein. Er wollte gleich wieder bei Ayashe sein.

Immer seltener war sie in letzter Zeit mit ihrem Bruder an der Ranch vorbeigekommen, dafür einige Male heimlich, um James zu sagen, dass es nicht an ihm läge, sondern an ihrem Bruder Singing Tree. Er wollte unbedingt, dass sie einen Mann von ihrem Volk heiratete.

James' Magen zog sich erneut zusammen. Tree war sicher froh, dass der Häuptlingssohn auch Ayashe zur Frau wollte.

James hatte sich erlaubt, das eine oder andere Mal von Ayashe zu träumen. Er freute sich stets riesig, wenn sie sich zur Ranch schlich. Dann redeten und lachten sie beide stundenlang. Heute Nacht hatte er vielleicht zum letzten Mal die Möglichkeit, ihr nahe zu sein.

Als James vor die Tür trat, fand er Ayashe bei der Scheune.

Verflucht! Er sprintete los, doch zu spät. Shelley und Brad hörte man bis nach draußen. Die beiden stöhnten wie brünftige Bisonbullen! Und Ayashe klebte förmlich mit der Nase an der Wand und lugte durch den Spalt der nicht ganz zugezogenen Tür.

James packte sie an der Schulter und wirbelte sie so heftig herum, dass er sie auffangen musste, damit sie nicht hinfiel.

»Das solltest du dir nicht ansehen«, flüsterte er, während er sie fest an sich drückte. Dabei drängte sich sein Unterleib gegen ihren Bauch.

»Macht ihr Weißen immer auf diese Art Liebe?«

Liebe? »Das hat nichts mit Liebe zu tun. Es ist nur … Leidenschaft.«

Ayashe legte den Kopf in den Nacken. Würde James sich ein Stück hinunterbeugen, könnte er sie küssen und ihr zeigen, was es wirklich bedeutete, jemanden zu lieben.

»War es für dich auch nur Leidenschaft?«, wisperte sie mit großen Augen.

James erstarrte. »Was meinst du?« Sein Herz donnerte so heftig, dass er befürchtete, Ayashe könne es hören.

»Ich habe euch drei beobachtet.«

Ihm wurde übel, seine Knie wollten nachgeben. *Verdammt.* Sie hatte ihnen zugesehen! Was dachte sie jetzt von ihm? »Ähm, hör zu, es war nicht so geplant.« Kalter Schweiß schoss aus all seinen Poren. »Die Frau war bloß für meinen Bruder bestimmt. Er hat heute Geburtstag und …«

»Pst.« Ayashe legte einen Finger an seine Lippen. »Ich weiß, das hab ich mitbekommen.«

Himmel, sie hatte wirklich *alles* gesehen, von Beginn an! Die Umgebung verschwamm vor seinen Augen.

»Sie ist eine gute Frau für Brad, nicht für dich.« Ayashes Mund kam näher.

»Welche Frau wäre denn gut für mich?«, fragte James leise. Er war verloren – verloren im Schwarz ihrer Augen und der süßen Lippen, die nach seinen Küssen bettelten.

Ayashe strich sich mit der Zunge über die Oberlippe. Da schrie Shelley so laut auf, dass sie beide zusammenzuckten und gemeinsam durch den Spalt ins Innere der Scheune starrten. Brad hatte Shelley doch nichts getan!

Die junge Frau hing am Flaschenzug, die Arme und ein Bein über ihrem Kopf am Haken festgebunden, sodass sie nur noch mit einem Fuß auf den Strohballen stand. Wie gelenkig sie war!

Brad hatte einen dicken Halm in der Hand und pikste sie damit an den empfindlichsten Stellen: an ihren verzurrten Brüsten, der Fußsohle und ihrer gespreizten Scham, die dunkelrot war und vor Nässe glänzte.

»Bitte aufhören!«, schrie Shelley.

James zuckte. Er war kurz davor, in die Scheune zu stürmen, um Shelley loszubinden!

Brad grinste wölfisch. »Das kleine Ding setzt dir ja ganz schön zu.« Er warf den Halm zur Seite, packte Shelley an den Hüften und rieb seinen Schaft in ihrer Spalte. »Ist das besser?«

»Viel besser!« Shelley warf den Kopf zurück und bettelte nach mehr. Da rammte Brad ihr regelrecht seine Erektion hinein, worauf Shelley entzückt die Augen verdrehte.

»Das sieht ungemütlich aus«, wisperte Ayashe, die immer noch in seiner Umarmung hing. »Aber der Frau gefällt das.«

Nicht nur der Frau, dachte James. Er freute sich, dass sein Bruder Spaß hatte und sich die Ausgabe für das »Geschenk« offensichtlich gelohnt hatte.

James zog Ayashe von der Tür weg. Sie sollte sich das Schauspiel nicht weiter ansehen. »Ich bringe dich nach Hause.« Hastig machte er sich von ihr los und ging zum Nebengebäude, in dem ihre Pferde, eine Milchkuh und zehn Hühner untergebracht waren. James warf eine Decke auf seinen Hengst und schwang sich auf den Pferderücken. Ohne Sattel ließ es sich zu zweit besser reiten. Dann reichte er Ayashe die Hand. Mit Leichtigkeit zog er sie zu sich.

Als sie sich vor ihn setzte und James sie erneut dicht bei sich fühlte, hätte er sie am liebsten umarmt und sich an sie geschmiegt. Er wollte sie festhalten und nie wieder loslassen. Doch er musste sie gehen lassen. Sie würde vielleicht bald einem anderen Mann gehören.

Er griff nach den Zügeln und legte zögerlich die Hände auf Ayashes Oberschenkel. Ihre Wärme drang durch das Leder der kurzen Hose. Vehement versuchte James, seine Gedanken in eine andere Richtung zu lenken, aber er stellte sich immer wieder vor, ihr die Hose herunterzuziehen und die zartbraune Haut an ihren Schenkeln zu streicheln. Verdammt, er wurde hart, wenn er daran dachte! Er musste Ayashe endlich vergessen. Vielleicht sollte er es doch noch mit Shelley tun. Ja, am besten gleich, wenn er zurückkehrte.

Sein Herz wurde schwerer, je weiter sie sich von der Ranch entfernten und je länger sie sich anschwiegen. Da der Mond groß und rund am Himmel stand, hatten sie eine gute Sicht. James ließ das Tier eine Meile auf der staubigen Straße in Richtung Berge traben, zu dessen Füßen das Reservat der Cheyenne lag, bis Ayashe plötzlich sagte: »Ich kenne einen anderen Weg, auf dem wir bestimmt keinem begegnen.« Sie deutete nach rechts, in einen Walnusshain.

James zog am Zügel und lenkte sein Tier zwischen den Bäumen hindurch. Er wusste: Die Cheyenne würden es nicht gutheißen, wenn er gemeinsam mit Ayashe in ihr Lager kam. Allein. Ohne Begleitung ihres Bruders. James würde Ayashe in Reichweite der anderen absetzen und dann ungesehen zurückreiten.

Ihr Schweigen senkte sich wie Blei auf sie, weshalb

James versuchte, eine Unterhaltung anzufangen. »Erzählst du mir ein wenig von euren Bräuchen?« Er kannte schon ein paar und fand sie sehr interessant. »Wie ist das bei euch mit Heirat und ... Treue?«

Verdammt, das hatte er nicht fragen wollen – oder vielleicht doch?

Ayashe lehnte sich zurück, und James roch möglichst unauffällig an ihrem Haar. Sie duftete nach frischer Luft, Erde und Gras. Natürlich. Ganz anders als Shelley, die von oben bis unten parfümiert gewesen war.

»Heirat ist bei uns selbstverständlich«, begann Ayashe. »Die Frau gehört zum Mann. Sie ergänzen sich.« Sie senkte ihre Stimme. »Eine unverheiratete Frau ist eine Ausnahme. Sie wird belächelt. Für sie gibt es keinen Platz.«

Ob sie ihm damit sagen wollte, dass sie bald einen Mann nehmen würde? Seine Laune sank.

Leise erzählte Ayashe weiter. »Eine unberührte Braut bringt dem Vater Ansehen und viele Tiere. Ein Mädchen, das mit einem Mann zusammen war, kann sich glücklich schätzen, überhaupt einen Gemahl zu finden.«

Eifersucht wallte in ihm auf. Er wollte nicht, dass sie einen Mann nahm. »Dein zukünftiger Mann kann sich glücklich schätzen«, flüsterte James zähneknirschend und küsste Ayashe spontan auf ihren Scheitel. Sofort erstarrte er. »Tut mir leid. Bitte erzähl weiter.« Was war nur in ihn gefahren?

Anstatt auf seine Annäherung mit Ablehnung zu reagieren, kuschelte sie sich an ihn. »Die Väter wollen keusche Töchter – oder, wie in meinem Fall, mein Bruder Singing Tree eine enthaltsame Schwester. Ehemänner wünschen treue Frauen. Ansonsten gibt es grausame Strafen.«

»Ihr habt sehr strenge Sitten.« James ging es gleich viel schlechter. Ayashe würde für ihn immer unerreichbar bleiben. Da sie schon früh ihren Vater verloren hatte, war Tree ihr Vormund, und der Mann war wie ein Fels in der Brandung.

»Erzähl mir bitte mehr. Wie sieht der Tag einer Indianerin aus?« James wusste, dass die Männer für Jagd und Krieg zuständig waren und den arbeitenden Frauen das Zelt gehörte. Aber was machten sie genau?

»Wir kümmern uns um Essen, backen Brot, sammeln Feuerholz und Büffeldung zum Heizen. Anstrengend ist das Bestellen der Felder, das Einbringen der Ernte und das Zerlegen und Häuten der Bisons. Das Fleisch schneiden wir in Streifen und hängen es zum Trocknen auf.«

»Helfen euch die Männer nicht dabei?« James griff nach Ayashes Hand und streichelte darüber. Ihre Handflächen fühlten sich rau an.

»Nein, sie haben ihre Aufgaben, wie Jagd oder Krieg, wir haben unsere.« Ayashe verschränkte ihre Finger mit seinen.

»Das hört sich an, als wärt ihr die Sklavinnen eurer Männer.«

»Keinesfalls!« Ayashe gluckste. »Ihr Weißen habt ein falsches Bild von uns. Wir Frauen finden unsere Pflichten nicht erniedrigend, im Gegenteil. Kinder gebären, die Erziehung – das gehört zum Kreislauf des Lebens. Natürlich ist das anstrengend, aber es ist ja nicht so, dass unsere Männer den ganzen Tag herumlungern und spielen. Nachts bewachen sie unser Lager; manchmal sind Krieger monatelang von zu Hause weg und müssen viele Entbehrungen ertragen, wenn sie Jagen oder auf Kriegszug sind. Sie beschützen und versorgen die Familien.«

Ich würde dich auch beschützen und für dich sorgen, dachte James.

»Bei uns gibt es eine Weisheit: Ein Volk ist so lange nicht erobert, wie die Herzen seiner Frauen stark sind. Dann aber ist es aus und vorbei, einerlei, wie mutig die Krieger und wie stark ihre Waffen auch sein mögen.«

Bitte, ich halte das nicht länger aus! Sein Herz schlug bis in seinen Unterleib. »Wärst du meine Frau, müsstest du dennoch nicht so hart arbeiten. Ich würde alles für dich tun«, entwich es ihm.

Plötzlich drehte sich Ayashe herum, schlang die Arme um seinen Nacken und küsste ihn.

James fiel beinahe vom Pferd, so überrascht war er. Schnell brachte er es zum Stehen, bevor er nicht mehr dazu in der Lage war. Er wollte nur noch von Ayashes Mund kosten, der süßer schmeckte als alle Beeren.

James zog sie mit sich vom Pferd, das ein paar Meter von ihnen wegtrabte und am Gras knabberte.

Gemeinsam mit Ayashe sank er auf die Wiese. Er wusste, dass es falsch war, was sie taten, aber er konnte nicht aufhören, sie zu küssen und sich an ihren warmen Leib zu schmiegen. Er streichelte ihr dickes, glattes Haar und ließ seinen Daumen über ihre Wange gleiten.

»Ayashe …«, flüsterte er zwischen ihren Küssen. *Was machst du nur?*

Plötzlich lag er unter ihr. Ayashe saß auf seinem Schoß, wobei ihre langen Haare wie ein Vorhang über seinen Kopf fielen. Sie zerrte an seinem Hemd und schlüpfte mit den Händen darunter. Als ihre Finger über seinen Bauch fuhren, stand seine Haut in Flammen. James keuchte, während ihre Hände höher wanderten, um schließlich über seine Brustwarzen zu streichen.

Zu spät. Er war verloren. Stöhnend ergab er sich ihren Zärtlichkeiten. Ihre Berührungen wirkten unsicher und zurückhaltend, dennoch erregten sie ihn mehr als die von Shelley. Weil Ayashe bisher keine anderen Männer auf diese Weise berührt hatte.

Immer drängender rieb sie ihren Unterleib an seinem Schritt. James wusste, was sie brauchte. Hastig zog er sich sein Hemd über den Kopf. Dann half er ihr aus dem Kleid und der kurzen Hose, bis sie sich beide nackt im Gras gegenüberhockten.

Ayashes Augen und ihre Lippen funkelten im Mondlicht, das ihrem Körper einen samtigen Glanz verlieh. Obwohl die Nacht kühl war, glaubte James zu verbrennen.

»Du bist wunderschön«, wisperte er, streckte die Hand aus und berührte ihre nackte Schulter. Ayashes Haut war wunderbar weich. Zärtlich fuhr er an den Konturen ihres Körpers entlang. Der kam ihm viel zerbrechlicher vor als der von Shelley. Ayashe war klein, ihre Brüste so groß wie halbe Äpfel. Perfekt in seinen Augen. Als er behutsam die Hände darauf legte, schubste Ayashe ihn spielerisch zurück ins Gras und setzte sich wieder auf ihn. Kein Stoff störte mehr. James genoss die Hitze ihres Leibes, glitt über ihre schlanken Oberschenkel und umfasste ihre Taille. Dabei drückte sich seine Erektion gegen ihre Mitte, die noch heißer war als der Rest von ihr.

Sie waren wirklich hier, nackt, küssten und streichelten sich.

»Du bist verrückt«, sagte er. »Du weißt doch, dass wir niemals …«

»Pst.« Sie drückte ihm die Finger auf den Mund. »Ich weiß, was ich tue. Niemand wird es erfahren. Das ist mein Geschenk an dich.«

Ihr Abschiedsgeschenk? James seufzte traurig. »Warum machst du das?«

»Ich möchte einmal wissen, wie es sich anfühlt, Liebe mit dem Mann zu machen, den das Herz sich wünscht.«

»Ayashe …« James riss sie in seine Arme. Niemals hatte er sich verzweifelter gefühlt. Da gab es eine Frau, die ihn liebte und die er ebenfalls wie nichts sonst auf der Welt begehrte, und sie durften nicht zusammen sein. Er wollte sich am liebsten mit ihr auf sein Pferd schwingen und weit, weit weg reiten, irgendwohin, wo sie beide gemeinsam alt werden konnten.

Natürlich ging das nicht. James konnte Brad und die Ranch nicht im Stich lassen, und Ayashe würde ihr Volk niemals aufgeben. Sie kämpfte mit den anderen Indianern für ihre Rechte, für ihr Land. Umso erstaunter war er, dass Ayashe ihn begehrte.

Kurz schaute James zum Mond hinauf und schloss die Augen, während er Ayashe festhielt und seine Wange an ihrem Haar rieb. War das auch wirklich kein Traum?

In der Ferne hörte er Trommelschläge und Gesänge. Sie waren nah am Dorf der Cheyenne, aber noch weit genug weg. Niemand würde sie hier entdecken. Zwischen dem hohen Gras fühlte James sich sicher und glücklich. Hier gab es nur Ayashe, ihn und die Natur.

Ayashe richtete sich auf und rieb sich an seiner Scham. James streichelte sie zwischen den Beinen und fuhr mit dem Daumen über ihre Knospe. Zu wissen, dass er der erste Mann war, der sie auf diese Weise berührte, erfüllte ihn mit Glück.

Ihre kleinen Hände flogen regelrecht über seinen Körper, als wollte sie ihn überall gleichzeitig anfassen. Währenddessen rutschte sie auf seinem Schaft auf und ab. Er war bereits feucht von ihrer Lust, und ihr Duft stieg James entgegen. Sein Herz klopfte ungestüm für seine Indianerin. Wie sehr er sie begehrte! So sehr, dass er kurz vor dem Höhepunkt stand, daher umfasste er wieder ihre Taille und holte Ayashe näher zu sich. Sein Schwanz entkam der Enge und tippte stattdessen an ihren Po.

Ayashe wurde wilder; sie wand sich auf ihm, bewegte die Hüften vor und zurück und rieb sich an seinem Bauch – ohne einen Laut von sich zu geben. James hörte sie lediglich leise keuchen. Er hatte wesentlich mehr Mühe, still zu sein. Immerhin wusste er, wo er sie berühren musste, um sie zum Höhepunkt zu bringen, daher rieb er fester über ihren Kitzler.

Plötzlich verharrte sie auf ihm, während sich ihre Schenkel bebend an ihn pressten. Ein zartes Stöhnen entwich ihren Lippen; den Kopf hatte sie nach hinten gelegt, und ihr schwarzes Haar floss glatt über ihre Schultern. Es endete an ihren Brustspitzen, die sich fest zusammengezogen hatten.

Diesen Anblick hätte sich James nie zu erträumen gehofft, und er würde das Bild für immer in seiner Erinnerung bewahren.

Als ihr Orgasmus vorbei war, legte sie sich auf James und küsste ihn.

»War das dein erster Höhepunkt?«, fragte er, wobei er sie zärtlich umarmte.

»Nein.« Ayashe hob den Kopf und lächelte ihn an.

James wollte schon enttäuscht sein und eifersüchtig auf den Mann, der sie berührt hatte, als sie grinsend hinzusetzte: »Ich verschaffe mir manchmal selbst Lust«, und mit ihrer Hand vor seinem Gesicht herumwedelte.

Unanständige Bilder schossen ihm durch den Kopf: Ayashe, die sich rieb, heimlich, unter der Decke, die Beine gespreizt und ihre Scham nass vor Erregung.

Sofort schwoll sein Schwanz weiter an, und James stöhnte unterdrückt.

»Jetzt bist du dran.« Ayashe rutschte zur Seite. Sie nahm seinen Schaft in ihre kleinen Hände, um daran auf und ab zu fahren. Leider viel zu sanft für seinen Geschmack. Daher legte er seine eigene Hand auf ihre, um ihr zu zeigen, wie er es mochte.

Ayashe lernte schnell. James stieß in ihre Faust, wobei er sich vorstellte, in Ayashe zu stoßen, in ihren heißen, nassen Körper.

James genoss die Enge. So gerne wollte er zwischen ihre Schenkel tauchen, aber dann wäre sie verloren. Sie würde keinen ehrbaren Mann ihres Volkes finden.

Dunkle Gedanken machten sich für Sekunden in ihm breit. Wenn er mit Ayashe schlief, würde der Mann ihrer Schwester sie sicher nicht mehr wollen. Diese Schmach konnte er ihr nicht antun. Verzweifelt stieß er härter in ihre Faust und knetete ihre Brüste.

»Ayashe …« Als er kam, drehte er sich von ihr weg, doch sie ließ ihn nicht los. Sein Samen spritzte ins Gras, während sich Ayashe von hinten an ihn schmiegte und seine Schulter küsste.

Ermattet, aber zufrieden blieb er liegen, Ayashe dicht an seinem Körper. Sie hatte einen Arm um ihn geschlungen, und James drückte ihn an seine Brust. So blieben sie eine Weile und genossen die Nähe des anderen, hörten dem Wind zu, der die Halme zum Schwingen brachte, und warteten, bis sich ihre rasenden Herzen beruhigten.

»Warum liebst du mich?«, fragte James und drehte sich auf den Rücken. »Ich gehöre zu den Menschen, die euch das Leben schwermachen.«

»Nein.« Ayashe schüttelte den Kopf. »Du bist anders. Dein Bruder ist anders. Ihr achtet uns und unsere Bräuche.« Sie ließ den Kopf sinken. »Ich habe dich vom ersten Moment an gemocht. Ich habe gespürt, dass du anders bist. Und nachdem Singing Tree uns ... warnte und du aus Respekt auf Abstand gingst, habe ich mich nur noch mehr in dich verliebt.« Zärtlich streichelte sie über sein Gesicht. »Es war doch aus Respekt, warum du so zurückhaltend warst?«

Ihre direkte Frage überraschte ihn. Natürlich war das der Grund gewesen, das musste sie doch wissen! Dachte sie, er würde sie nicht lieben?

Als er nichts erwiderte, weil er immer noch überrumpelt war, fragte sie hastig: »Würdest du mich heiraten, wenn ich eine Weiße wäre?«

James verkrampfte sich. Wie oft hatte er sich ausgemalt, was sein würde, wenn ... »Du bist aber keine Weiße«, wisperte er. Außerdem würde er sie nehmen, wie sie war, wenn Ayashe keine Probleme bekäme.

Stärkerer Wind kam auf und wehte über das Gras, das raschelte und rauschte. Ein Käuzchen schuhute, und der Mond lächelte auf sie herab, aber James' Herz war schwer wie Blei.

»Das war mein Abschiedsgeschenk an dich«, sagte sie traurig.

Er nickte.

»Ich weiß nicht, ob wir uns noch einmal sehen werden.« Erneut strich sie ihm liebevoll über das Gesicht. »Ne mohotatse.«

James, der ein wenig ihre Sprache verstand, wollte erwidern: »Ich dich auch«, doch ausgelassenes Geschrei hinderte ihn daran. Der Gesang, das Flötenspiel und die Trommelschläge, die vom Dorf der Cheyenne an ihre Ohren drangen, wurden lauter.

Ayashe sprang auf und zog sich hastig an. »Krieger spielen Jagd nach, sie könnten uns entdecken, wenn sie hier vorbeireiten!«

James beeilte sich ebenfalls, seine Kleidung anzulegen, und holte sein Pferd.

Ayashe umarmte ihn noch einmal kurz, gab ihm einen Kuss, der sich wie Glut in seine Lippen brannte, und lief dann durch das hohe Gras auf die Musik und das Feuer zu.

James winkte ihr nach, wobei er das Gefühl hatte, seine Brust würde zerreißen. *Sie liebt mich* … Immerhin hatte er eine süße Erinnerung, die er mitnehmen konnte und auf ewig in seinem Herzen verwahren würde.

Einen Monat später

James saß auf seinem Pferd und trabte gedankenverloren an einem Flussbett entlang, in dem kaum mehr als ein Rinnsal floss. Er dachte an Ayashe und ihren Abschied. James hatte sie seit dieser leidenschaftlichen Nacht nicht mehr gesehen. Wie sehr er sie vermisste.

Leider hatten er und sein Bruder jetzt andere Sorgen. Der Fluss, an dem sie ihre Rinder tränkten, führte kaum noch Wasser. James wollte der Ursache auf den Grund gehen. Angeblich sollten sich Minenarbeiter unterhalb des Berges niedergelassen haben. Ob die daran schuld waren? Ohne Wasser würden ihre Tiere sterben! Das hier war Cheyenne-Land. Dieses Territorium wurde ihnen von der Regierung zugesprochen, und da hatte kein anderer seinen Fuß draufzusetzen.

James seufzte. Irgendwie verlief sein Leben nicht so, wie er sich das vorgestellt hatte. Ihm fehlte eine Person, der er nah sein konnte. Körperlich und seelisch. Er vermisste Ayashe. James war eben nicht wie sein Bruder. Dem reichte es, sich mit Saloongirl Shelley zu vergnügen. Wenn sie ihren freien Tag hatte, kam sie Brad besuchen und verlangte nicht einmal Geld dafür! Ob da vielleicht mehr zwischen den beiden lief? Brad war ein ausdauernder Liebhaber, und Shelley mochte es, lustvoll unterworfen zu werden. Die zwei passten optimal zusammen.

Plötzlich scheute sein Pferd, und James brachte es zum Stehen. »Ruhig, Rex, was hast du?« Er schaute sich um. Die Sonne brannte gnadenlos. Die Luft flirrte, nicht eine Brise wehte. Heute war ein besonders heißer Tag. James machte seine Wasserflasche vom Sattel los und trank einen kräftigen Schluck; dann fächelte er sich mit seinem Stetson Luft zu.

»Verstehe, du hast bestimmt Durst.« Er stieg ab und führte seinen Hengst den flachen Hang hinunter, zwischen zwei Gebüschen hindurch. Da scheute das Tier erneut. Ob eine Schlange in der Nähe war? Rex fürchtete sich vor Reptilien.

James schaute sich um ... und sein Herz setzte einen Schlag aus. Hinter dem Gebüsch lag jemand! James erkannte Beine, die in einer hellbraunen Lederhose steckten. Schnell zog er seinen Revolver. Dort lag ein Indianer! Sein langes schwarzes Haar schimmerte in der Sonne. Es war voller Blut. Überall war Blut! Es sah aus, als hätte ihm jemand den Kopf eingeschlagen!

»Oh mein Gott«, wisperte James und steckte die Waffe weg. Hastig kniete er sich hin und strich dem Mann das Haar aus dem Gesicht. »Singing Tree!« Es war Ayashes Bruder!

Er war Mitglied des Rates der Cheyenne, der für Frieden mit den weißen Siedlern und der amerikanischen Regierung eintrat. Was war ihm zugestoßen? Wer hatte ihm das angetan?

Abrupt hob James den Kopf und schaute sich um. Eine Spur zog sich in Richtung Wasser. James sprang auf und folgte ihr. Das vertrocknete Gras war plattgedrückt. Hier musste jemand entlanggekrochen sein.

James stolperte fast über einen großen Stein, der im Flussbett lag, als er eine weitere Person hinter einem Felsen entdeckte. Sie lag auf dem Bauch, Blut befleckte ihr Kleid und ihre nackten Arme. Es war eine Frau!

»Nein, bitte nicht!« James rannte zu ihr und drehte sie behutsam herum. Sein Puls raste, sein Magen zog sich zusammen. »Nein, nein!« Die junge Frau war ebenfalls geschlagen worden. Blut hing an ihren Lippen, und an ihrer Wange hatte sich ein großer Bluterguss gebildet. Trotzdem erkannte James sie sofort, und seine Hoffnung wurde zerstört. Ayashe! Sollte sie jetzt die Quittung bekommen haben, weil sie sich zu sehr in die Politik einmischte?

»Ayashe!« James kniete sich so neben sie, dass die Sonne sie nicht blendete. Vorsichtig zog er ihren Kopf in seinen Schoß. Ihre Lider flatterten; sie lebte! Großer Gott, sie lebte! Schnell ließ James seine Hand über ihr Gesicht wandern und fuhr unter ihr seidiges Haar. Er fühlte eine Beule seitlich an ihrem Schädel, aber er war nicht gebrochen.

»Kannst du mich hören?«, fragte er. »Ich bin es, James!«

Wer hatte ihr das angetan? James' Magen ballte sich vor Wut zusammen. Wer hatte es gewagt, die Frau, die er mehr liebte als sein Leben, zu schlagen!

Ayashe stöhnte, als er über ihren Brustkorb fuhr. Hastig öffnete James den Gürtel an ihren Hüften und schob seine Hand unter ihr fransenbesetztes Lederkleid. Er fühlte ihre glatte, heiße Haut und ihren flachen Bauch. Behutsam tastete er über ihre Rippen. Angst drang wie Eiskristalle in sein Herz. Wie schwer war sie verletzt?

»Naa...«, krächzte sie, die Lider immer noch geschlossen. James spürte ihr heftig pochendes Herz, als er mit den Fingerspitzen an ihre Brust stieß. Sofort zog er seine Hand zurück. Ayashe hatte vielleicht gebrochene Rippen. Hoffentlich keine inneren Verletzungen.

»Hab keine Furcht, ich bin es: James!« Er streichelte ihre gesunde Wange, und Ayashes Mandelaugen öffneten sich langsam.

»James ...«

»Wer hat euch das angetan?«

»Wo T-tree?«, brachte sie kaum hörbar hervor.

James' Herz wurde schwer, und er blinzelte eine Träne weg. »Er ist tot«, wisperte er.

Ihr Gesicht verzog sich vor Kummer. »Nein ...«

»Es tut mir so leid.« Behutsam barg er ihren Kopf an seiner Brust. »Wer war das?«

»Arbeiter von Mine«, flüsterte sie. »Haben Wasser genommen, Fluss umgeleitet. Sie wollten es nicht zurückgeben, sind wütend geworden und ...« Ihre Stimme brach.

Ayashe brauchte nicht weiterzureden. James konnte sich lebhaft vorstellen, was passiert war.

»Wir werden unser Wasser zurückholen«, sagte er. »Aber erst musst du aus der Sonne. Du bist verletzt.« Mühelos hob er sie auf die Arme. Ayashe war so zierlich und leicht. Vielleicht hatte James deshalb schon immer das Bedürfnis verspürt, sie zu beschützen. Langsam schritt er mit ihr durch das Flussbett, vorbei an Singing Tree.

James' Wut kannte keine Grenzen. Glutartig fraß sie sich durch seine Eingeweide. Er würde die Männer, die dafür verantwortlich waren, zur Rechenschaft ziehen, und wenn er ihnen eigenhändig die Haut vom Leib reißen müsste, er würde es tun, so sehr schwelte sein Hass.

Ayashe barg ihr Gesicht an seiner Schulter. »Müssen ihn mitnehmen«, wisperte sie.

Ihr Leid zu sehen verstärkte seinen Zorn. »Zuerst bist du dran. Sobald wir auf der Ranch sind, werde ich sofort meinen Bruder zu deinem Häuptling schicken, damit deine Leute Tree holen können.«

»Bring mich gleich zu meinem Stamm!« Ihre dunklen Augen blickten ihn kummervoll an.

»Die Ranch liegt viel näher. Außerdem musst du zu einem Arzt.« James hatte furchtbare Angst um sie.

»Medizinmann heilt mich.« Ayashe kniff die Lider zusammen. Sie hatte Schmerzen, versuchte es sich jedoch nicht anmerken zu lassen.

James vertraute auf die Medizin der Indianer, hatte er dank Singing Trees Kräuter ein Fieber gut überstanden, aber falls Ayashe innere Verletzungen hatte, musste sie vielleicht operiert werden. »Ich werde nicht zulassen, dass du stirbst! Zuerst schaut der Doc dich an, dann dein Medizinmann.«

Ayashe sah ihn aus großen Augen an, bevor sie nickte und James durchs Haar fuhr. »Du bist ein guter Mann«, sagte sie und streichelte seine Wange. Ihre Fingerspitzen glitten so zärtlich über seine Haut, dass sein Herz ins Stolpern geriet und sich ein warmes Gefühl darin breitmachte. Unentwegt starrte Ayashe ihn an, und James verlor sich in den dunklen Tiefen ihrer Augen. Wie sehr er sie liebte. Wie sehr er sie vermisste. Ob sie bereits verheiratet war?

Er schob den schmerzhaften Gedanken weit von sich, denn es galt keine Zeit zu verlieren. James hob sie auf sein Pferd und saß hinter ihr auf. »Trink etwas.« Er gab ihr die Wasserflasche, und sie nahm ein paar Schlucke. Dann ritt er, so schnell er konnte, ohne Ayashe dabei zu große Schmerzen zuzufügen, zur Ranch.

Dort traf er seinen Bruder an der Koppel und schilderte ihm, was vorgefallen war. Brad zögerte keine Sekunde, rannte zum Stall und preschte zum Doc in die Stadt und anschließend zum Reservat.

James half seiner Freundin ins Haus. Neugierig schaute sie sich um, während er sie nach oben trug, in sein Schlafzimmer. Ayashe war noch nie im Haus gewesen, obwohl sie sich schon so lange kannten.

Sie wirkte verwirrt und sprach von dem Überfall, wie Tree sie beschützt hatte und sie davongeritten waren, aber drei Minenarbeiter sie verfolgt und am Fluss überwältigt hatten.

Sie fasste sich an den Kopf und kniff die Lider zusammen. »I-ich muss ohnmächtig geworden sein«, stammelte sie. Was ihr Glück gewesen war, da sie die Männer wohl für tot gehalten hatten.

Es dauerte fast zwei Stunden, bis der Arzt kam. Währenddessen hatte James kühle Umschläge auf Ayashes Rippen gelegt und ihr einen Tee gemacht. Der Doktor untersuchte sie erst, nachdem er eine unverschämt hohe Summe von James gefordert hatte, weil er sich weigerte, Indianer zu behandeln.

Unruhig tigerte James im winzigen Flur auf und ab und betete für Ayashes Genesung.

Als der Doc fertig war, teilte der ihm mit, dass Ayashe keine bedrohlichen Verletzungen habe, und verschwand augenblicklich. Erleichtert kehrte James ins Zimmer zurück. Der Arzt hatte ihre kleineren Wunden gereinigt und ihr einen Verband um den Brustkorb gewickelt. Offensichtlich hatte er ihr Laudanum gegen die Schmerzen verabreicht, denn sie wirkte benommen.

James holte ein frisches Hemd aus seinem Schrank und half ihr, es überzuziehen. Genau da kam eine Gruppe von Cheyenne in sein Haus gestürmt. Einer von ihnen riss James vom Bett und beschimpfte ihn. Er verstand natürlich kein Wort.

Sie trugen Ayashe nach draußen und redeten auf James ein, der neben ihnen herlief. Da keiner außer Ayashe seine Sprache gut beherrschte, versuchte sie zu vermitteln und erklärte, was vorgefallen war.

»James, sie wollen zur Mine«, sagte Ayashe matt, als sie ihr auf ein Pferd halfen. »Es wird mehr Blutvergießen geben!«

»Sag ihnen, ich werde mich darum kümmern, dass die Schuldigen bestraft werden. Die Cheyenne sollen sich vorerst raushalten.« Ansonsten würde es weitere Tote geben. »Du musst sie davon überzeugen!«

Nach lautem Hin und Her zogen sie von dannen, und

James schaute Ayashe so lange nach, bis sie nicht mehr zu sehen war. Dann schwang er sich seinerseits auf sein Pferd, um den Marshal aufzusuchen.

James öffnete die Augen, weil ihm Kaffeeduft in die Nase stieg. Seit wann stand Brad vor ihm auf und machte Frühstück?

Er streckte sich und wollte noch ein wenig liegen bleiben, doch dann musste er an Ayashe denken und wie er sie blutend gefunden hatte. Eine endlos lange Woche war seit dem Überfall vergangen, und er vermisste sie so sehr. Hoffentlich ging es ihr gut.

James hatte sich um den Vorfall gekümmert. Das Wasser floss wieder, die Mine, die ohne Genehmigung auf dem Reservatgelände betrieben wurde, war geschlossen worden, und Trees Mörder mussten sich vor dem Marshal verantworten. Sie saßen hinter Gittern und würden nach der Verhandlung gehängt werden, sofern man sie schuldig sprach. James würde sich so gut er es vermochte für die Gerechtigkeit einsetzen.

Er schaute aus dem Fenster. Der Morgen graute bereits. Heute wollte er sich freinehmen, um ins Reservat zu reiten. Er musste die Cheyenne auf die Gerichtsverhandlung vorbereiten. Sie würden einen Fürsprecher brauchen.

Plötzlich konnte er es kaum erwarten, aus dem Bett zu kommen. Hastig schlüpfte er in seine Kleidung und eilte in den kleinen Flur. Als er an Brads Zimmer vorbeigelaufen war und einen blonden Schopf darin erspäht hatte, ging er zurück und warf einen Blick hinein. James stutzte. Shelley lag im Bett seines Bruders und schlummerte selig. Sie hatte noch nie in seinem Bett geschlafen.

Im Haus hatten die beiden letzte Nacht garantiert keinen Sex gemacht, das hätte James mitbekommen. Seit dem Überfall auf Ayashe schlief er nicht gut. Eigentlich schlief er nicht mehr richtig, seit er sie fast geliebt hatte. Über einen Monat war das her. Verdammt, er musste Ayashe endlich vergessen!

Vorsichtig schloss er die Tür, um Shelley nicht zu wecken, dann rannte er die Stufen hinunter und traf tatsächlich Brad in der Küche. Eben schlug er Eier in eine Pfanne. Es zischte, und von dem Duft nach gebratenem Speck lief James das Wasser im Mund zusammen.

»Hab ich irgendwas verpasst?«, fragte er, als er sich an den Tisch setzte. Seit wann wurde er von Brad bedient? Der tat ihm tatsächlich Eier und Speck auf seinen Teller und schenkte ihm Kaffee ein.

Brad zuckte mit den Schultern und setzte sich zu ihm.

»Was macht Shelley hier?« James wusste, dass sich Brad in dieser Woche fast jeden zweiten Tag mit ihr getroffen hatte, doch Shelley hatte niemals in seinem Bett gelegen!

»Sie hat heute frei, und da dachte ich mir, sie soll sich mal richtig ausschlafen.« Brad schlürfte an seinem Kaffee und sah selbst aus, als hätte er Schlaf dringend nötig. Dunkle Schatten hingen unter seinen Augen. Kein Wunder, Brad arbeitete tagsüber hart, und nachts vergnügte er sich. Wie lange sollte das noch so gehen?

»Im Saloon ist es doch so laut«, setzte Brad hinzu, als James nichts erwiderte.

»Aha«, machte er, ohne den Blick von seinem Bruder zu wenden. Hier stimmte etwas nicht.

Brad lugte über den Rand seiner Tasse. »Was starrst du mich so an?«

»Ich will sofort wissen, was hier läuft.«

Eine Weile schlürfte Brad seinen Kaffee, bevor er sich räusperte und leise sagte: »Du hast erzählt, dass wir von den Wertpapieren der Eisenbahn eine ordentliche Dividende rausbekommen haben. Wie viel war das noch mal?«

»Knapp sechshundert Dollar.« Das war ein Vermögen. Sie könnten eine Zeit lang davon leben oder sich weitere Tiere anschaffen, besseres Futter kaufen, das Dach ausbessern, neue Möbel besorgen – ach, sie könnten im Luxus schwelgen! Wäre die Sorge um Ayashe nicht gewesen, hätte sich James sicherlich ausgemalt, was er sich von dem Geld kaufen würde. War Brad deswegen so zuvorkommend zu ihm?

Sein Bruder stocherte im Essen herum und schaute ihn nicht an. »Ich weiß, wir teilen sonst immer alles gerecht, und ohne dein Gespür für Finanzen hätten wir das Geld nie bekommen, aber ... Kannst du mir von deinem Anteil zweihundert Dollar leihen? Ich zahl dir auch alles zurück.«

»Wozu brauchst du so viel Geld?« James hielt die Luft an. War Brad in irgendwelche dubiosen Geschäfte verwickelt?

»Ich will dem Saloonbesitzer Shelley abkaufen. Er möchte fünfhundert Dollar für sie.«

»Was?« James ließ die Gabel fallen und senkte die Stimme. »Willst du sie heiraten?«

Röte schoss in Brads Wangen. »Natürlich nicht!« Er räusperte sich. »Sie könnte uns hier helfen. Es fehlt doch schon lange eine weibliche Hand. Dann müsstest du auch nicht immer diese unliebsamen Haushaltspflichten übernehmen.«

Was für eine lahme Ausrede! Lief da mehr zwischen den beiden? Brad liebte Shelley, das sah ihm James an der Nasenspitze an. Warum gab sein Bruder das nicht zu?

James grinste in sich hinein. Hatte es also tatsächlich eine Frau geschafft, das unnahbare Herz des hart arbeitenden Ranchers zu erreichen?

Aber gleich wurde er nachdenklich. Wo wäre *sein* Platz, wenn Shelley hier einzog, ja, falls Brad sie zur Frau nahm?

Dann sollte James sich sein eigenes Haus bauen. Ihr Grundstück war groß genug, sich nicht in die Quere zu kommen. Es gab da ein idyllisches Fleckchen auf einem Hügel, mit Blick auf den Fluss. Dort wäre der ideale Platz für ein gemütliches Häuschen. Es fehlte nur noch eine Frau an seiner Seite, mit der er all das teilen konnte.

James' Herz wurde schwer. Sogar Brad hatte jetzt jemanden, warum er nicht?

Plötzlich hörte er Hufgetrappel. James stand auf und ging zum Fenster, sein Bruder folgte ihm.

»Was wollen die hier so früh?«, fragte Brad.

Zwei Indianer ritten in den Hof. James kannte sie nicht. Normalerweise hatten sich außer Tree und Ayashe selten andere des Stammes bei ihnen blicken lassen. Einer von ihnen musste der Häuptling sein, denn er trug eine prächtige Federhaube, die ihn als Krieger und Anführer auswies. Als er die beiden genauer anschaute, glaubte James, sie bereits gesehen zu haben, damals, als sie Ayashe geholt hatten. Aber da war alles so schnell gegangen, dass er sich keine Gesichter eingeprägt hatte.

Er schluckte. »Es geht bestimmt um die Verhandlungen. Ich rede mit ihnen.« Hoffentlich war nichts mit Ayashe!

»Mach das.« Brad streckte sich und gähnte. »Ich hau mich noch mal aufs Ohr.«

Sein Bruder hatte Nerven! Aber er wusste ja nicht, wie es in ihm aussah.

Bekam er Ärger, weil er Ayashe von einem Weißen hatte behandeln lassen oder weil er sie nackt gesehen hatte?

Als er aus der Tür trat, erblickte er Ayashe neben der Scheune. Sein Herz machte einen Sprung. Sie saß ebenfalls auf einem Pferd, doch sie schaute nicht zu ihm. War sie ihm böse? Und warum trug sie einen großen Stoffbeutel bei sich?

James atmete auf. Mit ihr war alles in Ordnung! Trotzdem beschlich ihn ein mulmiges Gefühl.

Er ging auf die beiden Männer zu, die immer noch auf ihren Hengsten saßen, und begrüßte sie in der Sprache der Cheyenne. Sofort redete der Häuptling auf ihn ein, aber James verstand fast kein Wort. Er zuckte mit den Schultern und schüttelte den Kopf.

Der jüngere Indianer winkte Ayashe zu ihnen. Folgsam trabte sie auf ihrer Stute heran.

Was war hier los?

»Hi«, begrüßte sie ihn scheu, als sie ihr Tier neben den Männern zum Stehen brachte.

»Hi.« James konnte nicht den Blick von ihr abwenden. Sie war schön wie immer, nur lag heute ein besonderes Glitzern in ihren Augen. »Wie geht es dir?«

Sie strich sich eine Haarsträhne hinters Ohr. »Gut.«

»Was ist denn passiert?« James schaute zu den Männern. »Was wollen sie von mir? Sind sie wegen der morgigen Gerichtsverhandlung gekommen?«

»Ich werde übersetzen.« Ayashe wandte sich an die

zwei Indianer. »Das sind Häuptling Aenohe und sein Sohn Paeta.«

Paeta? James befürchtete das Schlimmste. »Der Mann deiner Schwester?«

Ayashe nickte.

Paeta hatte Ayashe ebenfalls zur Frau nehmen wollen. Oder war sie bereits seine Frau?

»Unser Häuptling dankt dir für alles, was du bisher für unser Volk getan hast.« Ayashe senkte die Lider. »Er dankt dir, dass du mich gerettet und den Fluss wieder zum Fließen gebracht hast und dich für unsere Belange einsetzt.«

James atmete auf. »Sag ihnen, ich fühle mich geehrt, dass sie mich besuchen, um mir das persönlich mitzuteilen. Ich werde auch weiterhin für das Volk der Cheyenne sprechen.«

James nickte den Männern zu, während Ayashe übersetzte. Aenohe und Paeta nickten zurück, wobei der Häuptlingssohn James einer strengen Musterung unterzog.

Als Ayashe sich räusperte und den Blick senkte, fragte James: »Es gibt noch etwas, habe ich recht?«

Nervös spielte sie an ihren Zügeln. »Häuptling Aenohe und sein Sohn wollen sich revanchieren und dir ihren Dank zeigen, indem sie … mich dir übergeben.«

»Was?« Hatte er sich verhört? Durfte er sie zur Frau nehmen? Waren seine Gebete erhört worden? »Wie soll ich das verstehen?«, fragte er vorsichtig.

»Ähm, also … Bei unserem Volk ist das so … wenn jemand das Leben eines anderen rettet, steht er in seiner Schuld und muss ihm so lange dienen, bis er die Schuld abgeleistet hat.«

»D-du sollst meine Sklavin werden?« James hatte von der Schuldsklaverei in der Zeitung gelesen, es sollte sie bei einigen Indianerstämmen geben. Niemals hatte James gedacht, dass das auch bei den Cheyenne so war! Davon hatte er bis jetzt nichts mitbekommen.

Ayashe nickte. »Ich gehöre dir.«

Der Häuptling sagte etwas, das sich für James wie »Will er dich nicht?« anhörte, doch Ayashe übersetzte: »Nimmst du mich an?« Sie sah zerknirscht aus. »Es wäre unhöflich abzulehnen.«

Unhöflich … James blieb der Mund offen stehen. Natürlich wollte er Ayashe, er wollte sie so sehr, nur nicht als seine Sklavin!

Ayashes Stimme wurde immer leiser. »Paeta gibt mich frei, wenn du annimmst.«

Paeta! Niemals würde James zulassen, dass Ayashe diesen Krieger heiratete. Allein wenn er sich vorstellte, wie der sein Mädchen küsste und … »Ja!« James nickte hastig. »Ja, ich nehme dich!«

Ayashes Wangen färbten sich tiefrot, und der Häuptling wirkte zufrieden. Sie besprach sich mit den beiden und verabschiedete sich von ihnen. Auch James verabschiedete sich standesgemäß in ihrer Sprache. Dann rutschte Ayashe vom Pferd und schulterte den großen Beutel, der wohl all ihre Habseligkeiten enthielt.

Reflexartig griff James nach den Zügeln, um das Tier in den Stall zu führen. Er brachte kein Wort hervor. Ayashe gehörte jetzt also ihm? Einfach so? Sie war nun seine Sklavin und würde bei ihm leben, im Haus?

»Du dich nicht besonders freuen«, wisperte sie. Immer, wenn sie sehr aufgeregt war, wurde ihr Englisch schlechter, das hatte James bereits herausgefunden.

»Es … ich … fühle mich ziemlich überrumpelt.«

Sie half ihm, ihr Tier zu versorgen, bevor sie nach draußen traten. Die Sonne stieg über den Horizont und tauchte die Landschaft in gleißendes Licht.

»Was hast du dabei?«, fragte er sie. Sein Herz wollte nicht aufhören zu rasen, und seine Hände zitterten.

»Meine Habseligkeiten. Kleider und eine Decke, die ich habe, seit ich Kind bin.«

Es war also endgültig! James wurde schwindlig. Er konnte nun unmöglich mit Ayashe ins Haus gehen. Er musste sich erst überlegen, wie er die Situation seinem Bruder erklärte, der jetzt wahrscheinlich friedlich neben Shelley lag, sofern sie nicht anderweitig beschäftigt waren. Also wanderte er weg von der Ranch, wobei Ayashe ihm folgte. Den großen Beutel führte sie mit, und James nahm ihn ihr ab.

Schweigend spazierten sie hinunter zum Fluss und einen Hügel hinauf. Erst als James unter einem großen Laubbaum stand, bemerkte er, wohin es ihn getrieben hatte: zu seinem Lieblingsort, an dem er plante, einmal ein Haus für sich und seine zukünftige Familie zu bauen.

Er setzte sich auf eine alte Holzbank, die unter dem Baum stand, stellte den Beutel an einer trockenen Stelle ab und klopfte auf den Platz neben sich.

Ayashe hockte sich wortlos zu ihm. Was für eine elendige Lage. Jetzt hatte er das Mädchen, das er über alles liebte, für sich. Als Sklavin! Das wollte nicht in seinen Kopf.

»Wie geht es dir in dieser Situation?«, fragte er leise und schaute zum Fluss hinunter. Nebel stieg von ihm auf und blieb an den Tannen hängen, die die Sicht auf die Ranch verdeckten.

Sie seufzte leise. »Ich füge mich in mein Schicksal.«

Verdammt, sie sollte sich nicht fügen müssen! James versuchte ruhig zu bleiben, doch seine Stimme zitterte leicht. »Wirst du dein Volk nicht vermissen? Deine Schwester?«

»Ich kann zu ihnen, wann ich will.« Ayashe spielte an den Fransen ihres Kleides, ohne James anzublicken. »Wenn du es mir erlaubst.«

»Natürlich erlaube ich es dir! Du kannst zu ihnen. Sofort!« Sie sollte nicht seine Gefangene sein!

Erschrocken schaute sie ihn an. »Du schickst mich weg?«

Was war er für ein Trottel! Irgendwie machte er alles falsch. »N-nein, du kannst natürlich bleiben. Wenn du es möchtest.«

Sie nickte, und ein Lächeln huschte über ihre Lippen.

James ergriff ihre Hand. Er musste das Thema wechseln, oder er würde wahnsinnig werden. »Möchtest du über Tree reden? Du musst ihn sehr vermissen.«

»Ja, ich vermisse ihn.« Sie schaute nach oben in das Blätterdach des Baumes, wobei sie mit dem Daumen über seinen Handrücken streichelte. Diese zarte Berührung schickte wohlige Schauder durch seinen Körper.

James konnte nicht den Blick von Ayashe wenden, ihrem fein geschnittenen Gesicht, dem leicht spitzen Kinn, ihrer kleinen Nase und den großen Augen. Verträumt betrachtete sie die Umgebung. »Ist friedlich hier. Wunderschön.«

»Ja, das ist es.« Er lehnte sich zurück und legte einen Arm um Ayashes Schultern. Sofort kuschelte sie sich an ihn, und James genoss ihre Wärme, ihren Duft und ihre zierliche Gestalt.

»Heute Nacht möchte ich hierherkommen, James. Mit dir. Dann zeige ich, wo mein Bruder jetzt lebt.«

»Erzählst du es mir?«

Ayashe hob eine Hand. »Sein Geist hat sich vom Körper gelöst und steigt höher und höher, bis er das Land des Großen Geistes erreicht.«

Er erinnerte sich. »Du hast mir einmal davon berichtet. Die Seelen wandern über die Milchstraße.«

Ayashe nickte. »Dort ist Singing Tree jetzt und führt ähnliches Leben wie auf der Erde. Er geht zur Jagd und tanzt ums Feuer ... Vielleicht wird er wiedergeboren, und wir begegnen uns erneut.« Sie kicherte. »Ihm würde nicht gefallen, uns hier zu sehen.«

»Kehren alle Seelen zurück?«, wollte er wissen.

Kopfschüttelnd antwortete sie: »Manche Seelen vergehen und lösen sich auf. Das passiert, wenn niemand auf der Erde sich an sie erinnert. Doch ich werde meinen Bruder nie vergessen, solange ich lebe.«

Ayashe kannte so wunderbare Geschichten. James hörte ihr gerne zu. Sie wirkte nicht traurig. Tree lebte in ihrem Herzen weiter. »Soll ich dich jetzt zurückbringen?«

Abrupt sprang sie auf, und ihre Stimme nahm einen schrillen Klang an. »Ich mich noch nicht bei dir bedankt, dass du mich gerettet!«

Plötzlich begann sie, sich vor seinen Augen auszuziehen.

»Ayashe!« James sprang ebenfalls auf und wollte sie daran hindern. Hastig schaute er sich um, aber die Äste des Baumes hingen tief, und so waren sie vor Blicken geschützt. Außerdem verirrte sich selten jemand in diese Gegend. »Was tust du denn?« Ihm wurde es heiß, obwohl die Morgenluft kühl war. Ayashe war aus ihren Mokassins geschlüpft und hatte die kurze Lederhose abgelegt. Sie trug nur noch das Fransenkleid, das ihr bis zu den Oberschenkeln reichte.

James wollte nicht, dass sie sich ihm anbot, weil sie eine Schuld abzuleisten hatte.

»Ich gehöre nun dir, James«, sagte Ayashe leise. »Will dir Gehorsam leisten.« Zuletzt schlüpfte sie aus ihrem Kleid und ging in die Hocke.

James schluckte. Nackt kniete sie zu seinen Füßen. Ihr schwarzes Haar floss über ihre Schultern und kitzelte ihre Brüste.

»Ich stehe in deiner Schuld. Ich gehöre dir.«

»Nein!« Panisch schüttelte James den Kopf. Er wollte nicht, dass sie sich dazu verpflichtet fühlte.

Langsam blickte sie auf, ihre Lider halb gesenkt. »Du willst mich nicht?«, fragte sie mit einer Spur Traurigkeit in der Stimme.

Er zog sie an den Armen nach oben. »N-natürlich will ich dich, aber nicht so!«

Ayashe drückte sich an ihn, sodass James einen Schritt zurück machte und mit den Kniekehlen an die Bank stieß. »Wie willst du mich?«, wisperte sie an seinem Hals. »Ich alles tun, was du verlangst.«

Großer Gott! James sog die Luft ein. Er war hart, so hart! Sein Schwanz presste sich gegen die Hose. Ayashe musste ihn an ihrem Bauch spüren, denn sie rieb sich an ihm.

James umarmte sie, streichelte ihren Rücken, genoss das Gefühl ihrer seidenweichen Haut unter seinen Fingern. Er hatte Fantasien gehabt, hatte von Shelley geträumt, wie er in ihren Mund stieß, und plötzlich war es

Ayashe gewesen. Er wollte das, was er mit Shelley erlebt hatte, auch mit seiner Liebsten erleben, aber nur, wenn sie es ebenfalls wollte! Bloß auf die Seile konnte James verzichten – das war ihm zu hart.

Allerdings wollte er nur bei den Liebesspielen eine unterwürfige Frau – glaubte er. Sicher war er sich nicht, er würde es ausprobieren. Ansonsten musste eine Frau ihm Paroli bieten können, musste frech sein, er musste sich mit ihr streiten können, um sie dann lustvoll zu bestrafen.

Plötzlich lag ihre Hand an seinem Schritt. »Ich kann ihn in Mund nehmen, wenn du willst.«

Was redete sie da? Ihm wurde noch heißer. Konnte sie seine Gedanken lesen?

James starrte auf ihre Lippen und tiefer, auf ihre Brüste, die Ayashe an seinem Hemd rieb. Die zarten Knospen reckten sich ihm keck entgegen.

»Ich hab gesehen, wie blonde Frau das gemacht hat. Es hat dir gefallen.« Ayashe nestelte an seiner Hose und öffnete sie. James setzte dem nichts entgegen; er konnte nicht, war wie gelähmt. In seinem Inneren tobte ein Sturm der Gefühle. Ein Teil seines Verstandes wollte Ayashe von seinen Lenden wegholen, der andere Teil drängte ihn, seinen Schwanz tief in ihren Mund zu stoßen.

Seine Erektion ragte ihr entgegen; die Eichel glänzte dunkelrot, und der erste Tropfen sickerte hervor.

Ayashe leckte sich über die Lippen, worauf sein Schaft zuckte und mehr Feuchtigkeit herauslief.

Behutsam küsste sie die geschwollene Spitze und leckte den Lusttropfen ab, wie ein Kätzchen, das Milch aufschleckte. Ein Prickeln schoss von seiner Eichel in seinen

Unterleib. James entwich ein kehliger Laut; seine Beine wollten ihn nicht mehr tragen. Er sackte zurück auf die Bank, und Ayashe zog ihm die Hose bis zu den Knöcheln herunter. Sie half ihm aus dem Stoff, um anschließend seine Beine auseinanderzudrücken, damit sie wieder an sein Geschlecht kam. Erneut küsste sie seine empfindliche Eichel, in der sein Blut heftig pochte; dann züngelte sie über den Schaft und seine Hoden. Sein Schwanz zitterte und zuckte. Ayashe verwöhnte ihn auf eine zärtliche und so unschuldige Art, die James noch verrückter machte als Shelleys geübte Zungenschläge.

Sanft umfasste er ihren Kopf, um ihn näher an seinen Schoß zu ziehen. Da stülpte Ayashe die Lippen über seine Erektion. James musste sich beherrschen, nicht hart in ihren heißen Mund zu stoßen. Sich zurückzuhalten war eine süße Folter. Ayashes zögerliches Lecken und Saugen machte ihn schier wahnsinnig!

Er versuchte, vorsichtig tiefer vorzudringen, doch als sie ein Würgen von sich gab, wich er sofort zurück. Ausprobieren, was einer Frau gefiel, sich vorantasten ... Hatte ihm Brad das nicht gesagt? James würde herausfinden, was Ayashe mochte. Verdammt, er wusste ja selbst nicht, was er genau wollte! Er wusste nur eines: Er wollte mit ihr schlafen, das wünschte er sich so sehr! Aber sie war nicht seine Frau. Nur seine Sklavin ...

Als sie erneut an ihm lutschte, drückte er sie weg.

Sie riss die Augen auf und schaute ihn entsetzt an. »Nicht gut?«

»Oh Ayashe ...« Sanft umfasste er ihr Kinn und zog sie nach oben auf seinen Schoß. »Du bist wunderbar. So wunderbar, dass ich es nicht mehr lange aushalte.«

Frech lächelte sie ihn an. »Ich werde noch besser, muss

nur mehr üben.« Schon wollte sie wieder zwischen seine Beine rutschen, aber James hielt sie an ihrem kleinen Po fest. Er massierte die Backen und merkte, dass es Ayashe gefiel, denn ihre Lider flatterten, und ihre Schenkel öffneten sich. Sie umklammerten ihn, woraufhin James einen guten Blick auf ihre Spalte hatte. Dort wollte er hinein. Unbedingt. Er sah das Glitzern zwischen ihren Schamlippen und freute sich, dass sie sich ihm nicht nur aus Pflichtgefühl anbot, sondern sie ebenfalls ihren Spaß hatte.

Als James aufschaute, starrte Ayashe ihn an. Sein Gesicht erhitzte sich. Ob sie ahnte, was er wollte? Sie rückte näher an ihn heran und rieb ihren Schoß an seinem Schwanz. Ayashe bewegte sich dabei so sinnlich auf ihm, dass ihm ein kehliges Stöhnen entwich. Wie feucht sie bereits war! Ihr Saft verteilte sich auf der Länge seines Schaftes, und ihr glattes, heißes Fleisch glitt mühelos über seine Erektion. Ayashe wäre mehr als bereit, ihn aufzunehmen. Und er kam gleich! Seine Hoden zogen sich zusammen, sein Schwanz pochte hart im Takt seines rasenden Herzens. Wenn er sich vorstellte, seinen Samen auf ihren Bauch zu spritzen, machte ihn das noch heißer.

Ihre Hände schlossen sich in seinem Nacken. Ayashe senkte die Lippen auf seinen Mund und küsste ihn mit einer Gier, die er ihr nicht zugetraut hätte. Sie wirkte beinahe verzweifelt! Schneller rieb sie sich an ihm und wisperte: »Bitte liebe mich.«

James wusste, was sie wollte, doch er wollte sie nicht entehren! Daher sagte er: »Ich liebe dich!«

Abrupt versteifte sie sich auf ihm. Ihre großen Augen waren fest auf ihn gerichtet. »Wirklich?«

Schwer atmend erwiderte er: »Aber das musst du doch wissen.« Er war kurz davor gewesen zu kommen. Was hatte sie nur?

Zärtlich strich sie ihm eine Strähne aus der Stirn. »Du hast es mir nie gesagt.«

Er hob sie ein wenig an ihrem Po hoch, um sich an ihrer Spalte zu reiben und das herrliche Pochen länger zu genießen. »Hast du es denn nicht gespürt?«

»Oh James, ich ...« Sie biss sich auf die Lippen und schüttelte lächelnd den Kopf. »Ich habe etwas Törichtes getan.«

Er wusste nicht, wovon sie sprach. Im Moment wollte er sich auch durch nichts ablenken lassen. »Ist es etwas, wofür ich dich bestrafen muss?«, fragte er.

Langsam nickte sie. »Du wirst böse sein.«

Niemals könnte er ihr böse sein! Was konnte Ayashe schon tun, um ihn zu verärgern?

Erneut hob er sie hoch, sodass seine Eichel an ihren Eingang stupste. Wenn er Ayashe jetzt losließe, würde er sich mit einem Stoß in ihr versenken. Allein der Gedanke brachte alles in ihm zum Beben. Seine Muskeln zitterten. Sollte er?

Nein – sie war sicher unberührt, er musste behutsam sein, auch wenn die Lust ihn beinahe umbrachte.

Ayashe nahm ihm die Entscheidung ab, indem sie sich langsam auf ihn herabsenkte. Seine Eichel tauchte in ihre Hitze.

»Nicht«, flüsterte er. Sein Herz geriet ins Stolpern. Das Gefühl war mit nichts zu vergleichen! »Das sollte nur dein Ehemann tun«, presste er mühsam hervor.

Einen Atemzug lang schaute sie ihm intensiv in die Augen, bevor sie ihre Finger in seinem Haar vergrub, seinen

Kopf zu sich zog und ihn erneut küsste. »Ich liebe dich. So sehr. Ich will dich.«

»Und ich lie…« James keuchte auf. Ayashe senkte ihren Körper immer weiter herab, Millimeter für Millimeter. Seine Eichel drang tiefer, dann folgte sein Schaft. Gebannt starrte James auf ihre Scham. Es schmatzte, ihr Saft lief an seiner Erektion hinab. Er konnte Ayashe riechen, darum wollte er von ihr kosten.

Ayashe war eng, so eng!

Sie gab nur einen leisen Laut von sich, als er ihre Barriere durchbrach. Tief glitt er in sie und bemerkte, dass sie sich auf die Lippen biss. Hatte sie Schmerzen?

Augenblicklich verharrte James. »Tu ich dir weh?«

»Wird gleich gehen.« Sie lächelte sanft. »Du bist groß.«

Fasziniert schaute er auf die Stelle, an der sie miteinander verbunden waren. Er steckte tatsächlich in Ayashe! Und sie war so heiß! Ihr Inneres pochte um ihn herum und zog sich zusammen. James stand kurz davor, sich in sie zu verströmen. Wie konnte ein Mann es nur lange in einer Frau aushalten? Das Gefühl war der pure Wahnsinn!

Um sie von ihren Schmerzen abzulenken und sich ein wenig runterzubringen, begann er, an ihren Brustspitzen zu saugen und mit dem Daumen an ihrem Kitzler zu spielen.

Ayashe bog ihren Rücken durch. James hielt sie, damit sie nicht nach hinten fiel. Wie hingebungsvoll sie war! Seine Sklavin, sein Eigentum. Er konnte sie jeden Tag so nehmen, wenn er wollte. Er war ihr Herr!

Doch Ayashe drehte den Spieß um. Plötzlich ergriff sie die Initiative und hob ihr Becken.

Sie war es, die ihn ritt, Ayashe war die eigentliche Herrin. Er war ihr ergebener Sklave, ihren Bewegungen hilflos ausgeliefert. Ihr Schoß war ein saugender, drückender Muskel, heiß und feucht. Ihre zarten Brüste wippten, und als Ayashe ihn küsste und dabei ihre Zunge in seinen Mund schnellen ließ, spritzte James ab. Sein Schwanz zuckte in ihr, und er entlud seinen Samen unter einem gutturalen Aufschrei. Er füllte sie mit seiner Lust, wobei er fast schon besessen an ihrem Kitzler rieb, damit Ayashe mit ihm dieses Wunder der Ekstase erleben konnte. James hatte ein letztes Mal alles in sie gepumpt, als Ayashes Schoß sich um ihn verkrampfte, als wolle er noch den letzten Tropfen aus ihm holen.

Ihr Kopf sackte in seine Halsbeuge, ihr Atem stieß abgehackt dagegen. Ayashes Stöhnen war verhalten, während ihr Körper auf ihm zuckte und bebte.

James hielt sie fest, umarmte sie und küsste ihre Schläfe. Er steckte immer noch in ihr, spürte, wie er erschlaffte, und genoss trotzdem ihre Verbundenheit. Eigentlich hätte James nun alles, um glücklich zu sein. Er fühlte sich berauscht von ihrem Akt, doch sein Herz wollte Ayashe zur Frau.

Erst Minuten später, als sie sich abgekühlt hatten und die Morgenluft sie zum Frösteln brachte, ließen sie voneinander ab. Ayashe schenkte ihm ein scheues Lächeln, bevor sie nackt durch das Gras lief, den Hügel hinunter und sich in den Fluss stellte.

James folgte ihr, um sich ebenfalls zu waschen. Beschämt wandte er den Blick ab, als sie sich ins Wasser hockte und sich reinigte. Das alles war neu für ihn.

Er ließ Ayashe als Erste zum Baum zurückkehren, um sich anzuziehen. Als er wenig später durch die hängenden

Äste trat, spürte er ihre Blicke auf seinem Körper. James mochte, dass sie ihn begehrte.

»Hat dir mein Dank gefallen?«, fragte sie zögerlich.

Ihr Dank!

James wollte das nie wieder hören und hätte sie am liebsten gleich übers Knie gelegt, um ihren hübschen Hintern zu versohlen. Er würde mit Ayashe ein längeres Gespräch darüber führen, dass sie sich ihm niemals aus Dankbarkeit hingeben sollte, sondern nur, wenn sie es wollte. Natürlich hatte er bemerkt, wie sehr es ihr gefallen hatte, aber so hatte er gleich einen Vorwand, tatsächlich ihren süßen Hintern zu bearbeiten. Am besten heute Abend, wenn sie hier saßen und zu den Sternen aufblickten. Jetzt war keine Zeit, er musste den Cheyenne noch Ratschläge wegen des Prozesses geben. Heute Früh hatte er das in all der Aufregung vergessen.

James schloss Ayashe in die Arme, strich über ihren Kopf und küsste sie. »Es war wunderschön.« Es war sogar besser gewesen. »Lass uns das heute Abend wiederholen.«

Sie nickte, ein strahlendes Lächeln auf den Lippen.

»Und jetzt lass uns zu deinem Volk reiten. Ich habe noch einiges mit ihnen wegen der Verhandlung zu besprechen.«

Sie zogen sich fertig an und gingen zurück zur Ranch. Während Ayashe ihre Pferde bereitmachte, trug James ihren Beutel in sein Zimmer. Es war still im Haus. Waren Brad und Shelley nicht mehr da?

Leise öffnete er die Tür seines Bruders. Die beiden lagen eng umschlungen im Bett, Brad hinter Shelley, und schliefen. Ein sanftes Lächeln erweichte Brads harte Züge. Er sah glücklich aus, und James gönnte ihm seine

Liebe von ganzem Herzen. Er würde ihm das Geld geben, damit er Shelley freikaufen konnte. Dafür würde Brad ihm beim Hausbau helfen. Zu viert würde es hier auf Dauer zu eng werden.

Als sie ins Dorf ritten, das neben dem Fluss auf einem flachen Hügel lag, breitete sich ein mulmiges Gefühl in James' Magen aus. Würde man ihnen ansehen, dass sie miteinander geschlafen hatten? Und was dachten die Cheyenne von ihm, weil eine ihrer Frauen seine Sklavin war?

Bei diesem Gedanken zog sich sein Magen weiter zusammen.

Indianerinnen saßen vor den Zelten und stellten Haushaltsgegenstände her oder bearbeiteten Felle, Männer hockten in Gruppen beieinander und unterhielten sich. Alle beäugten sie, während sie auf das größte Zelt zuritten, das dem Häuptling und seiner Familie gehörte. Es gab auch vereinzelt Häuser im Reservat. Die Weißen versuchten den Indianern ihre Kultur und ihre Religion aufzudrängen.

Ayashe stieg vom Pferd und wurde von einer Frau begrüßt, die ihr ähnlich sah.

»Das ist meine Schwester«, sagte sie.

James begrüßte sie in ihrer Sprache. Maahe kümmerte sich um ihre Tiere und verschwand mit ihnen.

Häuptling Aenohe trat aus seinem Zelt und winkte James zu sich. Er wurde in das riesige Tipi eingeladen, was eine große Ehre war.

Ayashe durfte mit hinein, da sie übersetzen musste, hielt sich aber im Hintergrund. James hätte am liebsten ihre Hand gehalten, so nervös war er. Er rauchte mit Paeta und zwei weiteren Männern Pfeife, und James erklärte ihnen, wie das Verfahren ablaufen würde. Weil er sich den Cheyenne gegenüber als loyal erwies, wurde er in die Gemeinschaft aufgenommen. Während Ayashe ihm erklärte, dass ihr Volk ihn akzeptierte wie einen Bruder, sah James den Stolz in ihren Augen.

Nachdem sie aus dem Tipi getreten waren, stand die Sonne hoch am Himmel. Offensichtlich fand ein Fest statt. Es duftete nach gebratenem Fleisch; Flötenspieler und Trommler begannen ein fröhliches Lied, und Kinder tanzten um sie herum.

Ayashe tanzte mit ihnen. James stand am Rand des Geschehens und schaute auf sein Mädchen. Wie fröhlich sie war. Hier gehörte sie hin, zu ihren Leuten.

James seufzte. Er würde sie freigeben, da musste es doch eine Möglichkeit geben. Fürs Erste würde er auf die Ranch zurückkehren.

Als er überlegte, wie er ihr erklären sollte, was er beabsichtigte, kam Ayashe lachend zu ihm gelaufen und fasste ihn an den Händen. »Tanz mit mir!«

James war nicht in der Stimmung, aber er tat ihr den Gefallen, weil sie so glücklich aussah.

»Was ist hier eigentlich los?«, fragte er.

»Eine Zeremonie.«

»Wofür?«

»Für uns.«

James blieb stehen und fasste sie an den Schultern. »Jetzt lass dir doch nicht jedes Wort aus der Nase ziehen!«

Ayashe senkte die Lider. »W-wir werden vermählt.«

»Was?« James stockte der Atem. »Ich dachte, du bist meine Sklavin?«

»Das ich erfunden«, erwiderte sie kleinlaut.

»Wieso?« Er verstand nichts mehr.

Ayashe zog James mit sich, vorbei an den tanzenden Indianern, ein Stück den Hügel abwärts, bis sie an den Fluss kamen. Hier war es nicht so laut, und sie konnten sich besser unterhalten und hatten dennoch die anderen Cheyenne im Blickfeld. Einige spähten zu ihnen her.

Ayashe nahm seine Hand und zog James zu sich ins Gras.

Eine Weile blickte sie auf das Wasser und beobachtete drei Jungen, die flussabwärts spielten, bevor sie leise sagte: »Da du mir nie deine Liebe gestanden hast, ich nicht gewusst, dass du mich ... auf dieselbe Art magst. Daher habe ich mir die Geschichte mit der Sklavin ausgedacht, um bei dir zu sein.«

»Ayashe ...« Ungläubig schüttelte er den Kopf. »Was für ein dummes Missverständnis.« Er schmunzelte. »Und ich hab beinahe geglaubt, Paeta hätte dich schon zur Frau genommen. Ich war so eifersüchtig.«

Ayashe grinste verschämt. »Trees Wunsch ist es auch gewesen, dass ich einen Cheyenne-Mann heirate, doch die Frau des Häuptlings hat gesehen, wie unglücklich ich deswegen war.« Sie senkte den Kopf. »Am Tag als Tree starb, hat sie ihn überredet, es sich anders zu überlegen.«

»Und, hat er?«

Sie nickte. »Ich hab es erst vor Kurzem erfahren. Ich bin so erleichtert, seinen Segen zu haben.«

James atmete auf. Alles war ein Schwindel? Damit würde Ayashe nicht so einfach davonkommen. Er schmunzelte, überglücklich, weil sich alles so entwickelte, wie er sich das immer erträumt hatte.

»Was ist mit dem Häuptlingssohn?« Unauffällig sah er den sanften Hang hinauf zum Festgeschehen. Paeta war mit anderen Männern seines Stammes in eine Art Brettspiel vertieft.

Ayashe folgte seinem Blick. »Er hat mich freigegeben.«

»Einfach so?«

»Meine Schwester hat mit ihm geredet. Sie weiß, dass ich nur dich liebe und ich Paeta niemals lieben werde. Paeta ist nicht erfreut und in seinem Stolz verletzt, weil ich ihn nicht begehre.« Ayashe senkte die Stimme; ihre Mundwinkel zuckten. »Paeta ist sehr eingebildet.«

James lachte befreit. »Ich bin so froh, das zu hören.«

»Wirklich?« Ayashe schaute ihm tief in die Augen. »Dass er eingebildet ist?«

James legte grinsend die Arme um sie und zog sie fest an sich. »Ich liebe dich, meine Frau. Mach dich auf eine wilde Nacht gefasst.«

»Deine Frau.« Sie grinste ebenfalls bis über beide Ohren. »Das hört sich gut an.«

»Du wirst immer meine Sklavin sein, doch nur im Bett«, flüsterte er. »Du wirst tun, was ich verlange, deine Beine spreizen, wenn ich in dich will, dich streicheln, wenn ich nur zusehen will, um auf dir zu kommen.«

Leise stöhnend schloss Ayashe die Augen und biss sich auf die Unterlippe. Sein Mädchen mochte es, wenn er auf diese Art mit ihr sprach, und James machte es ebenfalls heiß. Er war schon wieder so verrückt nach Ayashe, dass er sie am liebsten hier und jetzt genommen hätte.

»Heute Nacht gehört die Scheune uns«, raunte er ihr zu. James fasste sie an der Hand und lief mit ihr zu den anderen zurück, um mit ihnen ums Feuer zu tanzen.